趙敏的人生哲學

武俠人生叢書序

全世界華人的共通語言——金庸武俠小說，世代不再只是文字想像，它早已幻為千百個化身：漫畫、電玩、電視劇、電影、布袋戲……，不管是本尊抑或是分身，銷售率與收視率都相當可觀，儼然成為一個新世紀的流行文化標記。

就出版的角度來看，從金庸武俠小說所延伸出來的各種議題，皆競相成為出版的賣點，如金庸武俠小說世界中的愛情、武功、醫術、文化、藝術……等，都能受到讀者的歡迎，男女老少皆宜；當然，我們尚列了古龍、溫瑞安……等武林名家筆下的各知名小說人物供讀者玩賞、品味。

生智文化事業有限公司的相關企業「揚智文化事業股份有限公司」原有近三十本的「中國人生叢書」，擁有穩定的讀者群，在這樣的基礎上，生智文化特推出「武俠人生」系列叢書，為求接續「中國人生叢書」的熱潮，一秉初衷，繼續爲讀者服務。

本系列叢書係以武俠小說主角人物爲主，一人一書；爲延續「中國人生叢書」的主題內容風格，「武俠人生叢書」乃以小說人物的「人生哲學」爲主軸，期能提供讀者不同的切入點，品評小說人物的恩怨情仇，惟寫法類似一般著名人物的評傳。同樣的小說，不一樣的閱讀方式，帶來的絕對是另一種新的樂趣。生智文化事業希望您可以在「武俠人生」裡盡情涵泳，在武俠小說與人生哲學之間來去自如，逐步打通任督二脈，使您的功力大增，屆時您將可盡情享受不那麼一般的人生況味！

誠所謂「快意任平生」！本系列叢書深論武俠人物的愛恨情仇等「人生哲學」，作者筆下可謂是感性、理性兼具，在這新世紀的流行文化出版潮流裡，爲男女老少消費群們，提供一個嚼之有味、回味再三的讀物。

生智編輯部　謹誌

我讀金庸——代自序

我讀金庸，經歷了三部曲，即先是讀情節，然後讀人物，最後，上升到讀作者的創作心態。

記得初識金大俠是在中學時代，「開讀」的第一部金氏大作是《書劍恩仇錄》。雖說該書無論情節還是人物均非金派武俠之上品，但卻已經足以令我手不釋卷。那時還剛剛能夠獨立閱讀長篇小說的弟弟也迷上了紅花會的好漢們，和我比著賽著，不幾天就將以陳家洛為首的十二位當家的名號位列背了個滾瓜爛熟，熟悉程度在當時是超過了《水滸傳》等古典名著的。緊接著，我倆自然是把「飛雪連天射白鹿，笑書神俠倚碧鴛」一一讀遍，其中有好幾部還曾一讀再讀，比如「射鵰」三部曲。

毫無疑問，可讀性是小說尤其是傳統小說成功與否的基本條件，其重要性對於武俠小說來說，更是顯而易見。因此，金庸的創作定位非常明確，其作品竭盡曲折離奇之能事——身居彈丸之地香港的金大俠，思接千載，視通萬里，觀神州異域於一體，納漠北滇南於一書，窺秦漢明清於一管，融李杜文章蘇黃詩詞於一爐，主人公或宋或清，上得崑崙下得東海，時而孤懸海外小島，時而躋身紅塵鬧市，大喜大悲大起大落大開大闔，意料之外情理之中，煞是好看！

當然，僅有情節是不夠的，誘惑讀者第二遍第三遍乃至第N遍地重溫作品的是情節所支撐的人物和主題。

中國傳統的長篇小說人物往往是類型化的，比如諸葛亮似乎呱呱落地就是羽扇綸巾智慧絕倫，而武松和李逵也似乎是從出生開始就大碗喝酒、大塊吃肉的，白玉堂們也似乎還沒出世就注定要行走江湖鋤暴安良的——這樣保證了人物性格形象的鮮明和突出、小說主題的明確和深化，也保證了作品的廣泛流傳。金庸的武俠小說首先繼承和遵循了這樣的傳統，歐陽鋒的惡，岳不群的僞，黃蓉的美慧，程靈素的內秀等等，無不色彩濃烈前後一致貫穿始終。而作爲全書最核心的第一男主角也永遠是歷盡磨難終成大器，如郭靖，又如楊過和令狐沖。

所以，金庸筆下的主人公首先是傳統的，往往非善即惡，男主人公自然是正義的化身，德才兼備，鐵肩擔道義，齊家治國平天下，死守襄陽的「俠之大者」郭靖是如此，爲黎民百姓而「禪讓」天下的張無忌也是如此，常常混沌懵懂的石破天和曾經跳脫不羈的楊過，亦莫不如是；而女主角則一定相夫教子有孟母之賢停機之德，如首席青衣聖姑任盈盈毫無疑問是走幫夫運的典型，而第一花衫黃蓉乍看似仙似神不食人間煙火，既美且慧，令人驚豔，叫人咂舌，其實這份美慧的下面，還深深隱藏著面貌迥異的另一種美，那就是賢慧，是中華婦女代代相傳了數千年的傳統美德！換言之，小蓉兒所有的離經叛道一切的驚世駭俗，其實只不過是金庸先生著意和讀者玩的障眼法，她在她的創造者的心目中其實自始至終都完完全全地屬於現實的人間世，屬於雖然遠非完美但卻眞實的現實人生，可望，亦可及。

但更重要的是，金庸塑造的人物往往又是反傳統的，並非絕對和純粹的非善即惡。比如舊武俠小說裏的大英雄，從來沒有一個像郭靖那麼傻乎乎的，或像令狐沖那麼不拘小節的，或像楊過那樣性格張揚的，也從來沒有一個像段譽那樣貪戀女色的，更從來沒有一個像張無忌那樣性格猶疑不定的。他寫的英雄人物都有那麼一些「人」應有的缺點，不那麼「高大全」，不那麼臉譜化，所以就更加眞實更加具有張力。其實金庸寫壞人也是如此，比如《天龍八部》裏的「四大惡人」就並非都十惡不赦，而且都還「惡」得有原因，並非生下來就是壞人。

做到了這些，再加上英華內斂的優美語言，金庸先生便已經坐穩了新派武俠宗師的交椅，換言之，「射鵰」三部曲的問世，標誌著他已經衝破舊武俠的藩籬，攀上了武俠小說創作的新高峰。

當然，在這個層面上，要想進步，要想突破，已經很難了。作爲作者，如想超越自我，能想得到也比較管用的辦法，就是在作品時代背景上做文章——武俠小說都是「古裝戲」，否則便很難好看。所以，一般的作者寫武俠都會把故事放到一個具體的歷史背景裏去，以方便構築情節和塑造人物、凸顯主題。金庸先生也不例外，他的第一部武俠就是以清中葉乾隆年間爲時代背景的，甚至還把乾隆爺本人拉到小說裏狠狠地「秀」了一把。不過，如果金大俠一直這樣做，他就不是金庸了──他採取的辦法就是：從有具體的或宋或清的時代指稱如《射鵰英雄傳》，過渡到時代背景模糊化泛義化的《笑傲江湖》等，前者頌揚愛國愛民族，時代背景清晰而有力，是凸顯主題的必須，這是不言而喻的；而後者就大不一樣了。

《笑傲江湖》給讀者的印象是歷史背景似有若無──作品裏有很多處細節具有一定的「歷史感」，比如多次出現的恒山懸空寺是著名的古蹟，始建於北魏，似乎說明令狐沖的故事至少發生在北魏以後，而第十九章〈打賭〉裏提到唐代張旭和顏眞卿的書法，還有北宋范寬的「谿山行旅圖」等，則似乎暗示讀者小說的背景在北宋以後……那麼，《笑傲江湖》的故事到底發生在什麼朝代呢？如果一定要得出考證的結論，那麼就只有去指責作者「荒唐」，竟讓關公戰秦瓊，其小說從兩漢魏晉南北朝到隋唐兩宋元明清，似乎代代都有，又仿佛朝朝皆無，宛如中國歷史的一勺大雜燴，又像是其亂無比的一鍋粥！不過，也正是這鍋大雜燴「雜」得好，「亂」得妙，雜出了深意，亂出了厚度，使作品的主題得到了昇華。換言之，正是因爲沒有具體的歷史背景的束縛，所以作家寫作更方便，揮灑更自如，不僅可以隨心所欲地用歷史上的任何素材營造濃濃的文化氛圍，大大增強了小說的可讀性，而且還有力地深化了作品的主旨，鑄造了作品旺盛的生命力。諸位看官如若不信，有金庸先生自己的話爲證：

我寫武俠小說是想寫人性，就像大多數小說一樣。這部小說通過書中一些人物，企圖刻劃中國三千多年來政治生活中的若干普遍現象。……「千秋萬載，一統江湖」的口號，在六十年代時就寫在書中了。任我行因掌握大權而腐化，那是人性的普遍現象。這些都不是書成後的增添或改作……因為想寫的是一些普遍性格，是生活中的常見現象，所以本書沒有歷史背景，這表示，類似的情景可以發生在任何朝代。

（摘自金庸《笑傲江湖・後記》）

作家似乎在有意無意地暗示我們，他這部小說的背景固然是適合於任何朝代，但因爲作者生活在現代社會，不可能脫離現實去異想天開，所以作品的著眼點最後落到了現代社會上。這也就是說，作品裏人和事就發生在今天！發生在我們身邊！於是，小說也就具有了強烈的寓言意味和深刻的現實意義。換句話說，作者完成了超越自我的一個高難度動作！

於是，在這個層面上，引車賣漿者流和專家學者教授名流一起俯首甘為金迷，金派武俠小說風靡華人世界，這就一點也不奇怪了。

這第二座高峰，非常人能夠企及，只要能夠達到這樣的水準，自我滿足甚至自我陶醉都無可厚非。不過，金庸之所以成為金庸，就在於他在這個高度上，還沒有自我滿足，更沒有自我陶醉，他還想突破，還想超越！

於是，武俠的讀者們應該記住一個年份，那就是一九六九年，因為在這一年，《鹿鼎記》橫空出世了！這，是金氏武俠的巔峰之作。三年後，也就是一九七二年，《鹿鼎記》連載完畢，金大俠斷然宣布封筆！

也許很多讀者剛開始看《鹿鼎記》會很不習慣甚至有些驚訝，因為它的主角韋小寶竟然不是英雄不是豪傑也壓根算不上是條好漢，他是個無賴小混混，根本不是讀者印象中有資格做武俠作品主人翁的「大人物」，其德其才，都絕對不能和郭靖、楊過、張無忌甚至江南七俠相提並論，這樣的人，怎麼居然有幸成爲金大俠最後濃墨重彩著力塑造的人物呢？

不過，稍一細想，便豁然開朗——答案其實很簡單，因爲在「射鵰」和《笑傲江湖》之後，作者如果不願意重複自己，那麼，下面的重頭戲要完成的自我超越就必然是：塑造在性格、形象、象徵意義等方面全方位立體地突破舊作的人物，而韋小寶正是這樣的一個人物。

金庸先生在《韋小寶這傢伙》裏曾非常詳細深入地分析自己的創作心態和創作歷程，請恕筆者偷懶，大段地錄下以爲證明：

> 武俠小說主要依賴想像，其中的人情世故，性格感情卻總與經驗與觀察有關。
>
> 小說家的第一部作品，通常與他自己有關，或者，寫的是他最熟悉的事物。到了後期，生活的經歷複雜了，小說的內容也會複雜起來。
>
> 我的第一部小說《書劍恩仇錄》，寫的是我小時候在故鄉聽熟了的傳

說——乾隆皇帝是漢人的兒子。陳家洛這樣的性格，知識份子中很多。杭州與海寧是我的故鄉。《鹿鼎記》是我到目前為止的最後一部小說，所寫的生活是我完全不熟悉的，妓院，皇宮，朝廷，荒島，人物也是我完全不熟悉的，韋小寶這樣的小流氓，我一生之中從來沒有遇到過半個。揚州我從來沒有到過。我一定是將觀察到，體驗到的許許多多人的性格，融在韋小寶身上了。

我從來不想在哪一部小說中，故意表現怎麼樣一個主題。如果讀者覺得其中有什麼主題，那是不知不覺間自然形成的。相信讀者自己所作的結論，互相間也不太相同。

從《書劍恩仇錄》到《鹿鼎記》，這十幾部小說中，我感到關切的只是人物與感情。韋小寶並不是感情深切的人。《鹿鼎記》並不是一部重感情的書。其中所寫的比較特殊的感情，是康熙與韋小寶之間君臣的情誼，既有矛盾衝突、又有情誼友愛的複雜感情。這在別的小說中似乎沒有人寫過。

韋小寶的身上有許多中國人普遍的優點和缺點，但韋小寶當然並不是中國人的典型。民族性是一種廣泛的觀念，而韋小寶是獨特的、具有個性的一個人。劉備、關羽、諸葛亮、曹操、阿Q、林黛玉等等身上都有中國人的某些特性，但都不能說是中國人的典型。

中國人的性格太複雜了，一萬部小說也寫不完的。孫悟空、豬八戒、沙僧他們都不是人，但他們身上也有中國人的某些特徵，因為寫這些「妖精」的人是中國人。

諸位試想，一部寫出了「有許多中國人普遍的優點和缺點」的主角的小說，怎麼可能不是作者的顛峰之作?!而一個作者，在寫出了「有許多中國人普遍的優點和缺點」的人物之後，他如不封筆，還能做什麼?!

所以，《笑傲江湖》之後，不願重複自我固步自封的金庸先生要寫的，只能是《鹿鼎記》只能是韋小寶，而在《鹿鼎記》、韋小寶之後，金大俠所能做的也只能是金盆洗手。

從《書劍恩仇錄》到《鹿鼎記》，擅長長篇甚至是超級長篇的金庸的創作歷程和心路歷程，昭然若揭——這其間，每一步，都那麼艱鉅，那麼美，也那麼自然！

作者附言

四年前，我應邀成為「武俠人生」叢書的作者，並於當年深秋完成了我的第一部「武俠人生」專著——《黃蓉的人生哲學》，接著，又陸續完成了《李莫愁的人生哲學》、《任盈盈的人生哲學》和《趙敏的人生哲學》。在這個過程中，為了盡可能使我的作品既有學術性、可讀性又有新意，我不僅深入閱讀和研究原著，而且還曾為了更好更深入地分析作家作品而模仿金大俠創作了一部四十萬字的武俠小說，對金派武俠的故事、人物、結構以及作家的創作心態和創作歷程，都有了一些體悟。本文乃《金庸茶館》主編萬潤龍先生所約寫，很巧，在我動「鍵」

之前，接到出版社的電話，知道我的最後一本「武俠人生」書稿《趙敏的人生哲學》即將出版，於是，亦將它作為我撰寫「武俠人生」的總結和《趙敏》一書的自序。

癸未 秋風初起

目錄

處世篇 143

人生觀篇 173

評語 211

附錄正編

附錄續編 286

趙敏的人生哲學

生平篇

大元至正十年夏天，京城大都的汝陽王府中人人都甚是緊張，因爲王妃便要臨產了。

說也奇怪，王妃這次有孕，竟懷了十八個月，許多人都說她這次定會生一個光宗耀祖、功德無量的小王爺。可是，王妃卻不這麼想，她只想要一個能擁有自己幸福的孩子就心滿意足了。而且，最好是個女孩——因爲她已經有一個兒子庫庫特莫爾了。

不久，王妃果然如願產下了一個美麗可愛的女嬰。這女嬰一生下來便會笑，衝誰都笑。所以王爺特別喜愛。趙敏百日的時候，王爺爲她大擺湯餅筵，其隆重並不亞於世子庫庫特莫爾的百日慶宴。趙敏周歲時，王爺蒐羅了天下各種物事讓她「抓周」，誰知小趙敏對奇珍異寶、胭脂花粉等不屑一顧，竟左手抓了倚天劍，右手抓了她父親的官印，高高昂起頭顱，小臉上還滿是得意的笑容！

這件事很快被皇上知道了，皇上特別高興，馬上封這小女孩爲「紹敏郡主」。於是，汝陽王爺就爲女兒正式取名爲敏敏。後來根據她的封號又取漢名爲趙敏。

侯門有女初長成

趙敏極其聰明，兩歲便已能熟背漢文唐詩，但她最感興趣的卻不是這些，而是喜歡隨父兄去打獵。合朝上下人人公認，汝陽王府的紹敏郡主不僅文武雙全，還是蒙古第一美人。所以，趙敏才七、八歲，就有人上門提親了。只不過，王妃疼愛女兒，總是說敏敏還小，都推掉了。

趙敏在王府漸漸長大，裹金堆玉的，所有的人，包括趙敏自己，都以爲自己會這樣過一輩子了。

不過，在趙敏十二歲那年，有一件事徹底改變了她的生活。

那年，父親汝陽王又新納了個妾，這個女子只有十五歲，比趙敏大不了多少。新庶母進府的那日，趙敏遵從父命，曾去拜望過她——只見她長得甚是美麗，只是眉宇間頗有股哀怨之氣。當時趙敏還不甚理解。沒幾天後，趙敏便聽說這位新來的庶母跳井死了。原來，她在進王府之前，早就有個青梅竹馬的意中人，只是王府勢力大要娶她，她的父母不敢不從，哥哥更是指望著靠妹妹的裙帶關係飛黃騰達，所以姑娘就被巴巴的送進了王府。哪知，她的情郎十分癡心，見心上人進了王府，「侯門一入深似海，從此蕭郎是路人」，竟一頭撞死了！那女子得知後，也毫不猶豫地殉情了。

從此，趙敏知道了，原來愛情可以令一個人生，也可以令一個人死。她自己也暗暗立誓，長大了非要找個如意郎君不可。

趙敏長到十四歲時，已經出落得猶如出水芙蓉般，美麗不可方物，上門求親的人更是絡繹不絕。有一天，父親突然讓趙敏到他的寢宮去，說有要事相商。趙敏到得那兒，只見母親也在，兩人都面帶喜色。見趙敏來了以後，母親一把就把她摟在懷裏，揉著她的手說道：

「我的兒啊，昨日你父親上朝，皇上問起你的親事，說汝寧王爺託皇上作媒，要求把你許給他們府的小王爺。你父親說那孩子是他看著長大的，文武雙全，挺不錯，比你大兩歲，今年正好十六，相貌堂堂，是位難得的俊美公子，和女兒非常般配。更難得的是，這位小王爺雖生在侯門，卻頗愛騎馬射箭，像個草原上的漢子，很有你爹爹當年的風采。今兒我們特意先和你說了，看你滿不滿意？」

趙敏垂下眼簾，良久，卻沒有表示什麼。

是晚，王妃特意來到趙敏的閨房，摒退左右，想問問女兒的心思。

「我的兒啊，白日裏我同你父王與你談的事兒，也不知你是怎麼個主意。現在這兒就我們娘兒倆，你就同娘說說。」

趙敏遲疑了片刻，說道：

「母親，女兒心中一直有個心願，就是要找一個自己中意的如意郎君。今日裏您同爹爹說的那位小王爺的確不錯，但女兒從來沒有見過他，所以他不可能是女兒心中的人兒。」

「那你心中的人兒又究竟是要怎樣的呢？」

「只要能眞心對我好，讓女兒一見鍾情的，即便他並非出自名門望族，女兒也樂意。」

趙敏的這番話深深觸動了王妃——她想自己當初由父母作主嫁給了汝陽

王，族中人都很是羨慕。雖說婚後夫妻也算相敬如賓，又有了庫庫和敏敏這一雙人見人誇的兒女，但總覺得生活裏面缺少了些什麼。於是，王妃握著趙敏的手說道：

「你既然有這個想法，做娘的也就不再爲難你了。」

從此，趙敏似乎和母親有了默契，對上門求婚提親的，只要趙敏不滿意，不管對方是怎樣的人家，一律予以拒絕。王爺一向寵愛女兒，雖然心裏知道她們母女的這個「秘密」，也從未揭穿她們，而總是拈著他左頰上的三根鬚毫，「呵呵」地笑著，答應著叫人把媒人送來的庚帖退回去——王爺左頰有三根鬚毫，他在開心或發怒的時候，常常喜歡用手拈這幾根鬚毫。每當王爺怒氣沖沖，他左頰上那三根鬚毫就會直豎起來，樣子十分威嚴可怕。所以，部屬和偏妃們只要看到王爺用手去拈鬚毫，就會戰戰兢兢地，不知道他是喜非喜，害怕他會驟發雷霆之怒。不過，對心愛的女兒敏敏，王爺可捨不得對她吹鬍子瞪眼睛的，趙敏只經常看到父親用手拈鬚毫，卻很少看到父王的三根鬚毫豎起來的樣子。

只不過，她的那個「他」究竟會是個什麼樣子，趙敏這時候還不是很清楚。雖然她是蒙古第一美女，有著羞花閉月之貌、沉魚落雁之容，但在王府周圍，趙敏的視野所及，又有哪個年輕男子能夠入得了趙敏的法眼？而且趙敏也深深知道，只要她生活的環境沒有改變，那麼自己出眾的容貌也只能作爲實現政治目的的手段而已。她的感情生活是一片荒漠。眼看著短暫的青春稍縱即逝，她是那般的無奈……。

其實，對於趙敏來說，出生在侯門大戶，眞不知是幸運還是不幸。父親乃皇室宗親，貴爲汝陽王，又官居太尉，統領天下兵馬。而自己一出生，也就被冊封爲「紹敏郡主」。如此顯赫的出身，加之父母的寵愛，使她自小便在錦衣繡堆中長大，要風得風，要雨得雨。但也正是這樣的家庭背景，使她一出生就注定要負有某種政治上的責任——志向和能力不亞於鬚眉的趙敏和一般的貴族女子不一樣，她承擔家族責任的方式，並不是透過自己的美貌和高貴的血統，而是像男人們一樣，直接介入了嚴酷的政治鬥爭。她認眞地扮演著她的政治角色，統領蒙、漢、西域的武士、番僧，向江湖上的各大門派、幫會大舉進擊。

趙敏輕鬆地解決了六大派之後，把目標放到了在江湖上極有勢力的明教上。

初識郎君綠柳莊

玉門關內的甘涼大道是通往西域的必經之路，歷來商賈雲集。這日突然來了九個奇怪的人，其中八位大漢爲獵戶打扮，佩劍負弓，而且還帶著五六頭墨羽利爪極神駿的獵鷹。爲首的是一位雍容華貴的年輕公子——「他」便是女扮男裝的趙敏。她到此的目的便是爲了等待明教教主張無忌及其一行英雄，並試圖將他們全部俘獲，就像她對六大門派所做的那樣。但她卻萬萬沒有料到，她的生活即將因張無忌這個人的出現，而發生重大的轉變。

趙敏和手下等了不久，張無忌一行便來到了。他們此刻剛經歷了一場光明頂上的大劫，又因禍得福地有了一位武功蓋世的新教主——張無忌，所以個個臉上都洋溢著一種建功立業的喜悅與緊張，誰也沒有料到，此刻敵人已經爲他們挖好了陷阱。爲了更好地完成任務，趙敏先玩了一個花樣，當著明教眾位高手的面，殺了一群爲非作歹的官兵，贏得他們極大的好感。果然，張無忌等人落入了她的彀中，順理成章地接受了她的邀請，來到了綠柳山莊。當然，此時的張無忌對於趙敏來說，還只不過是明教教主，是她日後控制明教的一粒棋子。

趙敏果然是工於心計，她知道張無忌一行人，個個武功了得，如果動起手來，硬碰硬，自己定是占不了多少便宜。因此她利用群俠對倚天劍的好奇心，終於用醉仙靈芙與奇鯪香木兩種香味混合所產生的毒性，放倒了明教眾豪傑。而張無忌因爲練了九陽神功，百毒不侵，所以沒事。他返回山莊取解藥，和趙敏短兵相接。

趙敏一個人在水閣休息，驀然又見張無忌，心裏像是倒翻了五味瓶，不知道是喜還是愁——其實在她幾天前第一次見到張無忌時，這個年輕俊朗的少年英豪就已在她心裏激起了圈圈漣漪。雖然趙敏早就讓手下打聽明白了，明教教主張無忌是一個少年英雄，武功很是了得，但一見面才發現原來他是這般年輕，而且又是這般相貌堂堂，只是過於忠厚老實，竟至於有點小孩子氣，而這與她身邊那些老於世故、奸險刁滑的人比起來，又是那麼的可愛啊！她的目光不知不覺間，竟跟著張無忌走動起來。可是她畢竟是幹練而又有擔待、非同一般的姑娘，她的理智馬上讓她把這份情感先收藏了起來。然而張無忌也不愧是當世的英雄，武功好生了得，她不僅勝不了他，反而被他奪去了自己頭上的珠花，她在惱羞之餘，竟也暗生佩服之意。然而政治終究是無情的，她不可能有太多的時間讓自己沉溺在幻想中，如果抓不住張無忌，此次任務便功虧一簣了。生性靈慧的她竟然假裝自殺，而忠厚的張無忌又一次落入了她的彀中，他倆雙雙被困於陷阱之中。

剛剛落入陷阱時，趙敏心中竟然閃過一絲驚喜——這既有對自己計謀得逞的自負，但更多的是，爲了能與令自己心動的男子近在咫尺而感到些許興奮。可是過於老實天眞的張無忌又怎麼能理解趙敏此刻複雜的心理呢？他只是一心想趕快逃出這個陷阱去救他的部下們。在試過各種辦法都無效之後，一時情急的他竟然脫下了趙敏的繡鞋，在她足底撓起癢來，這一近乎頑劣的作法，的確是太孩子氣了。可也正是這種孩子氣的作法，竟使趙敏對張無忌的好感又加深了一層，在她心中已隱隱覺得，眼前這個混小子可能將要改變她的一生，而她對此則毫無辦法——有時候感情就是這麼奇怪。沒想到自己與心上人的第一次親密接觸，竟是在自己爲他設置的陷阱中。不過，如果她知道，自己嬌嫩的纖足也同樣令張無忌心神蕩漾起來，那麼她會感到更加嬌羞甜蜜。

趙敏最終還是放了張無忌，並且還用金盒裝了那朵珠花，派屬下送給了張無忌。

趙敏畢竟是蒙古少女，敢愛敢恨，當她明白自己的心已被這混小子帶走時，就下定決心，今生無論如何要與他廝守在一起了。

當然，這時趙敏仍是朝廷的紹敏郡主，依然要爲朝廷效力。既然這一次俘獲明教的計謀沒有得逞，她又心生一計，去鏟平少林、武當，嫁禍明教，在武林中再一次掀起一場風波。她這一謀畫不能說不厲害。

不久，在很順利地滅了少林之後，趙敏便率麾下進攻武當。爲了確保這一次行動萬無一失，她事先派一名手下假扮少林僧偷襲了武林泰斗張三丰。可是她萬萬沒有想到，明教一行人竟也及時趕到，青翼蝠王韋一笑與布袋和尚說不得一出手，立時就解決了她手下的一員大將，使她的這一完美計畫又一次泡湯。然而趙敏畢竟是趙敏，面對明教眾位高手的突然來到，她並不慌張，一計不成又生一計，既然明教勢眾，就轉而把目標縮小到張三丰身上，激他出手。她料想張三丰已然受傷，定是敵不過自己手下高手的。而只要制服了張三丰，武當派的赫赫威名便不免墜地，那她這次也就算不虛此行了。不過，爲了以防萬一，她還是安排手下的三位高手來連戰張三丰。她原本以爲自己此計相當嚴密，定能獲勝，但不料卻栽在一個「小道僮」手裏。

此道僮雖蓬頭垢面，其貌不揚，但武功好生了得，且得張三丰太極拳眞傳，一舉力克她手下兩員大將，而且無意間還發現了他們便是當年陷害俞岱巖的兇手的秘密。正當趙敏疑惑詫異之際，卻發現此人正是那個令她朝思暮想的張無忌！

不知是不是老天弄人，每一次張無忌的出現，總是會壞了趙敏的好事。此刻，趙敏也不知是喜悅還是憤怒。雖然她內心不願承認，但她也實在難以否認自己此刻心中的天平已滑向了張無忌。

原本此事到此應是一個了結了。哪知就在此刻，趙敏一眼瞥見自己贈給張無忌的定情信物——珠花，竟然戴在他的婢女小昭的頭上。再看那小昭長得「明眸皓齒，桃笑李妍，出落得猶如曉露芙蓉」般，心中眞惱恨得不得了，於是一轉身，就命令自己身邊的一位高手阿大去把張無忌的兩條臂膀斬下來。可是張無忌居然臨陣磨槍，靠向張三丰討教的一手太極劍法，擊敗了高手阿大——八臂神猿東方白，反過來卸下了他的一條手臂。當然，趙敏從未將手下人的死活放在心上，這一仗自己這方雖然輸了，但她對張無忌的好感卻又加了一分。俗語說得好，自古少女慕英雄。此刻我們的紹敏郡主已暗暗下定決心，非此人不嫁。

可是，這又談何容易啊！兩人屬於不同的民族，目下又是仇家，如何能讓他落入自己的情網呢？當她匆匆離去時，心中已然有了一個絕妙計畫。她料定張無忌爲救兩位師叔伯，定會不顧生命安危而來搶解藥，而妙計就不妨從此入手。於是，她故意領著大隊人馬，招搖過市，在沿途留下訊息。果然是夜，張無忌來了。這一次他似乎學聰明了，爲防止再次上當，便從阿二和阿三的傷處刮下藥膏，連帶著一整瓶的藥一起搶走。但張無忌畢竟還是老實了些，又怎是趙敏的對手？原來他此刻搶走的不是傷藥「黑玉斷續膏」，而是毒藥「七蟲七花膏」。趙敏早已料得張無忌可能會疑心自己做手腳，竟不惜損折兩員大將，給他們也用上了劇毒的「七蟲七花膏」。這下，趙敏得意地笑了，「張無忌，看你敢不敢再輕視我了！」

第二日傍晚，趙敏料定張無忌那邊廂已然因師叔伯中毒而急得手足無措時，再次來到武當山下。這一次她是眞心來送解藥的。果然，不出她所料，張無忌已到了快要崩潰的邊緣。但她沒有料到的是，堂堂明教教主竟會因這點小事而幾欲流淚，且孩子氣地把珠花還給了她。不過，這種不像男子漢的溫柔情感，非但沒有令她不舒服，反而使她對他又多了一分憐愛——畢竟，她身邊多的是爾虞我詐之輩，又有幾人能像張無忌這般重情重義？

「張教主，你要『黑玉斷續膏』，我可以給你；你要『七蟲七花膏』的解藥，我也可以給你。只是你須得答應我做三件事，那我便心甘情願的奉上。」趙敏軟語寬慰道。

這樣刁蠻的條件——讓張無忌幫她做三件事，這既是她大小姐脾氣使然，也是想以此來拴住自己的心上人。而事實上，她早已把「黑玉斷續膏」和「七蟲七花膏」的解藥方子放在那只黃金盒子裏，送給張無忌了。

可張無忌一向就不懂得女孩子的心思，所以以前才會被朱九眞耍了個夠。而趙敏七竅玲瓏，她的心思張無忌是更加不可能猜透了。他說道：

「只要不背俠義之道，那麼不論多大的難題，我也竭力爲你做到。」

這下趙敏放心了。「有這三件事，我不怕你不和我相守一輩子，」她暗暗想道，喜悅之色溢於顏表。她讓張無忌收好自己送與他的珠花，還特意囑咐一句：「我可不許你再去送給那個俏丫鬟」，就歡歡喜喜地離去了。

私會張郎帝城西

自離了張無忌之後，趙敏便回到了京城大都。雖然她心中甚是掛念張無忌，但也絕不會爲此而耽誤了自己的正事——現在她首先要做的，就是對付自己剛抓來的那批六大派高手。

趙敏將六大派高手們囚禁在萬安寺內，每晚都親自過去對他們嚴刑恐嚇，威逼他們歸附朝廷。當然，她也知道，這些自詡爲名門正派的老頑固們是不會如此容易就範的，因此她又想出一個更毒辣的計謀，就是讓六大派高手中的一位與自己手下的三位高手逐一對戰，如能連勝，就立時放這人走，如不能，則要割下他的一截手指。當然，六大派的各高手早已被「十香軟筋散」痳倒，內力全無，所以無論如何都不可能連勝三人的，此計眞是陰險至極。而趙敏的眞正目的也並非僅在於此，她計算著，如能讓六大派高手歸附朝廷那是最好，如不能而逼得他們出手，那麼至少自己還可以從旁觀看，偷學名門正派的精妙招數。於是，在短短的一個月間，她也不知斬了多少高手的手指，同時也學了不少高招。

這晚趙敏又照例來到了萬安寺內。她先點了崑崙派掌門何太沖的名，令他前來比試。何太沖不愧是崑崙派的掌門，在內力全無的情況下，仍力克她手下兩員大將，但終因體力不支而輸給了第三位對手，被割去一指。雖然這是早已料到的結局，但趙敏仍是暗暗佩服崑崙派精妙的劍法。等何太沖一離開，她就開始和自己的手下演練起適才何太沖所使用的劍法。可是當她與第三位手下演習時，卻怎麼也記不清當時何太沖的招式了，她只能求助於苦頭陀——這個部下是她極爲信任的，不僅因爲他長期以來在爹爹與自己身邊效命，從未出過差錯，而且因爲他還是一個啞巴，十分可靠。

苦大師果然武功不凡，他不僅演示了何太沖的劍法，且指出其失敗的原因，還教了趙敏克制之法。

接著，趙敏又點了崆峒派的唐文亮和峨嵋派的滅絕師太。可是滅絕師太竟已絕食五日，如此倔強，令趙敏好生惱怒。既然滅絕師太不行，那就讓她的徒弟周芷若代替吧。對這個姑娘，趙敏可沒有什麼好感——這不僅是因爲她曾在光明頂刺了張無忌一劍，而且趙敏還隱隱覺得此女子定是日後自己與張無忌之間的莫大障礙。好在，周芷若現在是趙敏的階下囚，乘此機會，倒正好羞辱她一番。

趙敏原想讓周芷若也與三人比試，然後割去她的一個手指。可是這個小女子卻沒這麼好上鉤，居然看出她偷學技藝的陰謀，拒絕比試。趙敏見她如此，便以毀其容貌相要脅。可是，她沒料到的是張無忌早已躲在門外，對裏面此刻發生的事一清二楚。正當她舉劍要動手之時，卻被殿外飛來的一件物事擋開了劍鋒，同時有一個人也隨之破窗而入，擊倒了抓住周芷若的兩人，而將周芷若護在懷中。定睛看時，此人不是別人，正是張無忌！而他所用來撞開趙敏劍鋒的，正是自己贈給他的黃金盒子。此時這個盒子已被倚天劍劈成兩半。

趙敏見狀，心中倒無惱恨，只有濃濃的悵惘與哀怨。她向那兩半金盒凝視半晌之後，淒淒地說道：

「你如此厭惡這只盒子，非要它破損不可麼？」

張無忌答道：

「我沒帶暗器，匆忙之際隨手在懷中一探，摸出了盒子出來，實非有意，還望姑娘莫怪。」

「這盒子是你隨身帶著嗎？」趙敏又問。

「是。」張無忌肯定地回答。

這一瞬，趙敏臉上閃過一道興奮的色彩。然而一轉眼間，卻見到張無忌與周芷若相擁在一起，心中的喜悅隨即消去大半。她想，看來自己所料不錯，張無忌與周芷若之間的確有些情愫。她原想向張無忌解釋些什麼，可是終沒說出，只是又望了一眼那只金盒。

「我去請高手匠人重新鑲好。」張無忌道。

「當眞嗎？」趙敏不敢相信。

張無忌點了點頭。

於是，那股溫暖的感覺又從趙敏心中升起。戀愛中的女人難免會不理智些。原本明教教主自個兒送上門來，正可將他逮個正著，她手下的玄冥二老等高手個個都摩拳擦掌準備大戰一場，可是趙敏卻道：「那你去罷。」竟這般輕易地把張無忌給放了。

「我們告辭了。」張無忌說著，攜著周芷若的手欲走。

「你自己要去，我也不留。但你想把周姑娘也帶了去，竟不來問我一聲，你當我是什麼人了？」——趙敏又怎能放周芷若走呢？周芷若一方面是自己抓來的俘虜，另一方面又是自己的情敵，所以趙敏是無論如何都不可能同意把她放走的。於是，一場打鬥在所難免，幸好自己手下有玄冥二老、苦頭陀以及眾位高手，縱使張無忌武功再高，身邊又有楊逍、韋一笑幫助，但他要救人依然絕非易事。於是一場比試，雙方難分高下。

趙敏見如此僵持下去也無甚好處，更擔心待會兒自己這方面的大量援兵來了，難免會傷了張無忌，故而命眾人都停了手。她親眼目睹張無忌為了周芷若而與自己大打出手，心中滋味可想而知。但頗有城府的她仍笑道：

「張公子，這般花容月貌的人兒，我見猶憐。她定是你的意中人了？」——她逼著張無忌說出兩人之間的關係，但心中又是多麼渴望聽到否定的答案啊。

可恨張無忌竟對此不置可否，還張口閉口的說什麼立志要滅了蒙古韃子。趙敏一時氣惱，大小姐脾氣上來，非要把這周芷若臉上給劃花了不可。正在這時，張無忌的手下韋一笑竟然使出輕功絕學，在她臉上抹了一臉泥巴，並以此要脅，只要趙敏在周芷若臉上劃一刀，他便在她臉上劃兩刀。說著，張無忌與楊逍、韋一笑就走了。這一場比試看似雙方不分輸贏，可趙敏心中卻悵然若有所失。

張無忌的突然出現，又一次壞了她的好事。可奇怪的是，她對張無忌就是恨不起來。他那憨憨的音容笑貌總是縈繞在心頭，揮之不去。她奇怪自己自從認識了張無忌之後，竟一而再、再而三地做出不理智的事來，她已無法控制自己了。趙敏急著命令手下去調查張無忌他們的住處。第二晚她就抑制不住地要去看望張無忌了。可如此貿貿然前往，自己性命不免有憂，考慮再三，還是決定先去萬安寺喚上苦頭陀同去。一來苦頭陀武藝高強，可以保護自己，二來他又是一個啞巴，總不可能把自己私會張無忌的事給抖了出去。

可是，螳螂捕蟬，豈知黃雀在後。趙敏萬萬沒有料到，苦頭陀竟是苦心積慮幾十年，潛伏在汝陽王府的明教光明右使范遙，並且還給她捅了個大樓子！當然這已經是後話了。

好不容易熬過了長長的白天。到了晚上，趙敏若無其事似地踱到了萬安寺，輕描淡寫地讓苦頭陀隨自己去辦件事。雖然，她也看到苦頭陀與鹿杖客兩人捧了個大包袱，神色詭異，要在平時，趙敏一定會起疑心，但她現下急於去見張無忌，就只是隨便問了幾句，並未把這事放在心上。

一切似乎都很順利，趙敏如願地見到了張無忌，並把他邀到一家小酒店，準備對酌閒聊。苦頭陀見狀識相地退開了。趙敏覺得，眼下的時間完全是屬於她和張無忌兩個人的，心中的喜悅不禁溢於言表。

炭火把屋子烤得暖暖的，燭光把人影搖得碎碎的，加之酒力的作用，把個趙敏襯托得越發嬌媚。她癡癡地看著張無忌，向他細細訴說自己的家世，而張無忌則靜靜地傾聽著。

然後，他們決定不日一同啓程，雙雙去取屠龍刀。

這一刻，趙敏眞希望時間凝固，他們兩人就這麼永遠的待下去了。

兩人正在情意綿綿之時，卻突然發現萬安寺起火了。趙敏哪知這是張無忌與苦頭陀他們一夥所爲，當下就緊隨張無忌回到了萬安寺。

萬安寺中一片嘈雜，全亂了套。那座囚禁六大派高手的佛塔著了火，而趙敏的哥哥王保保雖已帶兵趕到，卻無法控制局面。更可笑的是，苦頭陀與鶴筆翁居然正在討價還價，說什麼「苦頭陀要救其老情人滅絕師太及私生女周芷若……」。

還有，六大派的高手們看來已經解了十香軟筋散的毒，此刻都聚集在塔頂，只苦於無法逃生……。趙敏正自理不清頭緒，驀地裏卻看到一個人正向自己的哥哥欺去，而此人正是張無忌！說時遲那時快，趙敏拔出倚天劍向張無忌刺去。

「張公子，這是家兄，你莫傷他。」趙敏急道。

「你快下令救火放人，否則我可要對不起兩位了。」張無忌也口氣強硬。

短暫的慌亂過後，趙敏立刻回復了鎭定，她想，現下只有先困住張無忌，才能另做打算，於是她當即命令：

「十八金剛，此人武功了得，結金剛陣擋住了。」

但張無忌武藝甚高，仍是用其內力做墊，幫助六大派眾高手安全地脫離了險境。眼看著敵我力量正發生著戲劇性的變化，趙敏正自惱恨不已，突然，汝陽王府起火了！趙敏心想，此時若再不走，自己說不定反過來要成爲張無忌他們的俘虜了，於是當機立斷，令道：「各人退出萬安寺。」

在走之前，趙敏沒有忘記轉頭向張無忌道：

「明日黃昏，我再請你飲酒，務請駕臨。」

第二日黃昏，趙敏按時來到了那個充滿溫馨回憶的小酒店。張無忌還未到，她就點了同樣的酒菜，仍坐在昨晚那個位子等他。不一會兒，張無忌便帶著小昭來赴約了。剛一入座，張無忌就昨晚之事向她道歉，可趙敏卻不以爲然。

「爹爹那個韓姬妖妖嬈嬈的，我見了就討厭，多謝你叫人殺了她。我媽媽盡誇讚你能幹呢。那些人你救了去也好，反正他們不肯歸降，我留著也是無用。你救了他們，大家一定感激你得緊。當今中原武林，聲望之隆，自是無人及得上你了。」——她又怎麼可能對張無忌恨得起來呢？

這時，苦頭陀范遙也從門口走了進來。他是來向趙敏辭行的。趙敏對他雖然窩著一肚子火，但礙著張無忌的面子仍是由其去了。當范遙走過小昭身邊時，似是想起了什麼人，口中念著「眞像，眞像」，神色黯然地走了。

便在此時，他們聽到峨嵋派招聚同門的訊號，眼見得張無忌甚是焦慮，趙敏也明白他的心思，就主動道：

「那是峨嵋派，似乎遇上了什麼急事。咱們去瞧瞧，好不好？」

——從此，趙敏把張無忌作爲自己生活的中心。

滄海茫茫隨君渡

張無忌向趙敏借了倚天劍，削斷了小昭手上的銬鏈，然後三人同去探聽峨嵋派究竟出了什麼事——不久，他們在一個廢園內見到了峨嵋諸俠。

趙敏與張無忌、小昭三人躲在草叢內，欲看個究竟。原來是峨嵋派發生了內訌。滅絕師太在萬安寺自殺之前，把掌門之位傳給了周芷若，但大弟子丁敏君對此位窺視已久，根本不服新任掌門周芷若。她此時正用惡語侮辱師妹，逼迫周芷若交出掌門之位。張無忌不忍看周芷若受此侮辱，但他如果出手相救，又反而會給她添麻煩，心中煞是焦急。這一切趙敏看在眼裏，便低聲道：「你叫一聲好姊姊，我便出頭給她解圍。」張無忌救人心切，竟眞的低聲道「好姊姊」。趙敏笑著正欲出手，卻見一老婆婆與一少女也到了此地——她們便是金花婆婆與張無忌的表妹殷離。

在金花婆婆面前，周芷若表現得不卑不亢，並且奮不顧身地維護峨嵋派的名譽，這的確令趙敏好生佩服。趙敏一邊哄著身邊的張無忌，一邊注意著事態的發展。從金花婆婆和峨嵋諸俠的談話裏，她聽出這個老太婆已得到了屠龍刀，不由心中一緊。當看到金花婆婆挾持周芷若而去時，張無忌再也忍耐不住了，拉著趙敏她們就追了出去。

趙敏爲了兌現對張無忌的諾言，率先一步挺劍衝上去，與金花婆婆鬥了起來。她的武功自然無法與金花婆婆相比，但仗著從滅絕師太手中獲得的倚天劍，以及她所偷學的精妙武學，竟然使金花婆婆奈何她不得。

幾招未勝，對於金花婆婆來說已然是奇恥大辱，當下就帶著周芷若逃離了。張無忌本還想再追上去，可是趙敏止住了他——在她心中早已有了盤算。

當下她從王府調來馬匹財物，領著張無忌和小昭向海邊奔去。第二日深夜，三人便來到了海邊縣城，趙敏又命令當地官員立即準備好一艘大船，以及舵工、水手、糧食、清水、兵刃、寒衣，一應備齊，並且命令此外的所有海船立即向南駛去。一切都進行得很順利，只是當地縣官過於巴結，為她準備了一艘大炮船，她急中生智，及時地把它偽造成一艘漁船。他們三人則假扮成水手，專等金花婆婆。第三日傍晚，金花婆婆一行人就到了。金花婆婆急於回靈蛇島，也未多想，就坐上他們的船走了。

船上的日子原本是極無聊的，但是趙敏因為從來沒有和張無忌日夜廝守，反倒覺得這是最快樂的日子。

金花婆婆對這一帶海域極為熟悉，由她導航，不幾日便到了靈蛇島。戰船停泊未定，他們就聽到從島上傳來了一聲大吼，從張無忌臉上驚喜的表情中，趙敏猜到那人便是謝遜。從船上望去，只見謝遜正與四名丐幫的長老打鬥，看來他們是來搶屠龍刀的。只見金花婆婆領著殷離已向山上奔去，趙敏也隨著張無忌跟上。謝遜不愧為金毛獅王，眼睛雖已瞎了，但仍殺了一個，傷了一個。這時又從旁上來三名丐幫弟子助戰。救人心切的張無忌再也忍耐不住，彈出了七粒石子。只是謝遜在石子擊到之前，已將這些人殺了大半。但是這樣身分仍是暴露了，金花婆婆十分生氣，一路追問他們是誰。趙敏知道張無忌老實不會騙人，搶先一步向金花婆婆解釋自己一夥是巨鯨幫的。幸好趙敏易容術高超，金花婆婆也沒有再疑心。

只聽得這時謝遜向金花婆婆打聽起張無忌來，而且得知張無忌幼時曾在蝴蝶谷遇到過殷離，還在她的手背上咬了一口，這一口竟使殷離思念張無忌至今。「好你個張無忌，你騙得我好！原來這姑娘識得你在先，你們中間還有這許多糾葛過節。」趙敏心中一陣酸酸的。突然間，趙敏抓起張無忌的手來就是一口，把他的手背咬得鮮血淋漓。

從謝遜與金花婆婆的對話中，得知金花婆婆也欲成爲屠龍刀的主人，看來疑團甚多，只是張無忌老實，恨不得立時就與義父相認，終被趙敏止住。回到船上，他們認眞地分析了形勢，經趙敏點破，憨厚的張無忌才知道丐幫的陳友諒乃陰險毒辣之輩。她一面說著，一面在張無忌的手背傷口上面敷了一層藥膏，用自己的手帕替他包紮好。其實她給張無忌敷的是「去腐消肌膏」，當張無忌發現時，已經晚了，手上的齒痕是怎麼也消不掉了。她這是要在張無忌的手背上咬一口，讓他一輩子都忘不了自己，就像殷離那樣——女孩的心思旁人又怎能猜透？

是晚，張無忌又要上小島去探視謝遜，趙敏見其心切，就解下腰上的倚天劍給他防身——現下她早已把張無忌的性命看得比自己更重要了。

張無忌走了之後，趙敏一直放心不下。島上有金花婆婆、陳友諒這等陰毒之人，而張無忌又過於老實，保不準會怎麼樣。她越想越害怕，就也上島去看個究竟。

果不出所料，島上已打得天昏地暗。先是金花婆婆與謝遜打，之後又冒出三個自稱是波斯明教使者的人，他們與張無忌鬥得難分高下。這三人武功詭異，張無忌竟招架不住了。只見一招不慎，張無忌被他們點了穴位無法動彈，其中一人向他的天靈蓋擊去。情急之下，趙敏高聲喊道：「中土明教的大隊人馬到了。」那人一怔，就這一瞬間，趙敏衝上，拔出張無忌身上的倚天劍，向那三人砍去。此時她什麼都顧不得了，如果張無忌死了，她也不想活了。她連使了三招與敵人同歸於盡的狠招，把三使者擋了一會兒，爲張無忌贏得解穴的寶貴時間。眼見趙敏第三招使出，要與敵人共赴黃泉了，張無忌終於衝穴成功，就上去救下了趙敏，但倚天劍仍已刺傷了她的小腹。

當下張無忌抱著受傷的趙敏、殷離，引著瞎眼的謝遜向船上奔去，血滴了一路。

在船上趙敏的傷得到了張無忌的救治，幸好性命無憂。而張無忌也終於與謝遜相認了。但這兒也非安全之地，五艘波斯明教的船正向他們駛來，不一時炮彈也跟著飛了過來。雖然他們船上也有炮，但卻無人精通海戰，形同虛設，而且還炸壞了自己的船。張無忌只得帶著眾人，以及剛從艙中救出的周芷若，狼狽地跳上小船逃生。趙敏躺在小船上，由張無忌他們划著船。只要在張無忌身邊，她就覺得是最安全的。

所幸波斯人未發現這艘小船，以為他們都已葬身魚腹，所以也無追兵之苦。謝遜因突然見到了義子，心中很是暢快，話也特多。突然，他問趙敏昨晚為何如此拚命地救張無忌，因為以他對武學的精通，知道她不必使用拚命的招數，也可以救張無忌的。

「他……誰叫他這般情致纏綿的……抱著……抱著殷姑娘。我是不想活了。」趙敏答道。──畢竟是蒙古女孩，敢愛敢恨，很是爽氣，著實可愛。

張無忌聽了此話也甚是感動，握住了趙敏的手，低聲道：「下次無論如何不可以再這樣了。」趙敏聽了，自是甜蜜無比。

小船上的日子無聊，大家便無話不談。漸漸地話題引到了金花婆婆身上。從謝遜口中，趙敏得知，原來金花婆婆是明教護教四法王之一的紫衫龍王，而且知道了她的身世以及身負聖處女的使命，和毅然離教的諸多悲喜故事。

這時，因殷離傷勢突然加重，他們不得不划著小船折回靈蛇島去尋找傷藥。

他們遠遠地看到火光閃動，疑心波斯明教正對違反教規的紫衫龍王黛綺絲實行火刑懲罰，小昭一聞此言便昏了過去，這使趙敏疑心小昭便是黛綺絲的女兒。事實證明趙敏所料不錯，當然這是後話了。他們一行人剛靠近小島，就被船上的波斯人發現了，波斯人以發炮相威脅，逼迫他們上了一艘大船。趙敏原還想隱瞞身分，只道自己是遇難的漁民。船上波斯人將信將疑，他們正用胡語交談，小昭向爲首的波斯人發出了攻擊，加上張無忌的絕世武功，一船波斯人立刻被制服，但這也驚動了周圍的波斯船，趙敏料定一場大戰在所難免，而自己此時卻受了傷不能幫助張無忌，心下甚是焦急。只見波斯三使已跳到船上，幸好他們手中有那個波斯首領，所以波斯人一下子也奈何他們不得。不一會兒幾隻波斯船都已靠攏過來，波斯明教的十二寶樹王也出現了，看來形勢對他們很是不利，而他們也只能以手中的人質與對方討價還價，要求波斯人放了黛綺絲和他們。

一場惡戰是逃不掉了。幸好張無忌及時從聖火令上學得了破解波斯人武功的方法，終於僥倖獲勝。趙敏懸著的心總算放了下來。一輕鬆，她調皮幽默的本性又上來了，竟利用波斯人不通漢語這一點，而大占他們的便宜——面對如此強敵，仍能風趣瀟灑，恐怕只有趙敏一人了。

可是波斯明教並未就此甘休，他們在張無忌的小船下炸了個窟窿，眼看著船就要沉了。面對死亡，趙敏倒也不緊張，心想能死在張無忌的身邊也是值得欣慰的。就在性命攸關的時刻，小昭挺身而出，承認自己就是黛綺絲的女兒，而甘願替母親成爲波斯明教的新任處女教主。從此她就與張無忌永隔萬里了。

雖說小昭也令趙敏吃過幾回醋，但見她此刻爲了眾人的安危，毅然犧牲自己的幸福，趙敏仍然很敬佩她。

由於小昭的相救，趙敏他們逃脫了一難。乘著波斯人贈送的船，一行人來到了東海一個無名的小島上。剛經歷了這麼一場劫難，再加上幾日的海上顛簸，眾人都是身心俱疲，所以一到島上就想休息。孰料周芷若竟偷了趙敏身上的「十香軟筋散」，下在眾人的飲食中。待得人們睡著之後，她便盜得了趙敏的倚天劍和謝遜的屠龍刀，並且刺傷殷離，把趙敏扔到船上，放逐了她。然後把這些事都嫁禍於趙敏——這是趙敏後來才知道的。

爲郎忍淚棄家園

趙敏在海上漂流了幾日，但她中了毒，無力把舵。幸好海上颳起東風，把船吹回了中原。憑著郡主的身分，趙敏很快回到了王府。她一邊在家中解毒，一邊派人去海外搜尋張無忌一行人的下落。但是眼看著過去了一月有餘，卻沒有任何關於張無忌的消息。

忽一日聽得丐幫將要在鎮甸聚會，趙敏心想丐幫為江湖第一大幫，人口龐雜，或許他們會有一些張無忌的消息，當即前往。這夜她潛到了丐幫聚會之所，躲在一棵柏樹上。只見那日在靈蛇島遇到的陳友諒正在慷慨陳詞，他先是引武當派宋大俠之子宋青書入幫，接著又領出自己所俘獲的明教之人韓林兒。之後他越說越不像話，竟開始咒張無忌已短命死了。聽到這兒，趙敏再也忍不住了，從樹上跳下，躍入殿中，喝問：

「張無忌在此，是誰在咒我短命橫死！」

可是趙敏的身分馬上被宋青書揭穿了，幸好趙敏也是有備而來，玄冥二老見郡主有難就上來相救。幾個回合下來，趙敏漸漸不敵對方，眼看著宋青書的劍柄就要向自己頭上砸來，突然一股強大的力量擋開長劍，將她救出。趙敏原認為自己此刻必死無疑了，卻突然被人救起，竟有些眩暈。一回頭，只見一雙濃眉俊目，啊，是他——張無忌！於是心中各種委屈都湧了上來，眼眶竟不禁濕潤了。

經趙敏指點，張無忌帶著她躲在殿內的一面大鼓中。趙敏緊緊地偎依在張無忌身上，享受著那份有男性庇護的安全感。不一會兒，丐幫眾人又折回大殿，只聽得陳友諒等人論及自己與張無忌的關係，心中又是興奮又是嬌羞，抬眼望著張無忌，但卻看到他眼中怨怒的眼光，而張無忌的一雙手把她的胳膊捏得生疼。她的眼淚流了下來。

「張無忌你個混小子，你知我這幾日的煎熬嗎？」

這時他們聽到陳友諒與丐幫眾長老商量，準備派遣宋青書回武當做內奸，暗中在武當諸俠的飲食中下毒，從而控制武當派，並以此要脅明教。趙敏深知張無忌對其太師父及眾位師叔伯感情深厚，知道自己又得與張無忌去南征北討了。

待得丐幫眾人離去之後，張無忌與趙敏跳出那大鼓。趙敏剛想嗔怪張無忌幾句，不想他卻先怒喝道：

「哼，虧你還有臉來見我？」

趙敏俏臉一沉，道：

「怎麼啦？我什麼地方得罪張大教主啦？」

「你要盜那倚天劍和屠龍刀，我不怪你！你將我拋在荒島之上，我也不怪你！可是殷姑娘已然身受重傷，你何以還要再下毒手？似你這等狠毒的女子，當眞天下少見。」張無忌越說越激動，竟衝上來搧了趙敏四個耳光。

趙敏當下明白是周芷若栽贓嫁禍於她。她既氣周芷若陰險，更惱張無忌對自己的不信任，兩行淚珠滾滾落下。

當下兩人爭執了起來，張無忌一時氣急了，竟然一把卡住了趙敏的脖子，把她勒暈了過去。當她再次睜開眼時，卻看到了張無忌那惶恐擔心的眼神。她心裏明白自己已在張無忌的心中占據了一個位置，心頭的憤怒竟消了大半。她決定不再向張無忌去辯白什麼，而是讓事實去證明自己的清白。

眼看著張無忌就要憤憤地離自己而去，趙敏追了上去，叫道：

「張無忌，你往哪裏去？」

「跟你有什麼相干？」

「我有話要問謝大俠和周姑娘，請你帶我去見他二人。」趙敏心想只有當著謝遜、周芷若的面澄清事實，才可令張無忌相信自己。

可是張無忌心中又著實擔心謝遜見到趙敏後，一氣之下殺了她。趙敏早已看出這個小子的心思，心中也是暖暖的。但她身上背著這個黑鍋，卻是非去掉不可。不管張無忌怎樣推託、怎樣勸解，她仍是跟著張無忌去了他們投宿的客店。

但店中竟然並無謝、周二人的身影，他們兩人便在客店中等著。眼見得天要黑了，可是謝、周二人仍未出現。張無忌心中惦記著被丐幫虜去的韓林兒，欲去救他，但又擔心自己離去後，謝遜回來會殺了趙敏，便要帶她一同先去救人，日後再來對質。趙敏知道又可與張無忌在一起了，甚是高興。在她看來這可不是什麼去救人，而彷彿是與心上人去踏青。她為張無忌添置了光鮮衣衫，自己也打扮得極為華貴。也便是在這一刻，趙敏向張無忌表白自己的愛情，表示自己願意為了他而背叛自己的家庭、階級和民族。

但死心眼的張無忌仍認定趙敏就是殺害殷離的兇手，兩下裏談不攏，趙敏決定還是先等謝、周二人回來，澄清事實後再做打算。可是等到第二日天明，二人也未歸。可恨張無忌竟然又懷疑是趙敏派人做了手腳。當下之計唯有找到謝、周二人才可。於是張無忌便與趙敏去查訪二人的消息。

驅馬走了幾日，天降大雪，兩人來到一山洞中避寒。睡到半夜，忽聽得遠處隱隱傳來馬蹄之聲。張無忌與趙敏二人迅速撲滅火堆躲入山洞深處。原來來者是武當七俠中的宋遠橋、張松溪、俞蓮舟和殷梨亭四人，聽他們的談話，似乎是來尋找七弟莫聲谷的。看來他們極爲擔心莫聲谷已落入歹人之手，且懷疑是張無忌所爲。也便在這時，張無忌在山洞深處發現了莫聲谷的屍體，一時心智迷亂的他亂了方寸，竟被武當四俠發現洞內有人。「如果這時被他們看見張無忌與莫聲谷的屍體在一起，眞是百口難辯。」趙敏想。爲了保全張無忌的名節，趙敏決定再一次豁出性命救他。她自己率先衝了出去，引開了武當四俠。無奈以一敵四，加之自己武功遠弱於對方，背上吃了一掌。但救人心切的她仍強忍疼痛，翻身上馬，把四俠引了開去。大雪封山，白茫茫的一片，看不清道路，她突然間連人帶馬墜下懸崖，暈厥了過去。

等她醒來時，發現張無忌已在身邊，正用九陽神功替她療傷。

「他們都去了？沒見到你罷。」

「沒見到我。你……你可受苦啦。」

可兩人還沒來得及好好說上幾句話，武當四俠又殺了回來。從他們的呵斥中，可以聽出他們已發現了莫聲谷的屍體，此刻正回來報仇。

趙敏心想眼前的當務之急是保全張無忌的聲譽。「你轉過頭去，不可讓他們見到你的臉。」但四俠此時已向谷底砸來石頭，只有儘快離開，方能保住性命。因此趙敏又令張無忌用布蒙住臉，再抱著她上去。幸好四俠只當他是元兵。

一出雪谷，張無忌便與四俠交上了手。張無忌雖力圖隱瞞身分，但最終還是被武當四俠識破了。此時的張無忌眞是百口莫辯，一時神智迷亂，竟欲自刎。趙敏在旁看得眞切，及時阻止了他。經趙敏勸導、點撥，張無忌漸漸恢復了理智。幸運的是，宋青書、陳友諒一行人便在此時來到了。躲在巨石之後的武當四俠與張、趙六人都親耳聽到了宋青書與陳友諒的對話，明白了原來是宋青書殺了莫聲谷。張無忌的冤屈終於昭雪了，趙敏舒了一口氣。

這事一了，趙敏又隨著張無忌繼續去尋訪謝、周二人。但張無忌因擔心趙敏的傷勢，將她留在客店，隻身一人去探訪。離了張無忌，趙敏心中不甘，決定自己也要去探聽消息，畢竟這事情牽連著自己的聲譽和一生的幸福啊。當手下密探告知趙敏是丐幫擄去了謝遜他們，趙敏當即趕往丐幫。可是到了那兒，卻又發現大奸賊成崑搶先了一步擄走了謝遜。她一路跟蹤，但始終無法下手。當她再次返回丐幫總部盧龍時，卻發現張無忌與周芷若兩人已是如膠似漆。眼看著張無忌如此三心二意，又如此糊塗，一氣之下，趙敏冷笑兩聲，便折回大都去了。

回到大都後，趙敏對張無忌始終難以釋懷。她料定張無忌還是要回大都來探訪謝遜的消息的。正好上元佳節將臨，她靈機一動，便有了個好主意——利用彩車遊行的形式，重新上演了那夜小島上的故事，讓張無忌明白眞相。在上元節這日，趙敏果然在彩樓中看見了張無忌與周芷若一行人。雖然心中恨他，可一見到他又止不住柔情萬種，落下淚來。

這晚，趙敏又一次信步來到了那家有著溫馨回憶的小酒店。不料，不久張無忌也來了。

「你……怎麼會來？」趙敏語聲顫抖，心中極爲激動。

「我閒步經過，便進來瞧瞧，哪知道……」

「還有人來嗎？」張無忌見桌上兩副杯筷，就問道。

「沒有了。前兩次我跟你在這裏飲酒，你坐在我對面，因此……因此我叫店小二仍是多放一副杯筷。」

「趙姑娘。」

「只恨，只恨我生在蒙古王家，做了你的對頭。」

便在此時，窗外飛進一團物事，打滅了燭火，伴隨的是兩聲陰陰的冷笑。他們知道那是周芷若發出的。生性優柔寡斷的張無忌一時沒有辦法，只得懇請趙敏忘了他。趙敏心中的種種委屈和辛酸一霎時都湧了上來，她摟住張無忌，使勁地吻了他一下，把張無忌的嘴唇都咬破了。而後她一轉身便恨恨地離去，留下一句：

「你這小淫賊，我恨你，我恨你！」

回到王府，趙敏越想越不甘心。她深知張無忌只是受了周芷若的欺騙，因此更急於找到謝遜，還自己以清白。她派密探四處打聽，終於瞭解到謝遜被成崑囚在少林寺中。然而此時張無忌與周芷若將在濠州成婚的消息也傳來了。沒有時間容趙敏多加考慮，她必須搶在他們成婚之前，向自己的情郎表明自己的清白。

趙敏日夜兼程趕往濠州，就在張無忌和周芷若兩人準備拜堂之際，她趕到了喜堂。群豪一見是她，登時紛紛呼喝起來，性子莽撞的便欲上前動手。面對此種局面，趙敏倒也不驚慌，她心中自有把握。她問張無忌道：

「張無忌，你是明教教主，男子漢大丈夫，說過的話作不作數？」

「我說過的話自然作數。」

「那日我救你俞三伯和殷六叔之命，你答應爲我做三件事，不得有違，是也不是？」趙敏早已勝算在握，果然張無忌又一次進了她的彀中。

「現下我要你辦的第二件事便是你不得與周姑娘拜堂成親。」

趙敏一語既出，四座譁然，張無忌自然也不同意。於是趙敏又取出了一綹謝遜的金髮在張無忌眼前一抖，隨即收入懷中，迅速向門外走去。果然，救父心切的張無忌跟了出來，口中叫道：

「好，就依你，今日便不成婚。」

剛奔至門口的趙敏，忽聽得耳邊一陣風過，還沒來得及反應過來，就覺得肩頭一陣劇痛，卻是周芷若攻到，五個手指硬生生地在趙敏肩膀上戳了五個窟窿。眼看著致命的第二招又已攻來，幸好張無忌及時趕上，擋了開去。

趙敏一咬牙，一言不發，向外便走，肩頭鮮血流得滿地都是。她憑著一口眞氣，衝出數丈，張無忌隨後趕到。看著張無忌，她只說了一句：「你……你……」，便摔倒在他的懷裏。

「你先跟我說，我義父在哪裏？」

「你帶著我去救他，我給……給你……指路。」

「他老人家性命可是無恙？」

「你義父……義父落入了成崑手中。」

「你一個人不成，叫楊逍他們同去……」，說到這兒，趙敏再也撐不住了，一扭頭暈了過去。

當她再次醒轉時，發現自己躺在心上人的懷中，竟有些不眞實感，「我……我可還活著麼？」看到張無忌那滿臉興奮的樣子，她放心了，「他心中仍是有我的。」趙敏暗暗想著。

張無忌抱著趙敏來到一山澗邊，用口將她肩上傷口裏的毒血一口一口吸出。當張無忌那溫暖的雙唇接觸到自己的肌膚時，她全身禁不住地顫抖了一下。

趙敏帶著張無忌，一路向河南奔去。這日，兩人正加緊趕路，無意間遇上趙敏哥哥的人馬，旋即玄冥二老、「神箭八雄」及眾高手擋住了他們的去路。對此突變，趙敏亦是始料不及，更可恨張無忌此時竟要拋下她獨自前往。眼見得求哥哥已是無用，趙敏向張無忌叫道：「張公子，你要救義父，須得先救我。」幸虧張無忌武功高強，幾招之下便打退了眾高手，從王保保手中救下了趙敏。

趙敏與張無忌兩人還沒來得及喘氣，趙敏之父——汝陽王爺早已擋在了路中央。一不做二不休，張無忌又與眾番僧打鬥起來。張無忌一人與二十四番僧比拚內力，正在這緊要關頭，玄冥二老又從身後欺到。趙敏驚呼：「鹿先生，住手！」撲了上去遮住張無忌的身子，喝道：「哪一個敢再動手？」

趙敏知道硬碰硬自己是要吃虧的，靈機一動，就向父親謊稱鹿杖客意欲姦污她，幸得張無忌相救。果然汝陽王一怒之下逐走了玄冥二老。可是父親仍要逼著她回去，情急之下，她竟以自殺相威脅。

汝陽王畢竟愛女心切，怒道：

「敏敏，你可要想明白。你跟了這反賊去，從此不再是我的女兒了。」

「爹爹，哥哥，這都是敏敏不好，你……你們饒了我罷。」

望著父親無奈離去的背影，趙敏的眼淚又流了下來。

小軒窗下畫眉樂

離了父兄後，趙敏知道哥哥一定不肯甘休，會再追上來，於是她中途又換馬又換裝，做足了防範的準備。

一日，他們來到一座破廟。一路顛簸，加之兩人都身負重傷，實在支持不住，便決定在此休息一下。可誰知廟裏的僧人是成崑手下的野和尚。他們見他二人頗有錢財，趙敏又十分美麗，便起了歹心。幸好張無忌用九陽護體神功打死了他們，但他們自己亦是筋疲力盡。偏偏禍不單行，第二日，這夥賊人的同黨竟又來到。張無忌如法炮製，又殺死一人，趙敏又用計謀俘獲一人，哄騙得他服侍他們多日。

趙敏與張無忌從這夥賊人的口中，探聽得端午節那天少林寺要開「屠獅大會」。於是他們二人養好傷後，就立即向少林寺奔去。他們兩人來到少室山下，投宿在一對老農夫婦家中，謊稱自己是私奔出來的一對小情人。不過，這對老夫婦其實是潛伏在少室山下的武林高手杜百當和易三娘。是夜趙敏聽得杜氏夫婦與青海三劍的對話，才知他們都是謝遜的仇家，來這兒是爲了報仇。趙敏與張無忌便將計就計，任由易三娘把張無忌安插到少林寺中，順便打聽謝遜被關押的處所。而趙敏則在杜氏夫婦家裏一面養傷，一面等候張無忌的消息。

一天夜晚，雷電交加，突然從山上傳來一聲清嘯。趙敏聽得眞切，那是張無忌發出的，也不知他遇上了什麼麻煩，心中焦急的她也顧不得許多，冒雨衝了出去。當她看到張無忌安然無恙時，才舒了一口氣。張無忌告訴她已經探聽到謝遜的囚禁處，剛與看守謝遜的三位高僧交了手，但沒有營救成功。既然身分已經暴露，兩人也決定不再隱瞞，準備回去向杜氏夫婦坦白。可是他們竟然發現杜氏夫婦已遭人暗算，而自己也險些受害——行兇的不是別人，正是周芷若。

既然如此，第二天兩人就直接上少林寺索人，幸好明教的眾高手得了消息也及時趕到。在「屠獅大會」上，各人都懷著各人的目的，或欲報仇、或想奪刀、或要救人。幸好趙敏聰慧，及時看出改名圓眞的成崑利用各武林高手互相殘殺，而坐收漁人之利的陰謀。在她的指點下，明教多少躲過了一些麻煩。然世事難料，死傷仍是無法避免，而最後張無忌亦敗於周芷若之手。看著張無忌的表情，趙敏心中清楚張無忌對周芷若是頗爲歉疚的。不過，她心裏也明白，經過這些變故，張無忌已經無疑是自己的了。

是晚，張無忌藉口散步，去爲周芷若之夫宋青書療傷，這一切都難逃趙敏法眼，待他回來，趙敏又調笑了他一番。

第二天，張無忌與周芷若聯手和三位少林高僧相鬥。趙敏在一旁觀看，很是爲張無忌捏了一把汗。孰料周芷若背信棄義，欲殺謝遜滅口，幸好得一黃衫女子救助，制服了她。一波未平一波又起，先是謝遜與成崑拚殺，後又遇上蒙古兵圍攻少林。這時，張無忌從謝遜刻在地牢的壁畫上，瞭解了那晚在小島上所發生的實情。終於洗脫了罪名的趙敏心中無比舒暢，她不僅原諒了張無忌的糊塗，兩人的心也更靠近了一步。

正在此時，玄冥二老來搶奪周芷若手中的武功秘笈。玄冥二老倚多勝少，擊了周芷若一掌「玄冥神掌」。雖然周芷若作惡多端，但念及往日恩情，張無忌仍出手相救。趙敏也顧不上那麼多，欲抱了周芷若逃離。哪知心意歹毒的周芷若以怨抱德，將自己身上的玄冥陰毒都傳到了趙敏身上。眼見得趙敏身上的血液都要盡數凝結了，突然間一股溫暖純正的內力傳入體內，這正是張無忌用「九陽神功」替她療傷。張無忌一手舞屠龍刀對抗玄冥二老，一手用「九陽神功」爲二女療傷。在張無忌的幫助下，趙敏身上的寒毒盡數化解了。誰知周芷若又使出「九陰白骨爪」向她頭頂落下，幸好周芷若剛受傷，加之「九陽神功」

逼去了其大量內力，所以趙敏又一次死裏逃生。不過趙敏也從周芷若身上順手牽羊，得了武功秘笈《九陰眞經》與兵書奇珍《武穆遺書》。

之後張無忌全力以赴對抗玄冥二老，趙敏又用機智從中挑撥，二人反目成仇，竟自己動起手來。

張無忌得到《武穆遺書》的指點，和明教教眾的及時救助，終於殺退了元兵。

一切都過去了，趙敏終於可以鬆口氣了。

可是，周芷若乘趙敏不備，將她拿住，點了她身上的穴道，將其拋在一山坡草叢之中。趙敏身上被點了穴，動不得、喊不得，眼看天漸漸黑了下來，也無人尋來，心中氣惱至極。這時，遠處傳來窸窣之聲，仔細一聽，竟是張無忌與周芷若的聲音，趙敏心中一驚。只聽得他二人在不遠處坐了下來，周芷若問張無忌，在殷、昭、周、趙四位姑娘中，他最愛的是誰。其實，這也是一直縈繞在趙敏心頭的問題。只聽張無忌沉默許久，周芷若追問道：

「是誰？是……是趙姑娘麼？」

「不錯。」張無忌承認心中最愛者是趙敏，「芷若，我對你一向敬重，對殷家表妹心生感激，對小昭是意存憐惜，對趙姑娘卻是……卻是銘心刻骨的相愛。」

不知為何，此刻的趙敏沒有興奮，反而心中湧起一陣辛酸。她想起自己與張無忌間的種種誤會、歡笑，覺得能走到今日這一步，眞是不容易。接著又聽到周芷若以領張無忌去找到自己為要脅，要求張無忌也幫她做一件事，張無忌答應了。於是，只見眼前的草叢忽地被人撥開，趙敏看到了張無忌那張興奮的臉。趙敏正高興地等張無忌解開自己身上的穴道，卻見周芷若在張無忌的耳邊耳語幾句，張無忌低聲回答一句。趙敏心想：他們又在搞什麼鬼？

只見周芷若突然發怒，謊稱已對趙敏下了毒，而後點了張無忌的穴道，拔劍便欲殺他。趙敏還未來得及反應過來，便見到殷離出現了！

這一驚非同小可，她聽張無忌說殷離已死，那面前這個殷離，是人呢？還是鬼呢？

只聽得周芷若驚慌道：

「你到底是人是鬼？」

殷離道：

「我自然是人。」

張無忌突然從地上躍了起來，一把抱住了殷離。趙敏這時才明白，原來這是張無忌與周芷若爲引出殷離而耍的小計謀。突然間多出一個殷離，使趙敏剛才的好心情立刻消去了大半──正是，舊恨甫去，新愁轉生。這時，周芷若過來替她解了穴道。

趙敏看著張無忌向殷離表白自己見到她還活著的喜悅，聽著周芷若向殷離的懺悔，以及殷離的埋怨，而自己反倒成了局外人，心中越想越氣。但聞殷離瘋瘋顚顚地說面前的張無忌不是張無忌，只是曾阿牛，之後殷離便走開，去尋找她自己心中的張無忌了。

可是殷離雖然走了，但周芷若還在。既然殷離未死，屠龍刀又修補完好，看來周芷若的罪過也不是很大，況且她與張無忌還有婚約在先！

趙敏的心又兀自緊張起來。

張無忌領著二女回到了明教宿營之所。明教似乎出了什麼大事，張無忌與各位頭領都談得很認真，周芷若與趙敏轉到別處。趙敏正欲開口，周芷若搶先說道：

「趙姑娘，適才張教主的話你也聽到了，他心中有的只是你，我想我在這兒再待下去亦是多餘，還是就此拜別罷。過去的事多有得罪，還望趙姑娘你能夠見諒。」說罷她便走了。

第二天，張無忌見周芷若已離開，也沒再說什麼，便帶著趙敏回武當山拜見太師父張三丰，住了幾日後，又回到濠州。明教教眾自是盛情款待。但未料朱元璋此人陰險狡詐，很快設計欲逼走張無忌。張無忌本來就淡泊名利，也不想和朱元璋計較，他帶著趙敏來到城外，寫了一封信，將教主之位讓於楊逍。趙敏深知張無忌的脾氣，便心甘情願地隨他退位隱居。

可是，世界很大，何處是張無忌和趙敏的棲身之所呢？

大都？武當山？光明頂？濠州？……這些故居住所現在都不是合適的居處了。

這一刻，趙敏覺得是到了她出嫁從夫的時候了，於是問道：

「無忌哥哥，你說我們去哪兒好呢？」

張無忌從來就是個沒主意的，一時也想不出一個好的去處，便把趙敏摟在懷裏，笑著說道：

「那就看你想把我們的孩子生在哪兒了？」

趙敏聞言，粉頰上飛起兩抹酡紅，可是她心中卻也是一片茫然——一向極有主見的趙敏此刻竟也只是呆呆地看著遠方。

趙敏的人生哲學

性情篇

趙敏生於膏粱地，長於錦繡鄉，又貴爲郡主，其性情自然在相當程度上，和人們印象中的大家閨秀、豪門千金差相彷彿。她任性刁蠻，頤指氣使，揮金如土，馭下苛刻，很多富貴人家的小姐有的毛病趙敏都有；另外，她頗有政治才能，想闖男人的世界，也敢於闖男人的世界，還取得了不小的成功，而這一點，在絕大多數男人眼裏，是使豔若火紅玫瑰的趙敏竟然變得很不可愛的重要原因。應該說，金庸先生在創作《倚天屠龍記》的時候，並沒有替他的女主角趙敏遮掩爲人處事性格上的短處，對自己不喜歡趙敏的觀點也沒有絲毫的隱瞞——相信大多數讀者都記得金庸先生在《倚天屠龍記》的「後記」裏，說過這樣一句話：「周芷若和趙敏都有政治才能，因此這兩個姑娘雖然美麗，卻不可愛。」我想，金大俠的這個看法是能夠代表絕大多數的男性讀者的。

不過，在創作中，金大俠並沒有刻意向讀者灌輸上述的觀念，他做得更多的則是向讀者展露趙敏性格中的另一面。從那個角度，我們可以看到一個聰明過人、機變百出、心思細密、但又坦率大度，不失蒙古人豪爽坦誠本色的趙敏——當然，這個趙敏，首先是一個年輕的女孩子，然後才是一個手握重權的郡主。

張郎若不傍妝台，空負鏡中貌如花

普天下的女子沒有不愛美的，天生麗質的女子就更加會愛惜自己的容顏。因為，青春易逝，紅顏易老，流光容易把人拋。再漂亮的女人也禁不起時光年輪一圈圈的碾壓，總有一天會失去昔日的嬌好。從某種意義上說，美人遲暮是比英雄末路更加令人歎息和惆悵的。

趙敏是一個天生的大美人，膚白勝雪，巧笑嫣然，美目流盼，端的是容光照人，讓凡夫俗子莫敢逼視。再加上她郡主身分所賦予的雍容華貴氣度，更是美得不可方物。當她在明教眾頭領面前第一次亮相後，周顛就忍不住對楊逍說：「令愛本來也算得是個美女，可是和那位男裝打扮的小姐一比，相形之下，那就比下去啦。」——周顛明知說這樣的話可能得罪楊逍和楊不悔，可他還是說了出來。雖然他們是武林中人比較脫略形跡，但周顛這話畢竟從側面說明了趙敏的美麗。而張無忌也在明明知道趙敏是明教和漢人的大對頭的情況下，不由自主地愛上了她，這也能夠說明趙敏美麗的程度。

趙敏生得這樣美貌，她自己自然很是自豪，也非常愛惜自己驕人的容顏。她的服飾裝扮不必說，自然是極講究的。單看她在綠柳山莊一役中，就換了好幾次衣服，一會兒寶藍，一會兒淡黃，一會兒嫩綠，色彩繽紛而又不失濃豔，透著雅致，透著文靜，透著疏淡自然，彷彿能夠讓人看到衣服主人的七巧玲瓏心似的。顯然，趙敏頻繁地換裝，不僅僅是出於「工作」的需要──爲了迷惑張無忌他們一行人，她刻意擺闊，讓他們相信自己是漢族世家子弟，而不對她加以防範，以至於最後落入了她的圈套；而年輕姑娘「扮靚」的成分也占了很大的比重。假如把趙敏初見張無忌就對他產生了好感，在綠柳莊她已經在有意無意地向張無忌展示自己的美麗，這個因素也考慮進去的話，那麼趙敏之愛惜容貌就更加昭然了。

也正因爲趙敏愛惜自己的絕世姿容，所以，在張無忌和韋一笑、楊逍三人共闖萬安寺，想救出周芷若的那個晚上，如果不是韋一笑利用趙敏愛惜容顏的弱點，以快如鬼魅的速度在趙敏的雙頰上抹了鞋底的臭泥巴，威脅她要毀她的容的話，在玄冥二老等強有力的高手環伺下，張無忌他們三個人恐怕沒有那麼容易就能夠從容脫身。

在和張無忌的癡戀過程中，趙敏更是不能夠容忍自己在心上人面前有一點點的不美麗。在她大鬧張無忌和周芷若的婚禮，攪了張周聯姻的局之後，趙敏帶張無忌去找突然失蹤了的謝遜。這時的趙敏，還遠遠沒有從殺人盜寶的罪名中解脫出來，心情應該是很沉重的。但是，她竟然在遍布荊棘的羈旅途中，隨身攜帶著非常漂亮的衣飾。當張無忌同意她和自己一起去救韓林兒的時候，趙敏嫣然一笑，要張無忌等她片刻。待她再度打開房門，卻已經換了裝束——貂皮斗篷，大紅錦衣，讓人眼前一亮，連對她深有戒心的張無忌也忍不住讚上一聲豔如桃李。而且，她穿的都是漢人服飾，給張無忌買的也是漢人服飾——以一物之微，也替心上人考慮得這樣周到，趙敏的用心良苦亦可見一斑。

所以，當趙敏歷盡險惡風波，終於可以和張無忌花前月下，卿卿我我一番的時候，她對張無忌唯一的要求，就是替自己把眉毛畫一畫——因爲，她覺得自己的一對春山稍微淡了一些。

而這張郎畫眉和千載之前的張敞畫眉，其實並沒有什麼區別。最快意、最雋永的閨房之樂，其實也就在這妝台之畔，不是嗎？

心較比干多一竅，長揖雄談態自殊【注一】

金庸先生筆下的很多女性角色都是美而慧的，比如人見人愛的小黃蓉，又比如聖姑任大小姐，本書的主角趙敏當然也是其中一個。因爲不是同一部作品裏的人物，而且她們也有很不相同的經歷和生活背景，所以，我們其實很難判斷到底哪個人物最美麗，也很難斷定哪個人物最聰明智慧。不過，從她們運用智慧的方法和「成績」，尤其是在運用自己的聰明才智幫助心愛之人這方面，黃蓉和趙敏最具有可比性。

不必贅言，黃蓉和趙敏都很聰明，而且都比她們的心上人聰明。郭靖的天資遠不如他的小蓉兒，這自不必說，而張無忌在趙敏面前也是自愧弗如的。他和趙敏在一起的時候，事事都要依賴趙敏做出迅速、準確的判斷，甚至依賴慣了後，一旦不和趙敏在一起，失去了依賴，他竟會茫然失措起來。比如他爲了查找義父謝遜的下落，要找丐幫的陳友諒和武當叛徒宋青書，趙敏一開始是和他同行的。但是，趙敏當時身上有傷，不能日夜兼程。張無忌憂心如焚，恨不得插翅飛到目的地——河北重鎮盧龍。所以，他就趁趙敏香夢沉酣之際悄悄一人先行趕路了。可是，他到了盧龍以後，花了很長時間到處查看，都沒找到任何端倪。他越尋越焦躁，便不由得思念起趙敏的好處來，心想：「若是她在身旁，我絕不致這般束手無策。」

不過，同樣是給意中人當高參，黃蓉因爲和郭靖沒有敵我之分，所以做的往往是利國利民、保家衛國的大事情，黃蓉的智慧也就自然地顯得比較大氣；而趙敏和張無忌漢蒙異族、官民殊途，他倆在一起所做的事情在客觀上不可能有郭、黃二人的事業那樣輝煌，值得大書特書。在這種情況下，相對而言，黃蓉的智慧機敏、心思細密，更多的是造就了她在天下人面前女中英豪的崇高形象；而趙敏的智慧機變，則是更多的顯示出她作爲女性的溫情和細膩，以及她對於心上人的忠貞和用情之深。

比如趙敏和張無忌趕路途中，在一個山洞歇腳，無意間發現了張無忌的七師叔莫聲谷的屍體，張萬分悲痛。這時，山洞外面傳來了宋遠橋和張松溪等武當四俠的聲音，而且他們發現了莫聲谷的佩劍，言語中大有懷疑張無忌惑於趙敏的美色，重蹈了他父親張翠山的覆轍之意。

眼看宋遠橋他們聽到動靜就要進洞來查看，張無忌的弒叔罪名難以洗刷，可張只顧傷心，卻根本沒去想辯白之策。而趙敏的心思可比他轉得快多了，立即想到了一招調虎離山之計——只見她縱身而出，舞動長劍，直闖了出去，用峨嵋劍法中的拚命招數力敵武當四俠，然後搶了一匹馬飛馳而去。當時，她心裏只有一個念頭，那就是：「我逃得越遠，他越能出洞脫身。否則這不白之冤，如何能夠洗脫？」於是用劍刺傷馬臀，那馬吃痛，長聲嘶鳴，直竄了出去，將武當四俠引得遠遠的，教他們不至於發現張無忌和莫聲谷的遺體。

趙敏此計雖然得售，但她自己卻吃了俞蓮舟一掌，連人帶馬摔入了深谷，差點丟了性命。但當她被張無忌救醒的時候，第一句話卻是：

「他們都去了？沒見到你罷？」

毫無疑問的，趙敏把張無忌是否蒙上了不白之冤，看得比自己是否傷重難癒還重要，用情之深讓張無忌非常感動。

可是，張無忌身處嫌疑之地，最終還是沒有能夠避免四位師伯、師叔的誤會和痛斥，他神智迷亂，竟然想以一死來表明自己的清白。趙敏見狀，急忙提醒道：

「張無忌，大丈夫忍得一時冤屈，打什麼緊，天下沒有不能水落石出之事。你務必找到殺害莫七俠的眞兇，爲他報仇，才不枉了武當諸俠疼愛你一場。」

値得一提的是，打消了張無忌自殺的愚蠢念頭後，趙敏還沒有忘記柔聲安慰他：

「你別氣苦！你明教中有這許多高手，我手下也不乏才智之士，定能擒獲眞兇。」

這樣看來，趙敏不僅在某些方面的見識比張無忌高明，而且心細如髮，總能讓情郎安心接受她的幫助，不會有任何不安，覺得傷了男人的自尊。

還有，當張無忌和波斯總教的人殊死相搏，眼看性命不保的緊急時刻，也是趙敏一連用了三招拚命的招數，在千鈞一髮之際救了張無忌！先撇開趙敏爲什麼要用拚命之招這個因素不說，單說她在如此關鍵的時刻，竟然能夠從最合適的角度、用最有效的方法，實施救人，恰便似虎口奪人，眞是險煞！更見得她機變無雙！

而且，能夠做到這樣，不僅僅是具有對張無忌的愛就可以的——除了因爲愛之深而無畏無懼以外，趙敏的細心和急智也是必備的條件。

崑崙派的「玉碎崑岡」、崆峒派的「人鬼同途」和武當派的「天地同壽」，這三個屬於不同派別的拚命絕招，是趙敏在萬安寺從六大派高手處偷偷學的，並不是她從小練熟了的武功招數。在緊要關頭，趙敏能夠將這三招一一想起，而且毫不猶豫、準確無誤地使了出來，這也實在是難爲她了！換作旁人，恐怕是萬難做到的。其心思之敏捷、細膩，可見一斑。

當然，趙敏幫助張無忌所做的最重要的一件事情，就是在找到張的義父謝遜的下落後，設法救他出來。張無忌和謝遜父子情深，所以他把這件事情看得極重。其實，他之所以能夠聽從趙敏的「吩咐」，中止他和周芷若的婚禮，也是爲了謝遜——因爲趙敏向他出示了謝遜的一撮頭髮。趙敏愛屋及烏，當然也很重視這事。況且，謝遜是唯一知道小島上殺人盜寶事變眞相的人，也就是說，謝遜是唯一能夠還趙敏清白的關鍵之人，所以趙敏要救謝遜的心情，在某種程度上恐怕比張無忌還要迫切。所以，她始終殫精竭慮，幫助張無忌出謀畫策營救義父。在這個艱難的過程中，張無忌常常被急迫的情勢逼得亂了方寸，沒了主意。而趙敏則永遠能夠給他及時的提點和幫助。

例如，當他們知道謝遜落入了少林寺之手時，張無忌急得什麼似的，牽動傷口，竟致吐血。趙敏勸他要鎮定，他也聽不進去，急急道：

「少林神僧空見，是被我義父以七傷拳打死的。少林僧俗上下，二十餘年來誓報此仇，何況那成崑便在少林寺出家。我義父落入了他們手中，哪裏還有命在？」

趙敏對謝遜的生死也十分掛懷，因爲她很清楚，假如謝遜有什麼不測，那麼，她就會永遠有口莫辯，殺人盜寶的黑鍋就要背一輩子了，而這也就意味著自己對張無忌的一腔癡情便永無著落了。鴛夢難圓，試問，這樣的日子又叫趙敏如何過得下去？況且，即使自己沒有冤情需要謝遜幫助剖白，但他畢竟是心上人張無忌的義父，又怎麼忍心不救他呢？但是，趙敏沒有像張無忌那樣不冷靜，她不慌不忙，一語中的，馬上就給張無忌吃了一顆定心丸。

「你不用著急，有一件東西卻救得謝大俠的性命。」

張無忌忙問：「什麼東西？」

趙敏道：「屠龍寶刀。」

張無忌聞言這才明白，屠龍刀號稱「武林至尊」，少林派數百年來領袖武林，對這把寶刀自是欲得之而甘心，他們為了得刀，必不肯輕易加害謝遜。謝遜目前必然備受折辱，但生命危險暫時倒是不會有的。

趙敏一語點中了要害關節，見張無忌開始冷靜下來，便接著說：

「我想救謝大俠之事，還是你我二人暗中下手為是。明教英雄雖眾，但如大舉進襲少林，雙方損折必多。少林派倘若眼見抵擋不住明教的進攻，其勢已留不住謝大俠，說不定便出下策，下手將他害了。」

那張無忌正在盤算著，如何集明教眾高手之力將義父救出少林，聽趙敏這麼一分析，倒驚得出了一身冷汗。他想，自己眞是太笨了，若召集了楊逍他們一起上少室山，只怕義父的性命就要斷送在自己手裏了。幸好有趙敏在身邊，她又想得如此周到，不由得心下感激，脫口道：

「敏妹，你說得是。」

這是張無忌認識趙敏以來，第一次不喚對方「趙姑娘」，而是叫作「敏妹」，趙敏聽了，心中說不出的甜蜜。而這份甜蜜，不僅僅是她用情深、苦就可以換來的。而是她心細如髮、思慮周全的長處幫了大忙。

接下去，趙敏自然是在張無忌的救謝大事中，繼續發揮智囊的作用。可是因爲屠龍刀對天下武林的誘惑力實在是太大了，張、趙二人想單獨救出謝遜的計畫最終沒有能夠實現。謝遜的生死和屠龍刀的歸屬，最後成了天下英雄聚會少林，召開英雄大會公決的起因。大家商定，誰在英雄大會上奪得武功第一的稱號，謝遜和屠龍刀就交給誰處置。這個大會，張無忌自然一定要參加，而且還對那個「第一」志在必得！當然，憑張無忌的武功，要拿這個「第一」也不難。他也摩拳擦掌，準備著爲義父而拚死力戰群雄。

正在這時，有一個變故分了張無忌的心——周芷若在英雄大會上突然自承是「宋青書夫人」，張無忌聞言如五雷轟頂，失魂落魄，好半天回不過神來，竟把一副尷尬萬分的狼狽相毫不掩飾地落在了天下人的眼中。

趙敏深知張無忌對周芷若未能完全忘情，但大敵當前，畢竟應該分清輕重緩急，所以就諷刺道：

「無忌哥哥，周姊姊嫁了旁人，你神魂不定，什麼事情也不會想了。」

張無忌被她說中了心事，臉上一紅，趕緊收束心神，問趙敏眼前的局勢究竟若何，應該怎樣應對。

趙敏分析說，成崑以前曾經用盡心機，要瓦解明教和控制丐幫，但都功敗垂成。而這回慫恿少林寺空聞方丈大撒英雄帖，把天下英雄都請到了少林寺，表面上是爲了要向謝遜討還舊帳，其實是以謝遜和屠龍刀爲誘餌，鼓動天下英雄自相殘殺。而張無忌和謝遜父子情深，謝遜又是明教的護教法王，所以必定帶領明教群雄和天下英雄爲敵，鬥到後來，不論誰勝誰敗，明教的眾位高手少說也要損折一半，元氣大傷。鬥到最後，「武功天下第一」的名號多半是爲張無忌所得，這樣，張無忌就必須獨自去破後山上那三位少林神僧的金剛伏魔圈了。但張無忌雖然武藝蓋世，但畢竟已經鬥過了許多場，內力消耗太多，又豈是三位神僧的對手？結果，他極有可能義父還沒救出，自己卻已經斷送了性命。

這樣一來，其實成崑就達到了他多年努力未曾達到的目的——毀滅明教。然後，成崑可以輕鬆地毒死空聞，栽贓空智，自己坐上少林方丈的交椅。天下武功第一的名號，便非他莫屬了，而不管是誰得到了屠龍刀，都不敢不給他送去。

趙敏的這一番分析，鞭辟入裏，令張無忌如夢初醒，也讓化名圓眞的成崑和少林群僧皺起了眉頭。好說瘋話的周顚聽趙敏說得頭頭是道，忍不住讚了一聲：「圓眞是本教的大對頭，郡主娘娘，以前你也是本教的大對頭。圓眞這厮詭計百出，郡主娘娘，你也是詭計百出，你兩個兒倒有點差不多。」可見明教眾首領雖然不喜歡趙敏，不願意看到教主和一個蒙古貴女聯姻，但還是不得不承認她的心思機敏細密，是張無忌的好幫手，明教中雖然人才不少，但在智謀上卻還是沒有人能出其右。

而趙敏也果然不負張無忌眾部下的厚望，很快又出了一個計策，爲明教去了一個強敵——在各門各派定下規矩，開始奪魁之戰的時候，趙敏指點范遙先和少林派的空智大師訂個約會，等比武奪魁之事完畢以後，二人再到大都萬安寺單打獨鬥，一決勝敗。這實際上是兵不血刃地爲張無忌贏得勝利掃除了一個大障礙，故而楊逍和范遙齊聲稱頌：「妙計，妙計！」那張無忌知道趙敏出此良謀，完全是爲了自己能夠容易取勝，自然更是既嘉許又感激。

當然，趙敏細密如網的心思還常常體現在她和張無忌的私人關係上。就拿她在靈蛇島上知道了張無忌和殷離的往日情事之後，突然咬了張無忌一口這件事情來說吧，她的這個舉動常人是很難理解的，連一向脾氣很好的張無忌也發了惱，叫趙敏走開。那麼，趙敏究竟爲什麼要咬情郎一口，還要塗上藥膏讓傷口爛得深些呢？如此古怪的行爲卻有一番曲裏拐彎的理由——趙敏對張無忌解釋說：

「當年你咬了殷姑娘一口，她隔了這麼久，還是念念不忘於你，我聽她說話的口氣啊，只怕一輩子也忘不了。我也咬你一口，也要叫你一輩子也忘不了我。我瞧她手背上的傷痕，你這一口咬得很深。我想你咬得深，她也記得深。要是我也重重的咬你一口，卻狠不了這個心；咬得輕了，只怕你將來忘了我。左思右想，只好先咬你一下，再塗『去腐消肌散』，把那些牙齒印兒爛得深些。」

這樣一番爲「愛」而「咬」的道理委實深婉曲折，若沒有細如蛛網的心眼，怕是萬難想到的，所以，聽在張無忌的耳朵裏，雖然也覺得趙敏異想天開，她以「咬」示「愛」的舉動實在有些傻兮兮的，令人發笑，但畢竟是她對自己的一片眞情，頗覺感動，隨即溫言細語地向她表示，自己絕對不會忘了她的。而他說這話的時候，手上的傷口也似乎不疼了。

可惜，同樣是有時候顯得精靈刁鑽、古裏古怪的小女子，若是出自黃蓉的「古怪」，廣大的讀者似乎就很喜歡，認爲那是小蓉兒可愛的表現；而若是放到趙敏身上，「古怪」就只是古怪了，一點也不可愛。用書中楊逍的話來說就是：

「這趙姑娘的容貌模樣，活脫是個漢人美女，可是只須一瞧她行事，那番邦女子的兇蠻野性，立時便顯露了出來。」

楊逍這話的潛台詞是一項典型的三段論邏輯推理，那就是：

條件一：番邦女子一定具有兇蠻野性。

條件二：趙敏是番邦女子。

結論：趙敏具有兇蠻野性。

應該說，趙敏有時候確實既兇且蠻，手腕狠辣，不講人情，爲了達到目的，可以不擇手段。這是從政的必要素質，但未必是番邦人的必備特性。正如金庸先生本人所言，《倚天屠龍記》裏的兩個主要女性人物周芷若和趙敏都具有政治才能，但是，眾所周知，周芷若並非番邦女子呀！可見，民族的隔閡、人們的偏見是很可怕的，趙敏熱愛漢文化，她的個性中具有一定漢族女性幽微深婉的特質，這本來似乎應該讓漢族人引以爲驕傲和自豪的，但事實卻恰恰相反，趙敏有的時候細如絲網的情緒表現往往成了她的罪狀，成了別人攻擊她的把柄。趙敏那樣愛張無忌，爲他拋棄了一切，父母之恩、兄妹之情，盡皆付諸流水，往日對她忠心耿耿的部屬們也與她爲敵，她還要殫精竭慮地爲明教的事業出謀畫策。可是，無論她怎樣努力，她都無法改變張無忌的屬下們對自己的看法。甚至，在周芷若的惡行暴露無遺，人們都知道周、趙二女善惡顛倒以後，楊逍等人仍然不贊成張無忌娶趙敏爲妻，反而希望張無忌和周芷若重歸於好——他們這樣認爲的最重要理由就是：周芷若是漢人，而趙敏是蒙古人，而他們始終覺得教主如果和蒙古貴女聯姻，肯定會影響抗元大業，所以，他們寧可奉一個殺人盜寶的女子爲教主夫人，也不願意接納趙敏爲「自己人」。

這一點自然是趙敏的悲劇。

也許，正是因爲趙敏知道不管自己如何聰明、如何深情，她都永遠不可能改變這個現實，所以當朱元璋設局騙張無忌引退的時候，趙敏故意沒有事先向張無忌點破這層窗戶紙——以趙敏的聰明機智和謀略經驗，大奸人成崑都不是她的對手，朱元璋玩的小小把戲又怎麼可能逃得過趙敏的眼睛？不過，趙敏對此卻選擇了保持沉默，放了朱元璋一馬，讓他陰謀得逞，建立了大明王朝，坐上了夢寐以求的皇帝寶座。

這是因爲，趙敏深知，位高權重對於一個男人來說，確實是極其理想的境界；可是，一個位高權重的男人，對於深愛他的女人來說，卻未必是理想的狀態，更不必說是極其理想的了。——趙敏雖然離開了汝陽王府，但是，母親憂鬱的眼神卻時時在她的腦海裏閃現，提醒她不要重蹈覆轍。況且，張無忌的部下們對自己的猜忌也令趙敏寒心，甚至不寒而慄。她知道，以張無忌優柔寡斷的個性，在明教內部只擁有張無忌一個人的信任的她，又該怎樣讓自己在教主的情深愛重和屬下的眾矢之的之間永遠保持平衡呢？而且，即使能夠找到平衡，那種日子過得又有什麼趣味？

好在，張無忌並沒有什麼政治上的野心，他只要看到天下和平寧定、百姓安居樂業就心滿意足了。卸掉教主的高帽對他來說，應該是一件輕鬆愉快的事情，甚至可以說是得遂夙願了。而對於趙敏自己來說，只要張無忌心中有她，就夠了。不像周芷若，總盼望著張無忌登基，自己好做皇后。那周家姊姊一聽無忌哥哥賭咒發誓不做皇帝時，臉色都變了。「她稀罕鳳冠霞帔皇后娘娘的尊榮，可那尊榮在我趙敏眼裏卻是不值分文！」趙敏想。

「那麼，就讓我的張郎和朱元璋都得其所哉吧，而我也就能夠得其所哉了。」趙敏又想。

趙敏自從來到張無忌的身邊，一向是神機妙算、足智多謀的，但是，這次她卻主動地「傻」了。

郎名「無忌」實有忌，妾性無忌因郎忌

上文剛剛說過，趙敏堅忍不拔的愛的付出，終於得到了明教教主的回應，但

是她卻沒有能夠得到明教教眾的認同——因爲，楊逍他們對於趙敏的昔日冤仇始終難以釋懷，又總覺得趙敏是蒙古貴女，張無忌若娶她爲妻，只怕有礙興復大業。在趙敏背叛父兄，一心一意跟隨張無忌之後，她昔日的仇敵之中，眞正歡迎她的只有一個人——那就是張無忌的太師父、武當派的創始人、武林的泰山北斗張三丰眞人！可是，具有張三丰這樣的見識和胸襟的人，普天之下又能夠找出幾個呢？趙敏的孤立無援是可想而知的。

不過，我們不能忽略，還有一個原因也很重要，那就是趙敏的個性正好屬於不被當時的主流社會（亦即男權社會）所認同和喜愛的那一類型。她在性情上的「兇蠻野性」，即使撇開民族不同、風俗各異和敵我相持的因素，也是不可能受到歡迎的。不像周芷若，舉止斯文、行動優雅、氣質含蓄蘊藉，其淑女風範最容易博得人們的好感，尤其是尊長們，更是常常青睞於她。峨嵋派第三代掌門人滅絕師太臨危授命，要年輕資歷淺的周芷若接任掌門，箇中原因是比較複雜的——除了周芷若的資質好以外，其端莊穩重的個性，其實也是她能夠得傳掌門鐵指環的重要因素。否則，以滅絕師太的老派風格，肯定十分重視「立嫡立長」的傳統傳承規矩的，卻又爲何不把掌門之位交給大徒弟丁敏君繼承呢？還軟硬兼施，又是逼周芷若發誓，又是向周芷若下跪，把心愛的女徒弟折磨得心力交瘁，還免不了害周芷若飽受丁敏君等師姊的懷疑和嘲弄。試問，滅絕師太若不是特別看重周芷若，那麼她這樣做又是何苦來呢？

而趙敏就和周芷若很不一樣了，她的舉手投足，除了其貴族身分所賦予的雍容華貴的氣度以外，給人更多的印象是率性而爲、狂熱奔放，是「不像個女孩子」。如果說，被大家公認的傳統淑女周芷若是人如其名，彷彿深谷幽蘭，香遠益清的話，那麼，趙敏就是一叢注定要爲了愛情而怒放的大紅玫瑰，豔麗而多刺。她們兩人都深深地愛著張無忌，刻骨銘心地愛著。但是她們表達愛情的方式卻是完全不同的。這從她們的言談舉止中就可以看得出來。我們在這裏不妨把趙敏的語言風格稍微分析一下，從而以聲辨人，進一步瞭解趙敏的性格。

趙敏的語言無論是口頭還是書面，都顯得活潑生動，充滿靈氣和機智。

首先看她的書面語言。

趙敏曾經給張無忌寫過信，比如她答應把張無忌急需的「黑玉斷續膏」和

「七蟲七花膏」的解藥方子送給他，但是又不明言，而是派人送過去一通素箋，上面有幾行簪花小楷：

「金盒夾層，靈膏久藏。珠花中空，內有藥方。二物早呈君子左右，何勞憂之深也？唯以微物不足一顧，賜之婢僕，委諸塵土，豈賤妾之所望耶？」

雖然只有寥寥數行，但趙敏所用語言的詼諧有趣已經可見一斑。況且，這是書面語言，她的口頭語言則更加靈動、更加可人。尤其是趙敏和張無忌在一起的時候，更是妙語如珠，把自己的心情、願望和自己對張無忌的看法，自己和張無忌的關係等等，都表達得十分準確、十分到位，還十分微妙，使得張無忌雖然明明知道她是自己的大對頭，但還是不由自主地接受了她的愛情。不像周芷若，說話永遠和她的為人一樣，謹守禮儀教化，偶爾開開玩笑，也因為疏於「練習」，而顯得不太自然，所以，張無忌對她是敬重多於憐愛，對趙敏則是熾熱的戀愛。

例如，在濠州城大鬧張無忌和周芷若的婚禮之後，趙敏和張無忌攜手並肩去救謝遜。張無忌一個勁地追問謝遜到底在哪裏，趙敏便答：

「我帶你去設法營救便是。在什麼地方，卻是布袋和尚說不得。我一說，你飛奔前去，便拋下我不管了。」

趙敏其時正忍受著失戀的煎熬，她最害怕的就是心上人的得而復失，更何況她剛剛歷盡艱辛，出生入死地把情郎從周芷若那兒給搶了出來，他能不能接受自己還未可知呢。所以，她寧願冒險和張無忌一起去救謝遜，也不願意和心愛的人分離。謝遜的下落是她唯一能夠把張無忌留在身邊的一張王牌，她怎麼捨得告訴張無忌呢？但是，她又怕直說會破壞兩人間好不容易恢復融洽的氣氛，所以，就巧妙地借用張無忌的部下布袋和尚的諢名「說不得」這三個字，來表示自己的態度，並陳述自己不願意和對方分開的衷懷。語帶雙關，雖然話說得非常婉轉，但是意思卻表達得很明白，張無忌也完全領會和接受了她的話中之話。於是雙方不僅沒有產生誤會，而且張無忌還甚感喜樂。

趙敏見狀，順勢慢慢把身子斜倚在張無忌身上，將談話引入她所縈念的正題：

「今日耽誤了你的洞房花燭，你怪我不怪？」

張無忌有心想直說「不怪」，但又說不出口，只得道：

「我自然怪你。日後你與那一位英雄瀟灑的郡馬爺拜堂之時，我也來大大搗亂一場，絕不讓你太太平平的做新娘子。」

趙敏明白張無忌的眞實意思，臉上一紅，笑道：

「你來搗亂，我一劍殺了你。」

張無忌聞著趙敏粉頰上甜甜的脂粉香氣和女兒家幽幽的體香，心神激盪，忽然歎了口氣，黯然不語。

趙敏問他：

「你嘆什麼氣？」

張無忌道：

「不知道那位郡馬爺前生做了什麼大善事，修來這樣的好福氣。」

趙敏聽了暗喜，馬上敏銳地抓住張無忌的話風，不動聲色地暗示他：

「你現下再修，也還來得及。」

於是，雖然身處荒郊野外，但兩人頓覺柔情滿胸，風光旖旎，只盼就這樣過一輩子了。

不久，在屠獅英雄大會上，范遙首先代表明教出戰，張無忌教了他幾招對付宋青書的武功。趙敏在一旁聽見了，微微一笑，神情甚是愉悅。張無忌低聲問她：

「敏妹，什麼事這等歡喜？」

趙敏玉頰暈紅，低下了頭，反問道：

「你傳授范右使這幾招武功，只讓他震斷宋青書的手臂，何以不教他取了那姓宋的性命？」

張無忌答：

「宋青書雖多行不義，終究是我大師伯的獨生愛兒，該當由我大師伯自行處分才是。我若是叫范右使取了他性命，可對不起大師伯。」

趙敏笑著，故意試探道：

「你殺了他，周家姊姊成了寡婦，你重收覆水，豈不甚佳？」

張無忌感染了趙敏的好心情，也玩笑說：

「你許不許我？」

趙敏又微笑著回答：

「我是求之不得，等你再有三心二意之時，好讓她用手指在你胸口戳上五個窟窿。」

趙敏這話自然又是說得好不巧妙——表面上是稱讚周芷若的武功修爲，實際上是指出周的陰毒狠辣，強調她的缺點，暗示張無忌周姑娘並不值得愛，而且，和周芷若在一起也會很不安全。當然啦，這樣措辭，比單純地以未婚妻的「合法」身分叮囑、警告未婚夫不可三心二意、拈花惹草的效果，要好得多了。簡直是四兩撥千斤，寓劍拔弩張於嬉笑玩鬧之中，不可謂不高明。

當天晚上，張無忌爲了請周芷若幫助自己救出義父，主動拿「黑玉斷續膏」去給重傷的宋青書治療，但他遭到了周芷若的拒絕。他回到明教的茅棚時，趙敏早料到他去做什麼了，就諷刺道：

「又用我的『黑玉斷續膏』去做好人了。」接著她又直言不諱地向張無忌指出他犯了大錯，因爲周芷若仍然深愛著他，所以用宋青書的性命換謝遜的性命，這樣的交易，根本不在乎宋青書生死的周芷若，又怎麼會答應？

不等張無忌回答，趙敏就又說了句：

「你救了宋青書的性命，現今又後悔了，是不是？」說完，微微一笑，翩然入內。

趙敏這一笑一走，眞是含義豐富。既有「我知道」的表示，又有「我不在乎」的態度。一方面提醒未婚夫檢點自己的行爲，讓他明白未婚妻不是傻瓜；另一方面又留給他一定的自由空間，不至於讓他覺得趙敏醋勁太足，管束過頭。像這樣將自己和情郎之間的關係處理得進退自如，遊刃有餘，趙敏確實很高明。而這份高明在很大程度上是拜其語言所賜。

說到這兒，突然覺得金庸先生安排趙敏和張無忌在一起眞是極其高明、有趣。君不見，他們二人的名字和個性不正好是互補關係嗎？張無忌雖然叫「無忌」，但他做事情永遠是顧前想後、拖泥帶水的，即使在終於弄明白自己眞正愛的是趙敏以後，也還顧慮著以前和周芷若的婚約，和自己悔婚對周的歉疚，沒有像趙敏那樣不顧一切地和意中人相愛、相守。不管張無忌武功如何長進，他在行事上永遠像一顆算盤珠子，別人撥一撥他動一動，很少有完全按照自己的意願生活的日子，而他的被迫出任明教教主一事就是最典型的例證。所以，張無忌名爲「無忌」實卻「有忌」；相反的，趙敏的個性是她想做的事任誰也攔不住，她才是眞正「無忌」的。如果說，趙敏做事情也有顧忌的時候，那麼多半是爲了張無忌著想。比如她在萬安寺折辱六大派高手，唯獨放過了武當派諸俠，那就是看在張無忌的面子上忍耐退讓的結果。

而張無忌的個性呢，倒似乎得了一個「敏」字——因爲孔夫子說「君子敏於行而訥於言」嘛，張無忌練武有大成，統兵亦有小成，這「行」的方面，他確實是很「行」的。所以，趙敏的名字假如給張無忌用，那就名如其人了。

當然，以我們現在的眼光來看，趙敏的「無忌」個性只不過是不符合傳統的禮教觀念罷了，倒也不是什麼洪水猛獸或牛矢馬溺，可怕、可厭。相反的，她愛說愛笑愛鬥機鋒，口角便給爽利，常帶詼諧，呈現的是另一份比較野性、比較具有張力的美。相信和她說話是不會感覺沉悶的，再單調難熬的日子，如果有趙敏這樣的女子陪伴，都應該會變得比較舒服和開心的。

最後，需要指出的是，語言幽默，口角有鋒芒，這在男人，往往被看作是他的優點，像令狐沖，常常油腔滑調，但他博得聖姑任大小姐芳心的原因之一，卻便是他的油嘴滑舌。而一個女子倘若也口齒伶俐些，則往往被認爲是缺點。宋元話本裏有一篇《快嘴李翠蓮記》，講的就是一個很會說話的女子的故事，在故事裏，女主角就是因爲嘴快而招致了不幸。本書的主角趙敏照例自然不能夠逃脫相似的命運，倒也沒什麼可感到奇怪的。

【注一】「心較比干多一竅」：語出《紅樓夢》第三回「托內兄如海薦西賓，接外孫賈母惜孤女」。「長揖雄談態自殊」：語出林黛玉的《五美吟》詩之五《紅拂》，見《紅樓夢》第六十四回「幽淑女悲題五美吟，浪蕩子情遺九龍佩」。

趙敏的人生哲學

感情篇

作爲汝陽王、天下兵馬大元帥察罕特莫爾的親生愛女，尊貴的郡主娘娘，趙敏本來完全可以在大都的深宅大院裏，篤篤定定地過珠圍翠繞的安逸生活，在繡樓讀書寫字作文章，閒來和使女僕婦們討論一下針黹女工，悶時去校場縱馬馳騁，或去獵場追鷹逐兔，再於背人處悄悄做幾回少女的懷春夢。等到一定的時候，她的父王自然會給她招個門當戶對的郡馬，讓她繼續過豪門貴婦的悠閒日子。妻榮夫貴，一生安樂是可以想見的。

不過，趙敏所追求和所需要的遠遠不止榮華富貴，安逸享樂。換言之，與身俱來的郡主身分所賦予她的尊榮和安樂，是遠遠不能夠滿足趙敏的人生欲望的，雖然，她所擁有的富貴閒適，是普天下多少女子所夢寐以求、卻又萬難得到的，而且，她本人當然也不僅不討厭榮華富貴，還很自然地爲生在王府而感到幸運和自豪。

誠然，對於郡主趙敏來說，能夠生長在公侯王府，她自然是很幸運的；而對於心中藏有宏大志願的小女子趙敏來說，能夠生長在公侯王府，她更是幸運無比的。更何況，汝陽王府又並非一般的王府，不僅僅是天潢貴冑，還權傾朝野，勢壓十方。父親察罕特莫爾官居太尉，執掌天下兵馬大權，是朝廷第一能人。所以，趙敏和哥哥王保保也都有機會贊襄軍務，施展才華，實現抱負。

於是，一直以來，趙敏都爲自己託生在汝陽王府而深深慶幸，而且聰明穎悟如她，她更爲自己託生在朝廷腐敗、烽煙四起的國家危難之際，而深深慶幸——因爲，假如她生活在一個太平盛世，那麼朝廷穩定，社稷無事，她的父親又怎麼會需要女兒做他的左右手呢？或者說，如果天下太平，那麼不管趙敏如何聰明能幹，如何具有非凡的政治和軍事的天賦才華，汝陽王也絕不可能想到要倚女兒爲股肱，讓一個年輕女孩手握重權，四處奔波受累。

雖然，人們都說「寧爲太平犬，莫做離亂人」，可是，榮華富貴是還沒出生就已經注定擁有的，趙敏就像是一個兩手滿把抓著糖果、從未曾嘗過黃連苦味的小孩子，自然不會想到去珍惜由嘴到心的甜蜜。況且，作爲成吉思汗的後裔，即使生爲女兒身，趙敏的血液裏也天生具有縱馬飛馳、酒到杯乾的威武豪邁，紅樓繡戶又豈能拘束住女中英豪？更何況，趙敏正當韶齡，而普天之下，又有哪個年輕人不是對自己的人生充滿著幻想和憧憬的？

在趙敏看來，太平盛世裏屬於郡主娘娘的那種長於繡帷、老死於朱戶的生活，即使有著一份呼奴喝婢、養尊處優的天然優越感，卻委實是過於平淡無奇了。就像王府後院那口百年古井，翻不起些許波瀾，怎比得上大江大河，洶湧壯闊，有「奔流到海不復回」的豪邁氣概？也像是故鄉一馬平川的千里草原，雖可見「風吹草低見牛羊」的美景，但總不免有失之於單調之憾，讓善騎的敏敏特莫爾由衷地嚮往峻嶺險峰，懷著戰勝高山激流的強烈渴望；當然，這種唾手可得的富且貴的生活還像是一杯白開水，缺滋少味，怎及得上名酒醇釀，甫啓封便散發出濃郁的香氣，能令海量的紹敏郡主盡情享受「酒不醉人人自醉」的詩情畫意，和「乘千里風，破萬里浪」的壯志豪情？

於是，確信自己的父親能夠給她一展才華的機會，並且也成功地令父親確信女兒有贊襄軍務、爲父分憂爲國效命的傑出能力的趙敏，接過父親賦予的權力和重任，毫不猶豫且躊躇滿志地跨出了閨門，走向了對於那個年代的絕大部分女子來說，十分陌生的紛繁複雜的外面世界。

趙敏知道，這一去，自己再也不願意回頭；

趙敏不知道，這一去，自己再也不可能回頭！

趙敏，天縱聰穎，才幹不讓鬚眉的趙敏，生在王府、長於亂世的趙敏，當她欣欣然接過父親授予的權柄，跨出森嚴的王宮殿宇，開始號令群雄、建功立業的時候，其實已經埋下了可能改變她一生命運走向的契機。只不過，當時她根本不曾意識到這種轉變的可能性的存在。而一旦這種轉變成為現實，那麼，小女子趙敏的命運走向就不再是郡主趙敏自己可以左右得了的。

當然，當初趙敏更不曾意識到，這份影響她一生的轉變，就悄悄地、不經意地發生在那甘涼道上的綠柳山莊。

從此無心愛良夜，任他明月下西樓【注一】

當剛剛長成的紹敏郡主敏敏特莫爾統率著蒙漢西域的武士番僧，向門派幫會大舉進擊的時候，她並不知道，自己踏上的是一條背叛民族、國家和家庭的不歸之路。

而這一切，是從綠柳山莊裏那座詩情畫意的水閣開始的。

爲幫助父親降服中原武林，替朝廷翦除異己，平定局勢，以保長治久安，趙敏率領手下的玄冥二老和神箭八雄等高手遠離京師，待機而動。年輕的郡主胸中頗有韜略，懂得智取爲上，自然不會一開始就以眞面目示人，和眾漢族豪傑面對面眞刀眞槍地幹。她深深明白，知己知彼，百戰不殆，在出手之前，中原武林的局勢趙敏早就瞭然於胸，不僅正邪雙方重要人物的武功家世她全然知根知柢，即便是他們的容貌長相她心中也是一清二楚。

趙敏深知，北方的遊牧民族入主中原雖然古已有之，但蒙古族建立的大元王朝卻是空前強大，歷來大國幅員之廣，無一能及。而這樣的政權能否長治久安，主要看漢族百姓肯否臣服——當然，漢族的武林人士在其中起著重要的作用。對於元朝皇帝來說，這問題的答案也是毫無二致。同時，由於歷史的原因，中原武林歷來分爲正邪兩派，雙方互相仇恨，勢不兩立。其中，名門正派唯少林、武當馬首是瞻，而邪派則大都服從明教的號令，多年以來，他們雙方勢均力敵，爭戰不休。這樣的江湖局勢，在趙敏看來，正是朝廷莫大的福音—

—豈不聞「鷸蚌相爭，漁翁得利」？於是，郡主娘娘不動聲色地乘六大派圍攻光明頂、正邪雙方兩敗俱傷之際，親自出馬，暗籌畫、巧部署，開始坐收漁翁之利——六大派高手在離開光明頂後的一個月內，便全部落入了趙敏彀中，被解往大都西城的萬安寺做了階下囚。不過，張無忌及其部屬只是發現了六大派高手的神秘失蹤，卻並不知道其中的緣由，正彷徨焦急，計無所出。於是，趙敏自編自導自演了她出道以來的第一齣好戲：「趙郡主釣魚，引張無忌上鉤」。

趙敏郡主釣魚用的當然不是魚竿魚鉤和魚餌，而是倚天劍——峨嵋派的鎮派之寶倚天劍！

話說那日，趙敏算準張無忌一行要從甘涼道上經過，就早早地穿上「戲裝」——一襲寶藍色的綢衫，腰懸倚天劍，帶領假扮獵戶的「神箭八雄」，在張無忌他們必經的一排柳樹下作小憩狀，篤悠悠氣定神閒地「守株待兔」。

坐不多久，果然見張無忌一行到來。趙敏輕搖摺扇，彷彿諸葛亮輕搖羽毛扇，成竹在胸，勝算在握，只待對手自動鑽入圈套。

果不其然，張無忌和明教大頭目們的一雙雙眼睛，全被趙敏腰間所佩的倚天劍磁鐵般地吸引住了，眾人表情均甚愕然。趙敏看出周顛忍不住欲出言詢問，正要按照原計畫，故意賣關子把他們引向綠柳山莊，卻只聽得馬蹄雜遝，一群人亂糟糟地乘馬奔馳而來。原來那是一隊元兵，約莫五六十人，另有一百多名婦女，被元兵用繩索綁縛了拖曳而行。這些女子都是漢人，被拖得衣不蔽體，傷痕累累，無不哭哭啼啼，其狀甚是淒慘。趙敏身為女子，自然見不得如此暴行，更何況手中有兵有權，完全能夠打抱不平。同時，她心念電轉，迅速改了主意，決定不僅要代替皇上好好教訓教訓這群不恤百姓的官兵，而且還要藉這天賜良機順勢把戲做足，把鉤下實。

於是，趙敏不待張無忌下令救人，就開口道：「吳六破，你去叫他們放了這干婦女，如此胡鬧，成什麼樣子！」——她這一開口，實際上是暴露了女兒家的身分。這一點當然並不在她的原計畫之內，當然她也不知道，就這麼一點點的改變，其實卻是她一生命運轉向的開始。不料，元兵們作威作福慣了，見漢族貴家公子打扮的趙敏居然敢出頭管官軍的閒事，不僅不買她的帳，反而連她也要欺負。趙敏大怒，秀眉微微一蹙，嚴令：「別留一個活口。」

說時遲，那時快，趙敏的語音未落，便聽得颼颼颼的連珠箭發，張無忌等只見那八個「獵戶」箭無虛發，不一會兒竟將元兵盡數殲滅！

趙敏知道，張無忌等一定正在驚訝於「他」這個俊美異常的少年公子，竟然是女扮男裝，而且還敢於誅殺施暴的元兵，眾人心中必定非常佩服她，接下來他們是一定要過來請教高姓大名，誠心誠意地要交她這個朋友的。有道是欲擒故縱，趙敏把開場戲鋪墊完畢之後，便抓住最恰當的時刻暫時退場——她牽過坐騎，縱馬而去，更不回頭看一眼，彷彿誅殺元兵是家常便飯，小菜一碟，竟是絲毫不以爲意。

周顛見趙敏走了，大急，忙叫道：「喂，喂！慢走，我有話問你！」

趙敏本是有心蓄勢，引君入甕，這當口哪裏肯理睬周顛，當下就像是渾沒聽見，在八名獵戶的前擁後衛之下，霎時便去得遠遠的了。

奔到半途，趙敏略一回頭，見張無忌和韋一笑等並沒有施展輕功追趕上來，詢問倚天劍的來歷和自己的身分，明白他們對自己心存敬佩，不願貿然冒犯。她不禁暗想還好自己剛才見機得快，命神箭八雄出手料理元兵的主意拿得太對了，這下，張無忌他們認定自己俠義爲懷，是同道中人，那麼，下面的文章就好作了。雖然，這樣一來，原計畫不僅必須稍微改動一下，而且還得稍微延遲幾天實施了，不過，效果必將更好。想到這裏，趙敏的嘴角露出了一絲難以察覺的笑容。

幾天後，趙敏部署神箭八雄依然獵戶打扮，以最隆重的禮節，邀請張無忌一行到綠柳山莊作客。爲了表示自己的誠意，她還命手下不再隱瞞自己女扮男裝的事實。所以，當張無忌等聽到八雄之一說「敝上姓趙，閨名不敢擅稱」時，無不覺得對方相待至誠，心裏頗喜，饒是老於江湖的楊逍等人也未起疑，其他人更是覺得正中下懷，壓根沒往壞處想。

明教眾人隨神箭八雄到了綠柳莊前，趙敏仍然身著男裝，親自在門口迎接。她待客甚殷，不僅在水閣設下了筵席招待群豪，還不避男女之嫌，親自作陪。席間，她談鋒頗健，說起中原各派的武林軼事，竟有許多是連殷天正、殷野王父子都不知道的。爲了繼續麻痹群豪，趙敏有意投眾人所好，於少林、峨嵋、崑崙諸派武功頗少許可，但提到張三丰和武當七俠時卻推崇備至，對明教諸豪的武功門派也頗多讚譽，其出言似乎漫不經心，但一褒一讚，無不詞中竅要，聽得張無忌等又是歡喜、又是佩服，更加無有防備之心。

這時，張無忌終於忍不住開口問趙敏：

「姑娘這柄倚天劍從何處得來？」

趙敏聞言甚喜——她奉茶陪酒，侃侃而談，做了半日的鋪墊，等的就是張無忌這一句問話！她心裏爲自己喝了一聲采，面上當然則是不動聲色，當下只微微一笑，解下腰間的「倚天劍」放在桌上，反詰張無忌爲何有此一問。

張無忌道：

「實不相瞞，此劍原爲峨嵋派掌門滅絕師太所有，敝教弟兄喪身在此劍之下者，實不在少。在下自己，也曾被此劍穿胸而過，險喪性命，是以人人關注。」

張無忌的回答其實趙敏早就料到了，這時更是借題發揮，竭盡顧左右而言他之能事，仍然不告訴對方倚天劍的來歷。她說：「張教主神功無敵，聽說曾以乾坤大挪移法從滅絕師太手中奪得此劍，何以反爲此劍所傷？又聽說劍傷張教主者，乃是峨嵋派中一個青年女弟子，武功也只平平，小妹對此殊爲不解。」——她說這番話時，盈盈妙目一直凝視著張無忌，竟是瞬也不瞬，口角之間，似笑非笑，那表情神態，拿捏得恰到好處，完全達到了她預想的目的。

果然，張無忌著了道兒，臉上一紅，慌慌張張地回答：

「對方來得過於突兀，在下未及留神，至有失手。」

趙敏見張無忌已經有些亂了方寸，更加沉著地微笑著調侃道：

「那位周芷若周姊姊定是太美麗了，是不是？」

這一來張無忌更加手忙腳亂，滿臉通紅，勉強回道：「姑娘取笑了。」說著端起酒杯想要飲一口掩飾窘態，哪知左手微顫，竟潑出了幾滴酒來，濺在衣襟之上。他堂堂一教之主，不意竟被一個姑娘家的幾句話逼得狼狽至斯。

趙敏見狀，正中下懷，忙向張無忌和眾人道歉，「小妹不勝酒力，再飲恐有失儀，現下說話已不知輕重了。」然後順勢向群豪告退，「我進去換一件衣服，片刻即回，諸位請各自便，不必客氣。」說著站起身來，學著男子模樣，團團一揖，走出水閣，穿花拂柳地去了。而那柄關乎緊要的「倚天劍」卻被她故意「遺忘」在桌上。

趙敏這一去自然沒打算再出來。她知道，群豪等得不耐煩了，自然會去拔出「倚天劍」看個究竟，到那時候，她就大功告成了——要知道，那劍是假的，乃「奇鯪香木」所製，本身沒有毒；而水閣外面所種的像水仙似的花——「醉仙靈芙」也是這樣，有香氣且本身無毒性。但是，一旦木劍出鞘，兩種香氣一混合，便成了劇毒之物了。群豪進莊後，不管是茶是酒還是菜，上來後趙敏無不自己先嘗一口，以示無他。楊逍和殷天正等老江湖習慣於處處小心，暗中也仔細察看了酒杯、酒壺，見並無異狀，才放心喝酒吃菜的。但趙敏的安排實在巧妙，所用毒物又實在罕見，他們豈能不中計？

笑嘻嘻地送走已經中毒的明教一眾人等，趙敏輕輕舒了一口氣，脫下新換的淡黃綢衫，披上嫩綠衣裙，從外表到內心都恢復了女兒身。她遣走侍衛，獨自轉回水閣品茗看書，享受閒暇，並且靜靜地等待捷報。她想，明教眾人眞是一幫傻瓜，你們中的毒一旦發作，可就只有一時三刻之命了，本姑娘叫你們死到臨頭都不知道自己是怎麼死的。

趙敏想，剛才在水閣赴宴的明教頭目都中了劇毒，必死無疑，名動江湖的明教也就算是傾覆在自己手裏了。自己這次輕而易舉地爲朝廷除去了心腹之患，眞是旗開得勝，馬到功成，好消息傳到京裏，父王一定會高興得手拈左頰上的三根鬚毫而哈哈大笑，說不定那笑聲還會掀翻了屋頂呢。

初戰奏捷的趙敏，雖然仍不動聲色，心裏的得意卻是非同小可。她手裏握著一卷史書，卻一個字也沒看進去，腦海裏想像著父親和哥哥嘉許的眼神，嘴角不禁浮現了一痕笑意。「爹爹，你看女兒也能爲國分憂，不比哥哥差吧！」她想，等和父親重聚，一定要對他如是說。

不過，這時，趙敏的心頭忽而掠過一絲不確定——明教中毒的人中也包括張無忌，那個武功卓絕、彬彬有禮、可愛的年輕教主，也馬上就要死在自己手下了，這是不是太可惜了？要不，現在趕快派人給他送去解藥，把他從閻王爺那兒拉回來吧？以免人死不能復生，到時候自己要後悔也難了。

趙敏不知道爲什麼，竟突然產生了這樣一個奇怪的念頭。

趙敏用力地甩甩頭，似乎想把那荒誕不經的念頭甩掉。她想，一向果敢有決斷的自己，怎麼竟然心慈手軟起來了，而且慈悲的對象居然還不是自己的部下，而是敵方的首領！眞是昏了頭了，敏敏特莫爾啊敏敏特莫爾，可不能再犯這樣低級的錯誤了。趙敏用牙齒咬了咬下唇，這樣狠狠地叮囑自己。

可是，以爲自己勝券在握的趙敏實在高興得太早了！自認爲對張無忌他們瞭若指掌的趙敏，其實並不掌握一個至關重要的訊息，那就是張無忌不僅有九陽神功護體，百毒不侵，而且還讀過王難姑的《毒經》，精通解毒之術。他們出莊不久，周顚因爲頭暈而倒撞下馬，張無忌見狀，腦中靈光一閃，馬上聯想到了王難姑《毒經》上記載有一種無色、無味、無臭的毒藥，和在水閣所見的「水仙」和「檀香木劍」有著必然的聯繫，立即命令部眾小心保護光明使和五散人等大首領，而且還再三叮嚀中毒的人們不可運氣調息，否則毒發無救。他自己則火速趕回綠柳山莊爲他們奪取解藥。

趙敏正在水閣暗自沉吟，只見張無忌一陣風似地搶將過來，把池塘裏的七八株「醉仙靈芙」盡數拔起。

趙敏驀地裏和他重相見，自然是大大地吃了一驚。但是，她在心底深處又很奇怪地發現了一絲欣喜和安慰。不過，仇人相見，哪有工夫細想細辨，孤身落單的趙敏急忙發出幾枚暗器，阻住了張無忌離開的腳步。當然，趙敏的武功從小得名師指點，固然不弱，但張無忌是何等樣人，區區幾枚暗器又怎奈何得了他，這只不過是緩兵之計罷了。趙敏明知自己的功夫和對手差得太遠，而下屬們又都因自己的過於輕敵被遣得遠遠的了，現在斷不可能聽到動靜趕來救主，但她敏敏特莫爾又豈是肯輕易服輸之輩？於是，她依然鎮定地笑一聲，說：「來時容易去時難！」擲去書卷，雙手順勢從書中抽出兩柄薄如紙、白如霜的短劍，直搶上去，和張無忌鬥在一起。

當然，以趙敏的武功，還遠沒有楊逍、殷天正和韋一笑等人的造詣，但她機警靈敏，變招既快又狠，幾個回合過後，張無忌雖然已經點了她的穴道將她制住，但也差點命喪她的劍底。武功上有壓倒優勢的張無忌亦不免暗暗心驚，只得使出平生絕學乾坤大挪移心法，摘下趙敏鬢邊的一朵珠花以示懲戒。

趙敏見張無忌悄無聲息地取去自己的鬢邊之物，不禁臉色微變。她知道當他摘下珠花時，若是順手在她太陽穴上一戳，自己的性命已經不存在了。不過，她隨即寧定，淡然一笑，指鹿爲馬地調侃道：

「你喜歡我這朵珠花，送給你便是，也不需動手強搶。」

這下，張無忌堂堂七尺男兒倒被她說得有些不好意思，擲還珠花，轉身便走。

趙敏當然不能讓敵人就這樣跑了。她見機極快，知道自己武的鬥不過人家，就馬上開始鬥文的——她迅速摘下珠花上兩顆最大的珍珠，然後高高舉起珠花，厲聲激將，「你何以偷了我珠花上兩顆最大的珍珠？張無忌，你有種就走到我身前三步之地。」但那張無忌也非平庸俗輩，根本不受她激。趙敏一計不成，又生一計，驀地花容變色，慘然道：「罷啦，罷啦。今日我栽到了家，有何面目去見我師父？」說著反手拔下釘在柱子上的短劍，狠命往自己胸口插落。

張無忌沒想到外表柔弱的趙敏居然如此剛烈，數招不勝便即揮劍自戕，心想這一劍若非正中心臟，憑自己的醫術，或有可救，於是當即轉身，回來看趙敏的傷勢。

趙敏見自殺之計得售，待張無忌走近，看準了時機就扳動機關，要將他關入陷阱。但張無忌身手委實不凡，發覺上當後的反應非常迅速而準確，馬上伸掌往桌邊擊去，欲借力躍起，反客爲主。當然趙敏也不笨，早就料到了這一著，她右掌運勁揮出，張無忌的自救之招便落了空。可惜，她揮出的右手也給了張無忌抓住她的機會，於是，兩人一起落入了陷阱。

和一個武功高出自己不知多少的敵人一起關在黑魆魆的鋼牢陷阱裏，這自然不是一件令人愉快的事情，何況，對方還是一個年輕男子，兩人相距最多不過一步。聞著張無忌身上強烈的男人氣息，趙敏不由自主地有些心慌意亂——縱然趙敏是蒙古姑娘，自幼不像漢族女子那樣大門不出、二門不邁的，講究男女之大防，她近來又幫父親籌畫軍務國事，成天和一大幫男人在一起。可是，她的部下一向敬她如天神，不敢走近她身旁五步之內，彷彿生怕冒瀆了她。所以，除了父親和兄長，她又何嘗有過與異性單獨相處、呼吸相聞的經歷！可憐她平時剛毅果敢，十個男子也及不上她一根毫毛，這會兒卻因爲自己的小小疏忽，輕敵痲痹，竟然鑄成大錯，堂堂郡主落到了這般尷尬的境地，趙敏心中直恨自己糊塗大意，鼻尖上一時竟沁出了冷汗。

不過，趙敏畢竟不是等閒之輩，她很快鎮定下來，想既來之，則安之，自己雖然知道出去的辦法，但和張無忌強弱懸殊，自己難免受他挾制，出去倒反而是縱虎歸山了，現在不如先使個「拖」字訣，和他巧妙周旋，時間拖長了，部屬們久不見主人，自然會來接應自己的。於是，當張無忌焦急地逼她打開翻板的時候，趙敏知道他是急於出去救外公和眾部下的性命，竟笑道：「你慌什麼？咱們總不會餓死在這裏。待會他們尋我不見，自會放咱們出去。」一副你在火裏，我在水裏，隔岸觀火的悠閒樣子。這還不夠，她緊接著又添油加醋地說：「最擔心的是，我手下人若以為我出莊去了，那就糟糕。」

張無忌不相信她自己也出不去，又問：

「這陷阱之中，沒有出路的機括麼？」

趙敏這下笑得更厲害了，反唇相稽道：

「瞧你生就一張聰明面孔，怎地問出這等笨話來？這陷阱又不是造來自己住著好玩的。那是用以捕捉敵人的，難道故意在裏面留下開啓的機括，好讓敵人脫身而出麼？」

張無忌這下只好逼趙敏叫人來打開翻板了。趙敏聽了更加不急不躁，依然裝作不知道張無忌已經心急如焚，說：「我的手下人都派出去啦，你剛才見過水閣中有旁人沒有？明天這時候，他們便回來了。你不用心急，好好休息一會，剛才吃過喝過，也不會就餓了。」——就這樣和張無忌鬥著嘴皮子，趙敏覺得很開心——不僅僅是戰勝敵人的勝利者的那種開心，還有說不清道不明的欲和這個男子兀自廝守的念頭，以及隨之而來的一份微妙的從未體驗過的快樂。趙敏私心裏，甚至覺得掉入陷阱是因禍得福了，直願和張無忌就這樣待在一起……。

不過，急著去救人的張無忌哪裏可能察覺身旁姑娘心裏的念頭，也更不可能有陪「敵人」在這伸手不見五指的地方閒磨牙的雅興，他抓住趙敏的手臂，五指一緊，使上了兩成力，喝道：「你不立即放我出去，我先殺了你再說。」

這一喝，打破了趙敏心底隱秘處的那份只能悄悄獨享的甜蜜，她回過神來，依然伶牙俐齒，提醒對手：「你殺了我，那你就永遠別想出這鋼牢了。」而且還沒忘記順便諷刺一句：「喂，男女授受不親，你握著我手幹麼？」

張無忌徒有蓋世的武功，卻奈何不了一個女流弱質，只好放開了趙敏。

趙敏不知道其實張無忌聞得她吹氣如蘭，也不禁心神激盪。她半是爲了拖延時間，半是鬼使神差，竟不顧大局，欲把自己一直刻意隱瞞的眞實身分，向她的勁敵張無忌和盤托出！因爲在她的內心深處，她覺得自己再也不能夠忍受張無忌連她是誰都不知道的現狀了。可惜，張無忌根本沒有心思聽她娓娓敘來，一言不合，又對她動粗用強。趙敏隱隱地十分失望，竟突然嗚嗚咽咽地哭了起來，泣道：「你欺侮我，你欺侮我！……一個大男人家，卻來欺侮弱女子！」那情態，哪像是和敵人說話，分明卻是刁蠻女向情郎撒嬌！

不過，這女兒家的彎彎繞張無忌哪裏理會得，爲了早點出去救人，他竟然脫去趙敏的鞋襪，用「九陽神功」的暖氣擦動她兩足掌心的「湧泉穴」——「湧泉穴」乃「足少陰腎經」的起端，感覺最是敏銳。平時兒童嬉戲，以手指爬搔遊伴足底，即可令對方周身痠麻。這時張無忌用「九陽神功」的暖氣擦動趙敏的「湧泉穴」，比用羽毛絲髮等搔癢更加難當百倍。只擦動數下，趙敏就忍不住格格嬌笑。她雖然急於縮腳躲避，但穴道被點，又怎麼能夠動彈半分？這份難受，遠甚於刀割鞭打，便如幾千萬隻跳蚤同時在五臟六腑、骨髓血管中爬動咬齧一般，她只笑了數聲，就難過得哭了起來。

但是，可惡的張無忌並不曾罷手，他繼續施爲，趙敏癢得一顆心都似乎要從胸腔中跳出來了，連周身的毛髮也癢得似要根根脫落，不得已只好向張無忌求饒——這時，足癢是止了，心癢卻一時尚未止歇。趙敏從張無忌手中抽回自己溫膩柔軟的足踝，一霎時竟起了異樣的感覺，似乎只想張無忌再來摸一摸自己的腳。因了這突如其來的念頭，趙敏羞得滿臉通紅。所以，在陷阱翻板打開之後，她只得一直背對著張無忌，不敢面對面地和他說話。

望著張無忌飛速離去的背影，趙敏心裏像倒翻了五味瓶，酸甜苦辣，應有盡有。

呆立良久，趙敏回房從梳妝盒裏拿出一只鏤刻得非常精緻的黃金盒子，然後摘下鬢邊那朵曾經被張無忌奪去的珠花，放進去，輕輕地蓋好。

從房裏出來的時候，神箭八雄等見趙敏又換了男裝，而且臉上已經了無淚痕。她和往常一樣，緩緩地掃視一周，臉上沒什麼表情，叫人莫測高深，然後淡淡地、不容違拗地下令道：「把這個盒子送去給張教主，然後把莊子燒了，咱們立刻動身去少林寺！」

相思相見知何日，此時此夜難爲情【注二】

離開綠柳山莊以後，趙敏一直悶悶不樂。雖然她成功地擒住了六大派高手，把他們都關在了大都西城的萬安寺，受到了父親的嘉許，但她也高興不起來。部下們以爲，她是因爲沒有能夠按照原計畫在綠柳山莊剿滅明教，完償一鼓剿滅中原武林門派幫會的夙願而積鬱寡歡，紛紛勸解她，有的說來日方長，郡主聰明能幹世上少有，總有一天能搗毀光明頂，報了這次張無忌僥倖金蟬脫殼之仇；還有的則說，剿滅漢族武林門派幫會是汝陽王爺幾十年的夙願，郡主一出馬就取得眼下的成績，實在已經是很了不起了，小小失手不必縈懷，云云。

「其實，你們這班蠢才哪裏知道，要是張無忌眞的中毒死了，本郡主說不定要把你們一個個殺了才解恨呢！」趙敏敷衍著部眾們，心裏卻暗暗這樣想。閒暇時，她不再像以前那樣喜歡騎馬射箭，而是常常獨自沉吟，並且常常被自己突然冒出來的一個「膽大妄爲」的念頭嚇上一跳，那就是：「要是什麼時候能再見上張無忌一面就好了！」

在很長一段時間裏，這個不可告人的心願折磨得趙敏寢不安枕，食不知味，百無聊賴。

趙敏記得，自己第二次見到張無忌是在武當山上。當時，張無忌的三師伯俞岱巖和六師叔殷梨亭因爲敷了假的「黑玉斷續膏」，而中了「七蟲七花膏」的劇毒，命不久長。她知道張無忌急需眞的「黑玉斷續膏」和「七蟲七花膏」的解藥，就主動上門去拜訪他。

張無忌當時對趙敏恨之入骨，一見面就以同歸於盡相要脅，逼她拿出靈膏和解藥，還惡狠狠地把她送給他的珠花還了回來，說是絕不要仇人的東西。他的表情和語氣，趙敏至今歷歷在目。按照常理和趙敏一貫的脾性，她應該爲親眼見到敵人極端痛苦的模樣而心花怒放，同時，也應該惱恨張無忌的無禮，必欲置他於死地而後快不可。

可是，趙敏自己也不知道是爲了什麼，自己對張無忌不僅不惱恨，反而很同情很欣賞──同情他陷入了「親手殺死尊長」的慘痛境地，雖然，這份慘痛是趙敏她親手設計安排的；欣賞他的義氣和他的敵我分明。於是，趁張無忌有求於己，她以奉送「黑玉斷續膏」和「七蟲七花膏」解藥爲誘餌，逼迫他答應了日後無條件爲自己做三件事情。然後，她就遣人送去書信一通，告訴張無忌其實他要的寶貝早就在他身邊了──它們就藏在那金盒和珠花裏面。當然，這通書信的內容和金盒的秘密一樣，只有她自己一個人知道。

「這次我雖然沒有能夠剿滅明教，但卻令明教教主答應無條件爲我做三件事情，以後他在某些事情上就不得不聽命於我了。這不能不算是一種收穫吧？而且這樣或許對大局更加有利！」事後，趙敏這樣安慰自己，並勉強替自己的「資敵」行爲找了個藉口。

率領興高采烈的部下們押解六大派高手回到大都後，趙敏差不多每天晚上都泡在萬安寺裏。她和父兄商議過，結果一致認爲，對這些在漢族百姓中有很大威望或知名度的武林人士，絕不能簡單地一殺了之，否則可能弄巧成拙，激起民變。而且這些人皆爲一時翹楚，殺了豈不可惜？生性好武的特莫爾一家也頗有點惺惺相惜的感覺，決定誘使、逼迫他們投降朝廷，爲己所用。於是，趙敏就天天帶著玄冥二老等得力幹將去萬安寺，輪流審訊威逼，意圖收服眾高手。即使不能令他們爲己所用，也要學會他們的武功，使他們不再能夠擁藝自重，對朝廷構成重大威脅。

可是，六大派的高手們雖說平素爲人頗不相同，但在民族大義上卻十分一致，趙敏手段用盡，收效卻是微乎其微，忙了好多時日，最大的收穫卻只是藉逼囚犯們演練武藝之便，學了一些新招數，功夫倒有不少的長進。而且，學新招、練功夫雖然很辛苦、很費時間，但這樣可以幫助自己從「盼望見到張無忌」的罪孽感和負重感中解脫出來，熬過漫漫長夜，趙敏覺得，即使再苦再累，也是值得的。

在這個過程中，細心的部下發現趙敏在逼問六大派群豪的時候，對少林、崑崙、峨嵋、華山、崆峒五派的人毫不容情，誰不答應歸順就截去誰的手指，唯獨對於武當諸俠，趙敏卻是比較客氣的。下屬們素知這位郡主娘娘智計過人，所以只覺得她這樣做自有她的道理，主人既不言明，他們也不方便多問。但他們又何曾料到，其實趙敏不施辣手折辱武當群豪，只不過是愛屋及烏，看在張無忌的面子上，放他們一馬而已，又哪裏是安排下了什麼高深莫測的妙計。

正當趙敏竭力想把張無忌的影子從心頭抹去的時候，張無忌卻主動出現了。

趙敏沒有想到，在自己逼迫周芷若投降的當口，張無忌會突然出現在自己的面前！

而且，趙敏還沒有想到，張無忌出現的原因，竟然是爲了救他的「心上人」周芷若！！

趙敏更沒有想到，張無忌救周芷若的「武器」，竟然是自己送給他的那只金盒！！！

張無忌的出現如同飛將軍從天而降，趙敏的手下都大吃一驚，好在他們訓練有素，迅速護住主人，守住門戶，靜候趙敏發落。

趙敏對此突變，既不驚懼，也不生氣，只怔怔地向張無忌望了一眼，又向已被毀損的金盒凝視半晌，臉色淒然，雙眸充滿了幽怨，竟迸出一句極不應景的話：

「你如此厭惡這只盒子，非要它破損不可麼？」

趙敏的手下鹿杖客等聽主人既不責問張無忌多管閒事，也不問他爲什麼要救和他們明教毫不相干、甚至冤仇甚深的峨嵋派的人，更何況，周芷若還重創過他，卻婆婆媽媽地關心一只無關緊要的盒子，都覺得很奇怪。不過，他們一向深知趙敏雖然年輕，但智計百出，善於應變，也許她這樣問自有她的用意。而且，他們一直以來已經習慣了服從趙敏，所以，也就都沒吭聲。

張無忌聽趙敏這樣問也覺得很奇怪，不過，他一介武夫，從來就不擅長猜測年輕姑娘的心意，更何況眼下雙方是劍拔弩張的敵對狀況，根本無暇細想。燈光下，他瞥見趙敏凝視著自己的眼光中充滿了幽怨之意，卻並非憤怒責怪，而且竟是淒然欲絕，不禁一怔，心裏倒甚感歉疚，於是柔聲道：

「我沒帶暗器，匆忙之際隨手在懷中一探，摸了盒子出來，實非有意，還望姑娘莫怪。」

趙敏聽他這麼回答，眼中光芒一閃，已是轉悲為喜，但又不敢肯定，急忙追問：

「這盒子是你隨身帶著麼？」

張無忌道：「是。」

這簡簡單單的一個「是」字，張無忌說來毫不費力，但聽到趙敏耳朵裏，卻不啻梵天綸音，喜得她一時忘形，竟將一雙妙目凝望著眼前這個總共見面不過三次的青年男子，瞬也不瞬。那張無忌倒被她盯得不好意思起來，臉上微微一紅，趕忙鬆開了摟著周芷若的左臂。

趙敏歎了口氣，道：「我不知周姑娘是你……是你的好朋友，否則也不會這般對她。原來你們……」說到一半，她竟說不下去了，把頭轉了開去。

張無忌不太明白趙敏在說什麼，便順著她的話風自我分辯道：

「周姑娘和我……也沒什麼……只是……只是……」，他說了兩個「只是」，也和趙敏一樣，接不下去了。

趙敏聽他期期艾艾地剖白自己和周芷若的關係，心裏也不知是喜是憂還是愁，只是轉過頭去，又向地下那兩半截盒子望了一眼，沒說一句話，可是眼光神色之中，卻又好似已經說了千言萬語。不過，這佛殿裏面，除了周芷若和她自己，其他都是些粗蠻漢子，根本不懂女兒家的情態，所以，趙敏的這番神色舉動，只有周芷若一人看在眼裏，驚在心頭，玄冥二老和韋一笑等並不曾留意，范遙雖然有所注意，但也根本沒往深處想。而那張無忌自然也是兀自渾渾噩噩，趙敏的神色他只模模糊糊地懂了一些，卻全沒體會到其中深意。他只覺得趙敏贈他珠花金盒，治好了俞岱巖和殷梨亭的殘疾，是有恩於他的。現在他卻將金盒毀了，雖然不是故意的，但也未免對人家不起。於是，在趙敏幽怨的眼光注視下，他走到殿角，俯身拾起兩半截金盒，對趙敏說道：

「我去請高手匠人重行鑲好。」

趙敏一聽極喜，忙問：「當眞麼？」

張無忌點了點頭。

趙敏見狀很開心，歡顏道：「那你去吧。」竟是要將這個自己送上門來的勁敵白白放走。其實，她又哪裏知道，張無忌並不是因爲重視她這個人和她所送的東西，才決定鑲好金盒的，而只不過是稍稍有些內疚罷了。他覺得自己和趙敏都是統率無數英雄豪傑的一方首領，怎會去重視這些無關緊要的金銀玩物？這只黃金盒雖然精緻，但也不是什麼珍異寶物，盒中所藏的「黑玉斷續膏」已經取出，盒子便無多大用處了，破了不必掛懷，再鑲好它，也是小事一樁。眼下有多少大事要做，趙敏一個勁兒地和自己說這個盒子，眞是女流之見，婆婆媽媽的。他隨手把兩半金盒揣進懷裏，心裏卻頗不以爲然。

也正因爲張無忌根本不明白趙敏的心意，所以雖然趙敏讓他走，但他卻並沒有馬上走。雙方爲了周芷若，又是好一番的爭執打鬥。趙敏見張無忌如此維護周芷若，心裏有氣，但臉上卻帶著笑，指著周芷若，問道：

「張公子，這般花容月貌的人兒，我見猶憐。她定是你的意中人了？」

張無忌臉上又是一紅，否認道：

「周姑娘和我從小相識。在下幼時中了這位……」，說著向鶴筆翁一指，「……的玄冥神掌，陰毒入體，周身難以動彈，多虧周姑娘服侍我食飯喝水，此番恩德，不敢有忘。」

趙敏繼續冷嘲熱諷。

「如此說來，你們倒是青梅竹馬之交了。你想娶她為魔教的教主夫人，是不是？」

張無忌的臉又紅了，答非所問。

「匈奴不滅，何以家為？」

趙敏一聽張無忌立志要滅匈奴，怒上心頭，立時把臉一沉，道：

「你定要跟我作對到底，非滅了我不可，是也不是？」

張無忌這時尚不知道趙敏的真實身分，所以聽了這話有點莫名其妙，就搖了搖頭，說道：

「我至今不知姑娘的來歷，雖然有過數次爭執，但每次均是姑娘找上我張無忌，不是張某來找姑娘尋事生非。」言下之意很明白，是說自己並不想和趙敏作對。同時，他又很誠懇地加了一句：「何況姑娘還可吩咐我去辦三件事，在下自當盡心竭力，絕不敷衍推搪。」

張無忌這番話說得懇切，又合情合理，尤其是最後那一句聽在趙敏耳朵裏，眞是比什麼都舒服。她想，張無忌既然主動提起三事之約，說明他很看重這個約定，也說明他看重和他有這個約定的人，於是臉上登現喜色，俏面龐有如鮮花初綻，說不出的明豔動人。她脫口讚道：「嘿，總算你還沒忘記。」竟是把女兒家的隱秘心事都寫在臉上了！

不過，趙敏轉頭又看到了周芷若，仍然不相信張無忌和她毫無兒女之情，就有心再試探一下。她故意對張無忌說：「這位周姑娘既非你意中人，也不是什麼師兄師妹、未婚夫妻，那麼我要毀了她的容貌，跟你絲毫沒有干係……」，說著，她眼風一掃，鹿杖客和鶴筆翁馬上各挺兵刃，攔在周芷若之前，另一名漢子則手執利刃，對準周芷若的臉頰。張無忌要是想衝過去救周芷若，那麼必須先過玄冥二老這一關！

周芷若清麗絕倫的容顏眼看是保不住了，她不由得花容失色，容顏慘澹。

趙敏可不管周芷若如何暗自觳觫，她只關心張無忌的反應，兩眼直盯著他，冷冷地道：「張公子，你還是跟我說實話的好。」——其實，趙敏並不是眞的要毀周芷若的容，她這樣虛張聲勢，無非是想藉機試探張無忌罷了。這當口，趙敏是多麼希望親耳聽到張無忌斬釘截鐵地說他不喜歡周芷若，不會和她結爲夫婦的呀！

可是，殿上這麼多人，除了周芷若，誰也不明白趙敏幽微的心思。張無忌更不明白，他越是一味地要維護周芷若，就越會給周芷若帶來麻煩，使情勢更趨緊張。在這樣的局面下，要不是韋蝠王靈機一動，施展絕頂輕功，也以毀容嚇唬住了趙敏，雙方必定要大打出手了。

望著張無忌飄然離去的背影，趙敏又羞又怒，但出乎玄冥二老意料的是，她並沒有下令攔截。

這一晚，伺候趙敏的貼身宮女只聽得郡主輾轉反側，徹夜未眠。當然，宮女們不可能知道，那是趙敏思前想後，實在無法確定在張無忌的心裏，周芷若究竟有多少分量，所以才一夜無寐。

天還未破曉，趙敏就讓宮女傳出去一道命令：「速速查清明教教主張無忌的落腳地點，火速回稟！」

第二天晚上，趙敏照例又從汝陽王府到了萬安寺。不過，這次她並不是和往日一樣來審訊囚犯，逼他們歸順朝廷的。因為前一天晚上張無忌帶著楊逍和韋一笑這麼一鬧，趙敏提高了警惕。她不知道明教其實就只來了這三個人，只恐怕張無忌帶人大舉來襲，有心想派武功最強的手下玄冥二老上塔鎮守，但又覺得如此差遣有些過分，所以她決定親自到囚禁六大派高手的萬安寺高塔上面巡視一番。巡視完了，放了心，才能夠去完成自己的另一番心願。

趙敏剛剛到萬安寺，就在塔下碰到了鹿杖客和苦頭陀，他們主動請纓，說是和鶴筆翁一起準備住在塔中親自鎮守。趙敏大悅，表示有鹿鶴二位先生把守，她一萬個放心，自己就不上塔巡視了。說完，扭頭對苦頭陀吩咐道：「請你陪我到一個地方去一下。」

趙敏要苦頭陀范遙陪著去的地方是一家客店——張無忌留宿的客店。待出了萬安寺，她便拉上斗篷上的風帽，罩住了一頭秀髮，悄聲道：「苦大師，咱們瞧瞧張無忌那小子去。」范遙偷眼瞧去，在夜色和風帽的遮掩下，這位郡主娘娘一改平日威重令行的樣子，竟是眼波流轉，粉頰暈紅，七分嬌羞伴著三分喜悅，便如一個尋常的懷春少女，不由得心中暗暗發笑。

趙敏到了客店，將張無忌請到離客店五家鋪面的一家小酒館，叫了一只火鍋，三斤生羊肉和兩斤白酒，兩人相對而坐。趙敏知道張無忌一定不明白，她為什麼竟以金枝玉葉之尊，約一個敵方首領到一家簡陋污穢的小酒家裏吃涮羊肉，所以，不等張無忌發問，她就搶先乾了一杯酒，又說：「我知道你對我終是不放心，每一杯我都先嘗一口。」然後，她就主動把一直秘而不宣的自己的眞實身分來了個竹筒倒豆子，這個舉動委實令對趙敏的心事毫無所察的張無忌吃驚不小，不知道這姑娘葫蘆裏賣的究竟是什麼藥。

趙敏之所以將自己的眞實身分對「敵酋」張無忌和盤托出，那自然是她整整一個晚上反覆思量的結果。不過，她乘著一時之勇，說完早就想好了的表示自己開誠布公的「開場白」之後，倒不好意思起來，一時語塞，低頭撫弄酒杯，半晌不說話。她一張俏臉上淺笑盈盈，粉頰被酒氣一蒸，端的是嬌豔萬狀。張無忌見她這樣，心神也不禁有些異樣，忙把頭轉了開去，不敢多看。

趙敏猶豫了好久，還是覺得周芷若在「他」心目中的地位這個問題十分重要，今天必須得到答案，否則自己今後的日子真不知道該怎麼過下去了。於是，她提起酒壺又斟了兩杯酒，定了定神，緩緩問道：

「張公子，我問你一句話，請你從實告我。要是我將你那位周姑娘殺了，你待怎樣？」

張無忌沒想到趙敏憋了這麼久，說出來的竟是這麼一句話，心中一驚，忙道：

「周姑娘又沒有得罪你，好端端的如何要殺她？」

趙敏道：

「有些人我不喜歡，便即殺了，難道定要得罪了我才殺？有些人不斷得罪我，我卻偏偏不殺，比如是你，得罪我還不夠多麼？」說到這裏，她的眼光中孕著的全是笑意，其實已經向對方透露了自己的心事。可惜，張無忌根本就沒領會，只是承認自己確實得罪了趙敏，不過，她贈藥救了他的三師伯、六師叔，他很感激。

趙敏聽張無忌答非所問，強調說：

「你別將話岔開去，我問你：要是我殺了你的周姑娘，你對我怎樣？是不是要殺了我替她報仇？」

張無忌沉吟半晌，回答了四個字：

「我不知道。」

趙敏不相信他的回答，就說：

「怎麼會不知道？你不肯說，是不是？」

趙敏這話觸動了張無忌內心的隱痛——他已經經歷了太多的磨難、太多的痛苦，而這麼多的磨難和痛苦的起點，就是雙親的慘死！按理說，他現在武功那麼好，應該是完全有能力替父母報仇，替自己苦難的童年討回公道了。可是，隨著年歲的增長，他卻越來越搞不懂，到底是誰害死了他的父親和母親，害得他成了罹患絕症、深陷絕望的孤兒！是少林派、華山派、崆峒派的那些人嗎？是他的外公和舅父嗎？是趙敏父女手下的阿二、阿三和玄冥二老嗎？他不知道！他只知道即使將這些人全都殺了，爹爹和媽媽也不可能活轉過來了。所以，在這個小酒館裏，他就像遇到知己一樣，壓在心底許久的話對著趙敏脫口而出。

「趙姑娘，我這幾天心裏只是想，倘若大家不殺人，和和氣氣、親親愛愛的都做朋友，豈不是好？我不想報仇殺人，也盼別人也不要殺人害人。」——這番話張無忌在心頭已經想了很久，可是沒對他最可信賴的部下楊逍說，沒對他最尊敬的太師父張三丰說，也沒對從小善待他的師伯師叔們說，現在卻突然在這家小酒店裏，對冤家對頭趙敏說了，他自己也覺得好生奇怪。

其實，張無忌的心裏已經悄悄刻下了趙敏的倩影，拿她當自己最親的人兒看待了，所以才會向她坦露心底的秘密，只不過，他自己在潛意識裏，既不願意又不可能承認這個事實罷了。對於這一點，冰雪聰明的趙敏察言觀色，自然能夠體會到其中的深意。她彷彿看到自己的心花在緩緩地開放。不過，也許是因爲情到深處的緣故吧，一向很有自信的趙敏旋即又不相信自己的感覺了，爲了進一步證實自己的判斷，她追問道：

「要是我明天死了，你心裏怎麼想？你心中一定說：謝天謝地，我這個刁鑽兇惡的大對頭死了，從此可免了我不少麻煩。」

張無忌聞言急忙大聲道：

「不，不！我不盼望你死，一點也不。」

趙敏聽意中人這樣回答，心裏非常滿意，不禁嫣然一笑，隨即臉上一紅，低下頭去——她知道，自己在聽了面前這個男人這句話之後，此生便將跟定了他，萬劫不復了。所以，當張無忌明確表示不肯歸降朝廷，而且立志要推翻元王朝，把蒙古人趕出中原的時候，趙敏雖然也反應激烈，但也只是向張無忌凝望良久，臉上的憤怒和驚詫隨之慢慢消退，顯出又溫柔又失望的樣子，語聲淒涼地嘆道：

「我早就知道了，不過要聽你親口說了，我才肯相信那是千眞萬確，當眞無可挽回。」

這句話趙敏像是並非說給張無忌聽的，而跡近自言自語。傷心之餘，她竟微微一笑，緩緩地道：

「有時候我自個兒想，倘若我不是蒙古人，又不是什麼郡主，只不過是像周姑娘那樣，是個平民家的漢人姑娘，那你或許會對我好些。」——如此直截了當地向自己的意中人表明心跡，對於趙敏來說，是終於放下了心頭的一個大包袱，說出來了，就輕鬆了。她沒有漢族女子的羞澀靦腆，也不願意有漢族女子的羞澀靦腆。當然，她這樣說出來的時候，也並沒有奢望得到對方對等的回報。

所以，在剖白了自己的感情以後，趙敏問了一個旁人眼裏無關緊要、但在她看來卻十分重要的問題：

「張公子，你說是我美呢，還是周姑娘美？」

趙敏得到了肯定的答覆，滿面喜色。

也許是冥冥中知道自己將一直在情感問題上和周芷若糾纏不清吧，趙敏這次大膽私會張無忌，她挑起的話題居然是以談周芷若開始的，又是以談周芷若結束的。雖然兩人的談話並不是十分歡洽，但是畢竟探知了意中人對自己並非全無情意，趙敏很滿足。她明白，她是不虛此行的了。

覺得不虛此行的趙敏在這倍感溫馨滿足的一瞬間，突然做出了一個決定，那就是她必須讓自己能夠時時見到張無忌，一刻也不分離！只要能夠達成這個心願，趙敏願意付出任何代價——雖然她並不知道這個代價將是何等的慘痛、何等的巨大，但趙敏知道自己已經別無選擇！

絕頂聰明的趙敏瞞著父兄，私自和張無忌相會，然後找了絕頂愚蠢的理由——去冰火島向謝遜借屠龍刀一觀，暫時達到了和心上人時時刻刻不分離的目的。

這一去，趙敏生命中最重要的男人，便不再是血脈相連的父兄，而是敵方首領、異族異教的張無忌——她所隸屬的家族、民族和國家的大仇人張無忌！

芭蕉不展丁香結，郎心徊徨妾意堅【注三】

趙敏在大都私會張無忌，確知意中人的心裏除了有周芷若以外，也有自己的影子，十分歡喜欣慰。於是她一時情難自已，便以看屠龍刀爲名，替自己找到了和張無忌廝守在一起的藉口。換言之，她決定要和張無忌在一起，永不分離！

當然，在做出這個決定的那一刻，趙敏很清楚，她心愛的人優柔寡斷，常常受環境和旁人的影響，將一直在自己和周芷若之間搖擺不定。而且，天時、地利、人和，自己一樣都沒有，能夠支撐她的，有且僅有她對張無忌的那一腔永遠不變的深情！

不過，在做出這個決定的那一刻，趙敏根本不曾料到，在張無忌的心坎上，除了有周芷若和自己以外，還有表妹殷離和小丫頭小昭……。

趙敏和張無忌在小酒店裏的談話還沒結束，明教眾豪傑營救六大派高手的戰鬥就打響了，當然，隸屬於兩個敵對陣營的他們倆的談話，也就絕對不可能繼續下去了。只聽張無忌道得一聲：「趙姑娘，少陪了！」話音未落，便已絕塵而去，把趙敏一個人拋在了小酒館裏。趙敏怔怔地望著他的背影，心裏雖然很明白，他急著去相救的不僅僅是周芷若，還有他的師伯叔們。但是，眼淚還是不爭氣地直流下來，濡濕了好大一片衣襟。

這場惡戰以明教大獲全勝、趙敏前功盡棄而告終。對於這個結果，趙敏不知道是喜是悲。雖然，父王一向溺愛女兒，並沒有因此責怪她指揮無方，防守失策，但看到父親、哥哥和眾屬下沮喪的面孔，她未免抱愧在心。可是，當張無忌那英俊的面龐出現在腦海裏的時候，她又情不自禁地想，假如「他」所牽掛的尊長親朋都死在萬安寺之役中，那麼「他」豈不是要記恨我一輩子？我豈不是永遠失去和「他」在一起的機會？如果眞是那樣的話，那麼我活著還有什麼意思？……況且，張無忌作爲明教教主，不計前嫌，施展絕頂武功，救出了六大派群豪，當今中原武林，聲望之隆，還有誰及得上張無忌？趙敏隱隱地爲「他」感到驕傲和自豪。

於是，趙敏毅然決定，扔下這個爛攤子，乘父親讓她統率群豪、不約束她的行動之便，和張無忌出海去找屠龍刀。

從中土去到極北的冰火島時長日久，我和「他」一直單獨在一起，也許這樣，「他」會慢慢把周姑娘忘了吧！出發前，趙敏這樣幻想著。雖然玲瓏剔透如她，心裏自然很明白，這也不過是幻想而已。

借屠龍刀看一看雖然只是趙敏爲了和張無忌在一起而臨時找的藉口，但是，以張無忌的脾性和當時的情勢，趙敏也只得「將計就計」，義無反顧地踏上了這條充滿荊棘的路途。

可是，這趟遠行一開始就讓趙敏感到失望——張無忌並不是一個人到小酒店來找她踐約的，而且同行的並非楊逍等他的得力部下，竟是俏丫鬟小昭——小昭當然不僅僅是個小丫頭啦，趙敏送給張無忌的珠花曾經插上她的髮髻便是明證，趙敏自不敢小覷她。然後在路上，他們碰上了趙敏最不願意見到的周芷若，再然後斜刺裏又冒出了和「他」淵源頗深的表妹蛛兒阿離。於是，四女同舟，恩怨情仇如一團亂絲，剪不斷，理還亂。

和四女同行，張無忌福賽齊人，雖然由此而頗受了一些夾板氣，但卻也怨不得旁人。而四女之中，周芷若上船時已被金花婆婆所拘，身不由己；蛛兒殷離愛的是小時候狠狠咬了她一口的張無忌，在這「五角戀」中陷得不深；小昭自居婢僕，深斂鋒芒，也還能夠活得輕鬆些。最累最苦的則自然是趙敏！——她滿腔深情，既不被心愛之人所承認，又受固有的身分所累，時時處處皆遭懷疑猜忌，日子委實不好過。

當然，既來之，則安之，日子再不好過也得過。更何況，趙敏拋棄郡主之尊，孤身犯險，爲的只是能夠和意中人相見相守，所以，趙敏倒也能夠坦然自若地面對亂麻一般的局面——因爲她知道自己此生已屬張無忌，即使明知未必他心似我心，她也絕不回頭。那麼，既然愛他，就要幫助他，不遺餘力、不計後果地幫助他，包括幫助他所牽掛的周、殷諸姑娘。

趙敏別無選擇！

借刀路上，張無忌和趙敏巧遇周芷若，當時周芷若的同門師姊丁敏君正威逼師妹交出掌門鐵指環。周芷若柔弱仁懦，被逼得毫無招架之力。趙敏知道張無忌絕不會袖手旁觀，所以就主動將嘴唇湊到張無忌耳邊，低聲道：「你的周姑娘要糟啦！你叫我一聲好姊姊，我便出頭去給她解圍。」——當然，這樣說時，她早就已經準備好一套可以幫周芷若脫困的說辭。以她的伶牙俐齒、足智多謀，這點小事自然不在話下。雖然心裏十分不樂意給周芷若以援手，但一來丁敏君假公濟私，咄咄逼人，趙敏實在看不慣她道貌岸然的醜態，也想壓壓她的囂張氣焰；二來也免得張無忌以爲自己小氣，小瞧了自己。而所謂「好姊姊」

的戲謔，則是存心和情郎開開玩笑，並藉以掩蓋自己的尷尬和無奈。

不料，一波未平，一波又起，周芷若內訌未了，又遇外患，金花婆婆在這時突然帶著徒弟蛛兒現身，逼周芷若交出峨嵋派鎮派之寶倚天劍。在這危急時刻，趙敏不假思索地挺身而出，用倚天劍吸引金花婆婆的注意力，偵知了金花婆婆知道屠龍刀下落的秘密，於是立刻決定任金花婆婆挾持周芷若離開，而自己則守株待兔，俟機而動。可憐張無忌懵懵懂懂，尚在擔心周芷若的安危，急叫：「咱們再追。」趙敏鎮定自若，說：「那也不用忙，你跟我來。我包管你的周姑娘安然無恙便是。」——她這話完全說到了張無忌的心坎兒上，他自然就不再多言，完全依從了她的安排。於是趙敏便動用父親的權力，安排了船隻人員，暗暗跟隨金花婆婆。後面他們一路上成功地隱藏形跡，瞞過了金花婆婆的耳目，也全賴趙敏隨機應變之功。

趙敏所料一點不錯，金花婆婆果然將他們引向了藏屠龍刀的所在——靈蛇島，因爲謝遜已經從冰火島到了靈蛇島。舟行海上，長途漫漫，甚是無聊，趙敏便和張無忌一路說笑，以解煩悶。她知道張無忌掛念被金花婆婆鎖在上艙的周芷若，只要一見張無忌皺眉頭，就主動派人去上艙假作送茶送水，察看動靜。每次回報，均說周姑娘言行如常，沒有任何中毒症狀。趙敏如此善解人意，倒弄得張無忌不好意思起來。

有一次，趙敏見張無忌一個人癡癡地呆坐半日，臉上現出紅暈，她心裏酸酸的，也不掩飾，即刻諷刺道：

「呸！你又在想你的周姑娘了！」

張無忌急忙否認，「沒有！」

趙敏不信，反駁道：

「哼，想就想，不想就不想，難道我管得著麼？男子漢大丈夫，撒什麼謊？」

張無忌確實在想一個對他情深意重的女子，不過並不是周芷若，所以他答道：

「我幹麼撒謊？我跟你說，我想的不是周姑娘。」

趙敏還是不相信，不依不饒，窮追猛打。

「你若是想苦頭陀、韋一笑，臉上不會是這般神情。那幾個又醜又怪的傢伙，你想到他們時，會這樣又溫柔又害臊麼？」

誠然，趙敏判斷得沒錯，張無忌是在思念一個女子。不過，趙敏全副心思都在張無忌身上，她再聰明，也壓根沒想到張無忌思念的，確實不是清麗絕俗、於張無忌有餵飯餵水之舊恩的周芷若，而是醜女殷離，而且他還曾經當著眾人的面對蛛兒大聲許諾：「姑娘，我誠心願意娶你為妻，盼你別說我不配。從今而後，我會盡力愛護你，照顧你，不論有多少人來跟你為難，不論有多麼厲害的人來欺侮你，我寧可自己性命不要，也要保護你周全。我要使你心中快樂，忘去了從前的苦處。」

雖然，蛛兒因為練「千蛛萬毒手」而毀了容貌，但若要張無忌自己獨立決定違背當初的諾言，卻也是千難萬難的。還有小昭，容貌同樣出眾，而且千依百順，溫柔賢良，也令張大教主難以割愛。如果要問張無忌，在趙敏、周芷若、殷離和小昭這四個女孩子當中，他最愛的是哪一個，他是絕對答不上來的——其實，他也曾反覆自問，但沒有得到明確的答案。後來在小舟上，張無忌做了一個夢，夢見自己娶了趙敏，又娶了周芷若。殷離浮腫的相貌也變美了，和小昭一起也都嫁了自己。他只覺得四個姑娘人人都好，自己都捨不得和她們分離，所以才做了四美同歸的美夢。可憐這四個姑娘雖然性情各異，但對張無忌卻無不全心全意，但她們中的任何一個，若想得到張無忌對等的情感回報，怕是很難的了。趙敏和周芷若也不例外。

不過，趙敏既然愛上了張無忌，那麼她就有正視意中人左顧右盼的心理準備和勇氣。在「借屠龍刀」的路上，從安排船隻、人手，喬裝改扮，到隨機應變，不讓金花婆婆識破行藏，這一切，都是趙敏承擔的。而她這樣做的唯一理由，自然是出於對張無忌的愛情。

那屠龍刀是武林至寶，天下矚目，金花婆婆和張無忌、趙敏一行到達靈蛇島的時候，丐幫的陳友諒等人已經在那兒和謝遜動上手了，不久，波斯明教總教的妙風使、輝月使和流雲使也趕來整頓教務，他們要殺金花婆婆黛綺絲，也和謝遜起了衝突。金毛獅王謝遜雖然武功蓋世，但雙目已盲，又是四面楚歌，處境十分危險。張無忌擔心義父吃虧，急欲上前相幫。趙敏洞察情勢，勸他忍耐片時。於是經過很多曲折磨難，鬥智鬥力，趙敏不僅主動把倚天劍借給張無忌使用，而且甚至差點付出生命的代價，最後終於幫助張無忌成功地保全了義父謝遜的性命和他的屠龍刀。

在這個過程中，令趙敏刻骨銘心的倒不是一連串的生死搏鬥，而是兩件和生死無關的「小事情」：一件是在殊死相搏的間隙，眾人閒談中，趙敏終於知道了張無忌和蛛兒之間的往日情緣，她頗受震撼；另一件則是在激烈的戰鬥中，趙敏親眼看見，張無忌將重傷的殷離抱在懷中小心呵護，這一舉動令她萬念俱灰。

在聽蛛兒敍述自己和「曾阿牛」「韜手情緣」的時候，趙敏抓著張無忌的手掌忽地一緊，一雙妙目凝視著意中人，眼光中露出又是取笑、又是怨懟的神色，彷彿是在說：

「你騙得我好！原來這姑娘識得你在先，你們中間還有過這許多糾葛過節。」

然後，趙敏突然抓起張無忌的手來，提到口邊，在他的手背上狠狠咬了一口。張無忌的手背登時鮮血迸流，他體內的九陽神功也自然而然地生出抵禦之力，一彈之下，將趙敏的嘴角都震破了，也流出血來。不過，趙敏和張無忌一樣，也忍住了，沒有呼痛。在張無忌驚詫莫名的眼光中，趙敏的眼裏滿是笑意，俏臉上暈紅流霞，麗色生春，嬌媚無限。當然，她這時候完全忘了自己假扮成一個黃皮精瘦的老水手，口唇上還黏著兩撇假鬍鬚，這一笑，倒顯得十分滑稽可笑。

趙敏咬傷了張無忌的手背後，替他在傷口上敷了一層藥膏，然後用自己的手帕包紮妥當。然後她又主動告訴張無忌，自己在他手背傷口上做了手腳——原來她替張無忌敷的是外科醫生常用的銷蝕藥膏「去腐消肌膏」，雖然這藥膏沒有毒性，但塗在手上，傷口的齒痕會爛得更深。她上藥的時候用胭脂調在藥裏面，又用自己灑過香水的手帕包紮傷口，就將辛辣的藥味掩過了，張無忌雖然精通藥理，卻也著了她的道兒。

張無忌自然生了氣，氣憤憤地回到船艙去假裝歇息，不理睬趙敏。趙敏佯裝長歎，引張無忌上鉤。張無忌果然中計，重新開口與她爭辯。

趙敏道：

「嗯，我問你：是我咬你這口深呢，還是你咬殷姑娘那口深？」

張無忌臉上一紅，答：

「那……那是很久以前的事了，提它幹麼？」

趙敏強調：

「我偏要提。我在問你，你別顧左右而言他。」

張無忌無奈，只得回答道：

「就算是我咬殷姑娘那口深，可是那時候她抓住了我，我當時武功不及她，怎麼也擺脫不了，小孩子心中急起來，只好咬人。你又不是小孩子，我也沒抓住你，要你到靈蛇島來？」

這一來，趙敏就抓住了張無忌的把柄，馬上嘲笑道：

「這就奇了。當時她抓住了你，要你到靈蛇島來，你死也不肯來。怎地現下人家沒請你，你卻又巴巴地跟了來？畢竟是人大心大，什麼也變了。」——她說這話自然是要出出心裏的怨氣。

不過，張無忌聽了此話，臉上又是一紅，竟笑著回答：

「這是你叫我來的！」

趙敏聞言，就像是在聽張無忌說：「她叫我來，我死也不肯來；你叫我來，我便來了。」一霎時很是歡喜，心中感到一陣甜意，臉龐也紅得發燙。她把頭低了下去，無意中和張無忌的眼光相碰，也急忙避開，好半天都沒有說話。

然後，趙敏輕輕咬了咬嘴唇，彷彿是下了一個大決心似的，說：

「好罷！我跟你說，當年你咬了殷姑娘一口，她隔了這麼久，還是念念不忘於你，我聽她說話的口氣啊，只怕一輩子也忘不了。我也咬你一口，也要叫你一輩子也忘不了我。我瞧她手背上的傷痕，你這一口咬得很深。我想你咬得深，她也記得深。要是我也重重的咬你一口，卻狠不了這個心；咬得輕了，只怕你將來忘了我。左思右想，只好先咬你一下，再塗『去腐消肌散』，把那些牙齒印兒爛得深些。」

趙敏這個舉動當然很傻，和她平時的聰明能幹大異其趣。但是，她情到深處，偏偏所愛之人又是心中有「趙」有「周」又有「殷」，還常常把個俏麗溫順的小丫鬟小昭掛在心上。在這種情況下，一向嬌生慣養、蠻橫任性的郡主娘娘做出點出格的事情，也還是可以理解的。而且，在情郎的眼裏，她的這份刁蠻乖張，一定也不失可愛哦！

趙敏雖然也和張無忌結下了「齧手情緣」，但並不能完全替代殷離在張無忌心中的位置。在後來的爭鬥中，殷離被師父金花婆婆打成重傷，張無忌便一直將她抱在懷裏，拚命保護她的周全。趙敏看在眼裏，頗覺絕望。正在這時，波斯明教總教的三位高手將張無忌逼上了絕境。爲了救情郎，趙敏一連使出崑崙派的「玉碎昆岡」、崆峒派的「人鬼同途」和武當派的「天地同壽」三個殺招，從死神的魔爪下面將張無忌搶了回來。當時的情形眞是萬分險惡、萬分危急，也萬分慘烈、萬分感人——因爲，趙敏所使的三招都是在萬安寺從六大派英雄那兒學來的，而且無一例外都是與敵人同歸於盡的招數！趙敏的奮不顧身、捨命相救令張無忌無比感動。

翌日，戰事稍停，他們被迫乘一條小船在汪洋大海上漂泊。謝遜問受了傷的趙敏為什麼要使出拚命的招數去救張無忌，因為這並非是唯一可以達到目的的手段。趙敏答道：

「他……誰叫他這般情致纏綿的……抱著……抱著殷姑娘。我是不想活了！」

說完，她淚如雨下。

舟中四人聽趙敏當眾吐露心事，無不愕然！而張無忌更是感動莫名，他情不自禁地伸過手去握住了趙敏的手，嘴唇湊到她耳邊，低聲道：

「下次無論如何不可以再這樣了。」

趙敏聽得意中人如此深情款款地叮囑自己，不禁又驚又喜、又羞又愛，心下說不出的甜蜜，覺得只要有了這句話，昨夜那三次出生入死、今日海上漂泊受苦，這一切，就都不枉了。

後來，趙敏為了張無忌蒙冤受屈，為了張無忌痛苦而堅決地和父兄決裂，為了張無忌毅然背叛了自己的家庭、民族和國家，甚至還要為了張無忌而忍受明教中某些人的不斷猜忌……。與此同時，張無忌則在周芷若和趙敏之間不斷搖擺，一直到故事結束也沒做出最後的抉擇。

這一切，都是趙敏在愛上張無忌的時候，沒有想到要去承受的；但是，她知道，只要是和張無忌有關的一切，她都願意而且準備承受——不管是什麼！

【注一】「從此無心愛良夜，任他明月下西樓」：語出唐代詩人李益的《寫情》。

【注二】「相思相見知何日，此時此夜難爲情」：語出唐代詩人李白的《三五七言》。

【注三】「芭蕉不展丁香結」：語出唐代詩人李商隱的《代贈二首》。

趙敏的人生哲學

處世篇

金大俠眾多武俠小說的女主角大致可以分為這麼兩類，一類是自始至終匡扶正義又聰明絕頂的，比如黃蓉；一類是從女魔頭改邪歸正而來的，比如任盈盈、趙敏等。黃蓉給人的感覺畢竟是太完美了，也許是金大俠也發現了這點，於是在其後的小說中，女主角身上似乎更多地帶上了矛盾的多重性格。這些女性多數出落得嬌美多姿，顧盼含情；心思綿密慎細，頭腦聰慧敏捷；雖貌若天仙，卻心似蛇蠍；對尋常男子從不假以辭色，然卻能夠為意中人出生入死……。《笑傲江湖》裏的任盈盈可謂是此類女性中的典範了，《倚天屠龍記》中的趙敏亦大同小異。

敢為眞情捨家國

萬曲不關心，一曲動情多【注一】。

趙敏見過、聽過傾慕於她的無數年輕男子，但是，她愛的有且僅有張無忌一人！自從得見張郎面，方知奴心歸何處。

在《倚天屠龍記》中，趙敏出場是在第二十三章《靈芙醉客綠柳莊》中。在該章中，從光明頂下來的各派好手竟然在回程中，遭到一股強勁力量的攻擊，而一一神秘失蹤。張無忌在去請謝遜回來的路上也發現了一些端倪，但直到進了玉門關，才在甘涼大道上遭遇了一個神駿華貴的年輕公子，此人正是女扮男裝的蒙古族紹敏郡主——趙敏。

張無忌和趙敏之間的恩恩怨怨由此開始。

趙敏原本是朝廷掌兵權的汝陽王的女兒，這汝陽王察罕特莫爾有經國用兵之大才，卻也有併吞中原的狼子野心，他率軍擊潰各地義軍後，便把心思放在撲滅江湖上各個教派幫會上。他深知，只要撲滅這些武林中堅力量，天下就安定了，朝廷便可高枕無憂。於是他採納成崑的計謀，派出智勇雙全的女兒趙敏，帶上大批西域高手，想一舉殲滅明教和六大派。此時的趙敏，是全心向著蒙古皇帝和自己的父親的，滿腦子想著如何達到剿滅武林的目的。終於，在她的精心安排和巧妙布局下，一種無味無色的「十香軟筋散」毒藥，使得各派高手輕鬆落入她的手中，只等著拿下最後一個目標——明教，便可發動大軍，輕易攻上各派實力空虛的大本營，以獲取全勝了。當然，心思縝密的趙敏深知張無忌並不好對付，她思慮再三，決定採用更爲巧妙的下毒手法。

趙敏設計把張無忌和他的部下們引進了嚴陣以待的綠柳山莊。在綠柳莊的宴席上，她都是先吃先喝，一再表明無毒，可誰料她竟用兩種香氣的自然結合達到了下毒的目的，饒是張無忌細心之至，亦是沒有料到。由此看來，此時的趙敏之欲置明教眾人於死地是無疑的。

當然，張無忌畢竟是醫藥行家，最終識破了趙敏的手段，返回綠柳山莊搶奪解藥。爲此趙敏和張無忌進行了一場打鬥——而與其說是打鬥，還不如說是一場有趣的嬉鬧。在這個過程中，趙敏爲這個本已抱有好感的張教主的眞摯仁厚和高超武功所深深折服。尤其是在陷阱裏，當張無忌爲脫困而採用種種「非禮」的手段逼迫她時，她竟紅暈滿頰芳心大亂了。於是當張無忌要爲她穿上鞋襪時的一刹那，她「心中起了異樣的感覺，似乎只想他再來摸一摸自己的腳」。芳心相許，竟是在一瞬之間！而趙敏的人生在此也有了一個全新的轉折。

料想趙敏當時所想的，必定是「今生非此人不嫁」之類的甜蜜，至於興國大計，父兄之託，已統統丟到九霄雲外去了。當張抱拳作別時，她竟一聲不吭毫無阻攔，後來還收回圍困明教眾人的元兵，並送來定情信物和「黑玉斷續膏」——一朵放在金盒裏的珠花，竟是幹起營救中原武林人士的「勾當」來了，變化之快，豈非咄咄怪事！

其實，細細想來，趙敏對父兄、對自己從小長大的國家，還是充滿感情的。時值元代末年，蒙古族統治中原已近百年，朝廷腐敗，民怨沸騰，各地義軍風起雲湧。對恨不得身為男兒的趙敏而言，她面對這樣的局勢，自然會主動挑起維護國家統治的重任，輔佐父兄，展開剿滅反對朝廷異己力量的行動。因而她不遺餘力地追殺誘捕各派力量，有時為達到目的，甚至不惜犧牲大批手下。對待張無忌，她一開始是想殺之，一見傾心後則想勸降誘導之，勸說不成後又左右為難萬分矛盾之，最後則是感於正義忠於眞情而決定終身追隨之。

在這曲折的過程中，趙敏為忠孝兼得是做出了不少努力的。比如，趙敏攜苦大師范遙私下去客棧見張無忌時，趙敏曾對張無忌說：

「你是明教教主，一言九鼎，你去跟他們說，要大家歸降朝廷。待我爹爹奏明聖上，每個人都有封賞。」

張無忌明確地否決了。

「我們漢人都有個心願，要你們蒙古人退出漢人的地方。」

趙敏聽張無忌這樣說，一開始是憤而起身，大聲呵斥對方犯上作亂，良久，終於「又是溫柔又是失望」地坐了下來，說：

「我早就知道了，不過要聽你親口說了，我才肯相信那是千眞萬確，當眞無可挽回。」這幾句話說得竟是十分淒苦。

又如，在這之後不久，張無忌爲救被困在萬安寺裏的眾位高手，欲效「擒賊先擒王」之故技——當他身形一側，直欺到那頭戴金冠的王保保身前時，猛地旁邊有一劍刺到，寒氣逼人，張無忌急退一步，趙敏身形急至，面若寒霜，道：

「張公子，這是家兄，你莫傷他。」似乎大有一番若傷吾兄便和張無忌勢不兩立的氣勢，兄妹情深可見一斑。

至於後來在濠州大道上，趙敏和張無忌兩人遭遇王保保帶領的大批元兵時，王保保對妹妹的愛惜關切之情，亦是溢於言表，而稍後的父女泣別，則更是一幕骨肉分離的淒慘場面了。

那麼，趙敏爲什麼敢爲眞情捨家國呢？箇中原因，可待分析。以筆者之粗略所見，當是先眞情而後正義。

張無忌何許人也？——以一翩翩少年身負絕頂功夫統率天下第一大教者是也；憑著赤子之心周旋江湖之中匡扶正義懲邪鋤惡者是也；初涉情場單純如一懵懂少年的眞性純情者是也！趙敏對這位少年教主早是耳熟能詳，一見之下復又發覺他的宅心仁厚，於是一番惺惺相惜之意蕩然而起。至於陷阱一幕，對於趙敏這樣一個從小在等級森嚴、禁忌頗多的王府裏面長大的懷春少女而言，其誘惑力和刺激性是極大的。綜合這幾方面而言，她對張無忌在瞬間就動了眞情，乃是在情理之中的。

至於趙敏此後幾番作弄張無忌，應該說，已純粹是出於一種善意的試探和聰明的賣弄了。在與張無忌的交手過程中，趙敏越發爲張磊落光明的胸襟和捨生取義的氣魄所打動——萬安寺塔頂上無私救人，小酒店裏悉心長談，靈蛇島上同生共死，狂風惡浪中相濡以沫……。心手相連的日子多了，趙敏對張無忌所背負的救國重任，和使各民族團結一致的崇高理想，有了更多的瞭解。

趙敏一直記得，在那小酒店中，張無忌曾眞誠地對她說：

「趙姑娘，我這幾天心裏只是想，倘若大家不殺人，和和氣氣親親愛愛地都做朋友，豈不是好？我不想報仇殺人，也盼別人也不要害人殺人。」

翌日，也是在這家小酒店裏，突然「會」說話的「啞巴苦大師」范遙向趙敏告辭，趙敏問張無忌：

「你到底有什麼本事，能使手下個個對你這般死心塌地？」

張無忌正義凜然地回答：

「我們是爲國爲民，爲仁俠，爲義氣。范右使和我素不相識，可是一見如故。肝膽相照，只是不枉了兄弟間這個『義』字。」

張無忌的這些話深深地印在趙敏的腦海中，再也抹不去了。

元兵在中原一帶爲非作歹，橫行霸道，令人髮指，他們犯下的罪惡罄竹難書。張無忌率眾抗擊元兵自然師出正義，在正義力量的感召下，趙敏發覺，以前她要一統江湖的所作所爲，不過是她任性的玩耍而已，眞正有價值的人生，必須要和以天下蒼生爲念的正義爲伴，於是最終她選擇了這個充滿了人格魅力的正義化身——張無忌，而捨棄了家國，心甘情願地成了一個「孤兒」。

趙敏最後和家國訣別的場景，出現在小說第三十四章《新婦素手裂紅裳》中，當時趙敏和張無忌已雙雙受傷，在昔日部下的重重包圍中，趙敏面臨了兩難的境地：

隨父兄回去，張無忌定然性命難保；而要保情郎，必須和父兄決絕。形勢不容她稍作遲疑，於是郡主娘娘柔腸百結，王爺老淚縱橫，父女揮淚作別。

親落落而日稀，友靡靡而愈索。從此，趙敏除了張無忌便一無所有了。

通達磊落女丈夫

在《倚天屠龍記》中，趙敏這一人物從出現到結尾，自始至終給人一種活潑、輕鬆、明快的感受。這種感受從何而來?自然是從她的行事情性中體現出來。她的行事情性何以概之?——「通達磊落」四字最是恰當不過。

趙敏的通達磊落首先來自於她王侯後裔的身分。出身汝陽王府,從小自是呼奴使婢慣了的,刁蠻潑辣、任性妄爲等貴族大小姐可能有的性格,她自然都有。她自己頗有些文才武藝,周圍又有「玄冥二老」、「神箭八雄」等一流高手護佑,萬千元兵更是唯其馬首是瞻,纖手指處,便雲集回應。試想,如此強大陣容,何事不成?何所畏懼?有何可令趙大郡主操心勞神的?所以,她氣度嫻雅、處世通達便是自然的了。

讓我們看一下她的出場便足以說明問題:

這年輕公子身穿寶藍綢衫,頭戴頭巾,頭巾上兩顆龍眼大的明珠瑩然生光;輕搖摺扇,摺扇乃以白玉爲柄。只見「他」腰間黃金爲鉤,寶帶爲束,長劍懸身,相貌俊美異常,神情泰然自若,掩不住一副雍容華貴之氣。

而當「他」看到元兵施暴,軍官又對自己不恭時,秀眉微蹙,一句「別留一個活口」脫口而出,五六十名元兵頃刻間命喪箭下,而「他」竟是如視無物，絲毫不以為意，此等悠閒，實為常人所不及。

應該說，華貴的外貌體現了趙敏的優越，部下手起箭發，元兵應聲而亡的利索，更襯托了她的非凡氣度——那是侯門名姝的「霸氣」，和無時無刻不伴隨著這份霸氣的安閒、從容和優越。

不過，趙敏的通達磊落最主要還是來自於她的天資聰穎。如果說，富貴榮華、身分地位終是如過眼雲煙般的物質硬體的話，趙敏過人的資質則是她的內在軟體。如果要用詞語來概括，那就是諸如知識全面、聰慧靈敏、心思縝密、觀察入微等。而一個思維敏捷的人，總能走在別人的前面，凡事都能有個提前準備，有備無患，當然通達磊落了。

比如綠柳莊群豪在不知不覺間身中劇毒後，張無忌焦急萬分隻身回莊取解藥時，趙敏已換了女裝，左手持杯，右手執書，正臨窗飲茶看書。看到張無忌，她回頭微微一笑，彷彿早在迎候他的到來——但其實她並沒有料到張無忌會這麼快就識破了自己的機關，所以她幾乎把所有下屬都派去圍剿明教中毒的眾人去了，莊內沒有安排高手，而她自己的武功又遠遠不及張無忌，這不免令她吃了一驚。但是她沒有把吃驚表現在臉上，而且憑著她機智靈敏的手段，以弱勝強，讓張無忌落入了陷阱。這說明她臨機應變的能力是過人的，不僅心思縝密，頭腦更是靈活，所以能夠在危急時刻保持冷靜，坦然自若。所以，要不是趙敏情不自禁地愛上了張無忌，在陷阱之內，她也不會臉紅心跳了；而且出了陷阱之後，她也不會背對著張無忌，肩頭微微聳動，忍不住哭泣起來了。

再一個例子是在一個廢園中，當周芷若為金花婆婆劫持時，張無忌情急之下，便欲縱出相救，趙敏卻示意他不用忙。當金花婆婆逼周芷若吃「毒藥」時，張見情勢危急，又待躍出阻止，趙敏老早看穿了金花婆婆的把戲，勸他說：「傻子！假的，不是毒藥。」金花婆婆劫走周芷若後，趙敏又勸張別追，因為她料到金花婆婆必然出海尋找屠龍刀。似乎一切都在趙敏的意料之中——試問，她若不是頭腦聰明、機智靈敏，焉得如此輕巧從容？

不過，在《倚天屠龍記》中，最能夠體現趙敏處事通達磊落的事例，莫過於她遭受周芷若栽贓陷害這一節了。英雄從來多磨難，而像趙敏這樣重大義的眞性眞情者，金庸先生當然也是不肯讓她錯失一個個歷練的機會的，似乎只有經過一次次的淬煉，才能體現出其眞正的價値，才會塑造出深受讀者喜愛的、有血有肉、有亮點亦不免有瑕疵的人物形象來。於是當周芷若爲謀取倚天劍和屠龍刀，而精心設計了一個陷害趙敏的圈套後，趙敏蒙受不白之冤，被張無忌懷恨在心那麼長時間，她都隱忍不辯，依舊談吐自若。直到最後張無忌等在少林寺地牢裏，看到謝遜在牆上刻下的畫後，才眞相大白。趙敏沉冤得雪，周芷若的陷害也終告破局。這長長的幾個月時間的經歷，對趙敏而言，對張無忌而言，對兩人的感情而言，都是極具成長性的，而趙敏從容面對人生一切變故的處事原則，在這裏則有著最完美的體現——

在從靈蛇島回來的時候，殷離身受重傷，謝遜、張無忌、周芷若和趙敏帶著殷離，五個人在途中歷盡艱難，終於在一處小島上岸。偏偏禍不單行，次日清晨，張無忌和謝遜猛然發現自己中了「十香軟筋散」的劇毒，而殷離的臉上被連割十幾刀，終於傷重不治。周芷若也被削去了大片頭髮和小塊耳皮。但是，唯獨不見了趙敏！

明顯的，「十香軟筋散」唯獨趙敏有，偏偏她又曾提出要借屠龍刀一用，種種跡象表明是趙敏為貪圖寶刀而下了毒手，得手之後駕船逃離。想到這裏，張無忌對趙敏是咬牙切齒的仇恨，以前那點憐惜之情蕩然無存，代之以要替殷離復仇的滿腔怨憤。於是，他在島上發出了這樣一個毒誓：

「妖女趙敏為其韃子皇帝出力，苦我百姓，傷我武林人士，復又盜我義父寶刀，害我表妹殷離。張無忌有生之日，不敢忘此大仇，如有違者，天厭之，地厭之。」竟是信誓旦旦，大義凜然。

那麼這時趙敏身在何處呢？其實我們知道她並不是逃離，而是被周芷若放逐了。在島上，周芷若運用苦肉計，設置了這樣一個看上去天衣無縫的陷害圈套，竊得倚天劍和屠龍刀，並將刀劍互斫，裏面藏的武功秘訣《九陰眞經》和攻略計謀《武穆遺書》，全部落入她的手中。此後，在島上的幾個月裏，她加緊練習秘訣中的武功，所以張無忌在給她療傷時，覺察到了一種陰柔的力量在她的體內一天天壯大，他心中雖有疑惑，可卻怎麼也沒想到此時的周芷若已經在練「九陰眞經」中的陰毒功夫，功力大進，已非一般人可敵了。

趙敏僥倖活著回到中原後，並沒有氣急敗壞地急忙興師動眾找周芷若復仇

——試想，她手下高手如雲，要夷平那座小島自然是易如反掌的。相反的，她還派船去救了他們回來。這是因為，她要讓他們活著回來——她愛張無忌，她不能讓他埋沒在荒涼的無名小島上。同時，她也想讓張無忌親自去揭露周的陰謀，使自己沉冤得雪。對於這一場陡然而起的重大變故，趙敏心中早有計較，她知道事緩則圓，必須謀定而後動。運籌帷幄，趙敏自有趙敏的風格。

在丐幫集會的破廟裏，當張無忌看到趙敏遇險時，他必須救她，為的是要問個明白。而當與她相擁擠在皮鼓裏，心中又一陣陣懊喪。

「我出手相救，已是不該，如何再可和她如此親暱？」

於是，張無忌一時心軟情迷，一時回復清醒，反反覆覆了好幾回。而當此後張無忌喝問趙敏為什麼要殺殷離時，趙敏先是震驚，既而則歸於平靜。她深知自己已經蒙上了不白之冤，但沒有憑證的申辯是無用的，這時她內心有一種聲音在告訴她，一定要沉住氣，只有讓張無忌自己去發現事實眞相，才能夠達到最佳效果，換言之，這才是處理這樁事情的關鍵所在。所以，在張無忌屢屢逼她自辯時，她都巧妙地迴避了正面回答，而提出要和謝遜與周芷若當面對質。其時，張無忌殺她當是如囊中探物耳，可聰明的趙敏看準了他的性格，知道張無忌必定下不了手殺她，所以就耐心等待周芷若自己露出馬腳來。這一點，無疑也是趙敏洗雪自己的計畫中，不可或缺的一個重要步驟，令人不得不歎服她心思綿密而通達磊落的處事風格。

又如，在雪地山洞前，張無忌被武當四俠認出並誤解，一時羞愧難當神志迷亂，欲拔劍自刎，但遭到了趙敏的當頭棒喝。

趙敏說：

「莫七俠是你殺的麼？爲什麼你四位師伯叔認定是你？殷離是我殺的麼？爲什麼你認定是我？難道只可以你去冤枉旁人，卻不容旁人冤枉於你？」

趙敏這話猶如一聲炸雷，令張無忌清醒不少。此時親身經歷，他方知世事往往難以測度，也深切體會到了身蒙不白之冤的苦處，於是他對趙敏的態度開始慢慢有所改變。

這件事情說明了，在和張無忌長時間的相處過程中，趙敏非常善於抓住每一個勸說張的機會，讓他的思想一點點從純粹主觀的怨憤中解脫出來，變得越來越理性和成熟，最後終於澄清了事實眞相。

無論是遭受挫折和陷害，還是面對強勁的敵人和艱險的形勢，趙敏一向是鎭定自若，不慌不忙的，而唯一的例外就是在愛情上——

只有面對愛情，趙敏才會有刹那的意亂情迷。

畢竟張無忌太優秀了，而她又是正當年輕的懷春少女。這點和她總體的通達磊落不怎麼相稱的小小因數，使得人物的性格更爲豐富立體，更讓人感覺到眞實和親切。然而刹那的炫目之後，趙敏那冷峻的理性和優越的聰明總是又占了上風，所以她對張無忌的感情裏更多的是理智。比如，在大都，萬安寺大戰前夕，趙敏去客棧私會張無忌時，只帶上了一個苦大師，而不是她常帶的更親信的「玄冥二老」，這是因爲她深信苦大師是啞巴，不會洩漏半點風聲。

也正因爲趙敏時刻保持著清醒，所以當張無忌欲拔劍自刎時，她才能夠及時相救；她明明愛上了張無忌，卻從不纏綿悱惻地去表達，反而是一連串善意的作弄：珠花、「黑玉斷續膏」、「七蟲七花膏」解藥……，把個張無忌「玩弄」於股掌之上。對於情敵周芷若，她自然是有過嫉恨的，她聽到張周二人私下的親暱言語，看到他們的親熱行爲，曾坦言是難受得想一死了之，但理性又促使她很少在張無忌面前表現出對周的恨，或者說，事實上她對周芷若並沒有恨，只是些醋意罷了。否則，她也不會幾次三番相助周芷若脫離危險。至於後來周芷若陰謀暴露，良心難安，乞求殷離和張無忌等人原諒時，趙敏也沒有表現出絲毫的得勢欺人。而且，就算是在與最疼愛自己的父親訣別的痛苦時刻，她也能夠明辨時勢當機立斷，連痛也痛得從容、優雅！

凡此種種，諸般表現，如花美眷的紹敏郡主在處理感情時，不管形勢如何，都始終氣定神閒，風度儒雅，通達磊落，令人佩服。

談笑之間決殺伐

戀愛中的趙敏是溫柔賢淑的，挫折中的趙敏是樂觀自信的，戰鬥中的趙敏是機警靈敏的，可身在江湖的趙敏有時也不免心狠手辣。趙敏是可愛的，也是可怕的。

也許大家對趙敏的出場印象較深，這是因爲她一個俊美的少女竟於頃刻間殺了五六十名元兵，還毫不在意，而她自己卻是蒙古族的郡主。俗話說，自己人不打自己人，但趙敏從不這樣認為，只要誰對她稍有不敬，或者自己稍稍看不順眼，誰就有可能倒大霉。趙敏對待部下從來是沒有多少感情的，只把他們當作辦事的工具和聽話的鷹犬。因此殺幾個死一批什麼的，在她眼中根本算不了什麼。於是談笑之間，纖手一揮，那五六十名元兵就屍橫遍野了。在小說中，這樣的例子還有不少，例如：

在武當山，當張三丰受空相暗算，武當派危在頃刻時，扮成小道僮的張無忌阻止了趙敏實施計畫的進程。趙敏手下的阿大東方白與張無忌激鬥三百餘招後終於落敗，但為使倚天劍不落入對方之手，竟情願讓張無忌活生生地砍下一條右臂，這也算夠勇悍忠誠的了。可是，當東方白走到趙敏面前躬身謝罪時，趙敏對他竟是全不理睬，根本不管其傷勢如何，左手一揮，便率眾下山了。

張無忌的師叔殷梨亭，被趙敏手下的阿二、阿三用大力金剛指捏斷了雙臂雙腿，在武當山，張無忌也施展高超功夫折斷了阿二、阿三的全身骨頭，替殷梨亭出了一口惡氣。為治癒俞岱巖和殷梨亭的骨傷，張無忌千方百計想從趙敏處搞到「黑玉斷續膏」。這次他相信趙敏肯定會用「黑玉斷續膏」為阿二阿三治病，於是他潛到趙敏處，果然發現阿二和阿三身纏紗布，正在療傷。當下點了他們的穴，帶走了靈藥。照理張無忌也算精明的了，他生怕趙敏詭計多端，在瓶中故意放假藥，故也刮了阿二他們身上在用的膏藥一同帶走，心想這總不會是假的吧。可他還是上了趙敏的惡當了，結果殷梨亭和俞岱巖二人用藥後竟疼痛難忍，已身中「七蟲七花膏」的劇毒。原來趙敏在阿二他們身上敷的，竟也是這種劇毒的藥物！她為了處處作弄張無忌、勝過張無忌，竟不惜損傷手下兩名高手的身體，這等毒辣心腸，當眞是匪夷所思，張無忌曾說她是「面若桃李，心似蛇蠍」，此話端的不假。

對自己的手下尚且如此，對待敵人，趙敏下手自然更是心狠手辣，毫不留情。一開始，她把中原武林各幫各派都視作自己的敵人。在各派從光明頂下山回自己的大本營的途中，她運用下毒等卑鄙手段，捕獲各派高手，一旦被人發覺，就很快趕盡殺絕。如張無忌等人在途中發現的崑崙派弟子的屍首，被折斷骨頭的殷六俠等等，都是趙敏的「傑作」；後來她率眾洗劫少林寺，千年古剎屍橫遍地，血流成河，無一活口，還嫁禍給明教，其手段不可謂不卑鄙、不兇殘。

更典型的例子是在萬安寺，趙敏爲偷學各派武功精華，想出一個很絕的點子：各派中每個人都有被釋放的機會，條件是連續戰勝三個對手，如果失敗，那就要被砍去一截手指。這樣一來，天資聰慧的趙敏不僅有機會學習各派的精彩武功，又能削弱對手的實力和挫敗對方的銳氣。當然，這樣不公平的比賽，對那些在江湖上有一定名望和身分的人士來說，是一種極大的侮辱，不如一死了之來得痛快。但趙敏偏偏又不讓他們死，卻要鈍刀子割肉，一個個地砍掉他們的手指，其惡劣殘暴的程度無疑又深了一層。可以說，這種帶著智慧和理性的兇殘，乃是兇殘之中最可怕者。六大派高手雖然個個技藝不凡，但卻沒有一人能夠逃脫趙敏的這種折磨。崑崙派的何太沖等人被一一削去了指頭，不願受辱者如滅絕師太，則不得不以絕食的方式艱難地維護著自己的尊嚴。這正是：聰明絕頂俏郡主，心狠手辣女羅刹。

不過，趙敏殺人如草芥的狠毒有時的確令人髮指，可反過來想，她的心狠手辣更多時候也是可以理解的。江湖險惡，處處是刀光劍影；奸佞當道，隨時有殺身之禍。在爲奪寶和復仇而交織的腥風血雨中，不是你死就是我亡，如若心慈手軟，則反而會招致毒手。趙敏涉身如此的江湖之中，有時爲了自身的利益，也是不得已而下手狠毒的。再者，趙敏畢竟是一個有長遠眼光的深思熟慮的郡主，她有時犧牲一些部下，爲的是顧全大局，貪小失大的傻事她當然是不幹的。相反的，她總是能很好地把握總體局勢，具有長遠的眼光和大局觀念，這說明她是一個能幹一番大事業的人。另外，趙敏的心狠手辣，有時也可能是受其內心的一種正義之氣的驅使。還是以她出場時殺元兵一節爲例，當時那些元兵從附近村莊裏搶了一批婦女，把她們綁在一起，像牛羊一樣地驅趕，一路上恣意調笑凌辱，還用馬鞭把她們的衣服一片片地抽下來取樂。這樣地污辱婦女，對同是女性的趙敏而言，自然看不過去。於是她秀眉微蹙，便叫手下前去阻止，這說明她心底裏是善良的、同情弱者的、有正義感的。可偏偏那軍官傲慢無禮，對趙敏極是不恭，對待這樣十惡不赦的人，趙敏內心的毒辣便升騰起來，那結果當然是可想而知了。同時，趙敏手下神箭八雄中的一個在訓斥作惡的軍官時，冷冷地說：

「天下盜賊四起，都是你們這班不恤百姓的官兵鬧出來的，乘早給我規矩些罷。」

他的這個說法自然代表趙敏的看法，說明趙敏對自己蒙古人的態度是一分爲二的，對於蒙古人中的敗類，她同樣是嗤之以鼻，深惡痛絕的。趙敏看重的是眞正的才能和學問，不是所謂高貴的血統，她不狹隘。

這樣說來，倒是顯得趙敏的心狠手辣似乎可以原諒，甚至還有好處呢，這當然是有失偏頗了。在被趙敏殺害的很多人中，有不少是武林正派人士，血洗少林寺的滅絕人性，偷襲張三丰的卑鄙無恥，圍鬥殷梨亭的惡劣兇殘……，似乎都在說明其手段之卑劣，目的之不可告人。然而，在我們的印象中，趙敏仍然好像不是特別的惡——這是因爲趙敏從來沒有親手殺人，加上她後來迷途知返，使讀者有了可以原諒她的藉口。而周芷若偷習「九陰眞經」的武功後，在少林寺屠獅大會上表現出了勃勃的野心，打不過時，還用雷火彈殺人，也不可謂不殘暴。相形之下，趙敏倒顯得可愛多了。這就是爲什麼讀者能接受這個

「談笑之間決殺伐」的郡主的主要原因。

眞性眞情奇女子

如果說，小昭是楚楚動人的一株含羞草，殷離是淒淒迷迷的一片蒹葭，周芷若是一朵貌似水仙的「醉仙靈芙」，那麼，趙敏就是一叢豔麗奪目而不失端莊的紅玫瑰。

趙敏無疑是一個性情中人。

如果說，趙敏的處世觀中還有一個特徵前文沒有敍述的話，那便是她的眞性眞情了。讓我們在她和周芷若、張無忌的對比之中，來看她的這一特徵吧。

趙敏是敢愛敢恨的。她初見張無忌，便鍾情於他，隨後是傾心相隨，拋家別國，毫無怨言，單是這份膽魄已無人能出其右了。她知道張無忌身邊有蛛兒、有小昭，更有周芷若，她不知道張會對誰更好些，可她從來不看輕自己，從不自卑自賤，而且大膽地掌握著一個個時機，表露著合情合理的愛意，與別人公平地追求著心上人。

愛情中的趙敏是潑辣的，她會冷不防地在張無忌的手背上深深地咬上一口，還給他塗上「去腐消肌膏」，讓傷口爛得更深些，為的是讓張無忌心中能更深地藏著自己；

愛情中的趙敏是勇敢的，在靈蛇島，當張無忌為「波斯三使」的怪異招式糾纏不休身處險境時，她會用拚死的招法捨身相救；

愛情中的趙敏是溫柔的，她會小鳥般的靠在無忌哥哥寬大溫暖的胸膛裏，吐氣如蘭，如泣如訴；

愛情中的趙敏是大膽的，她會很霸道地摟住張無忌，在他唇上留下一個讓人目瞪口呆的熱吻！

然而，當張三番四次地和周芷若纏綿時，趙敏心中也是充滿妒意的，她會跟蹤他們、嚇唬他們，甚至竟然在周芷若新婚時，在眾目睽睽之下搶走了新郎！雖說她的目的不僅僅是嫉恨周芷若，但這種行為，在當時男子合理合法可以擁有三妻四妾的時代，顯然是大逆不道聞所未聞的，但敢愛敢恨的趙敏就是做出來了！

相比之下，張無忌的愛情顯得有些惘惘然，又單純又可笑。對於四個美貌女子，他都有愛意，曾幻想能都娶作妻房，可不久殷離去世，小昭遠走，趙敏成了仇人，他的心便「自然地」歸屬於周芷若了。然趙敏的再度出現，使他的心開始在周、趙二女之間來回搖蕩，無法安定。最後情歸趙敏，爲美人畫眉時，卻傳來窗外周芷若陰惻惻的笑聲，使讀者不禁擔心，此後這位張大前教主的情海愛湖怕是依然不會風平浪靜吧！

而在周芷若的愛情裏，眞情顯然遠遠少於功利，師父滅絕師太的遺囑似乎是陰魂不散的黑手，讓她感情裏的虛假成分和權欲意識不斷膨脹，使得她想愛不敢愛，想恨又無從恨，最終只能死死攥住張無忌的一句承諾，違心地滿足著自己的虛僞。

趙敏又是敢做敢當的。

小說中，我們始終覺得趙敏辦事光明磊落，就算她在倒行逆施時，有過一些小小的陰謀，可大體而言，她對於自己做的事情，是勇於承認和擔當責任的。她承認下過毒藥，她承認冒充張無忌，她也承認嫁禍給明教……，尤其在感情上，一旦已做出了於國於家不利的叛逆選擇，她就要誓死保護情郎，不受絲毫傷害，端的是敢做敢當。而對於別人陷害栽贓於她，實非自己所爲的事情，她又是從不妥協拒不承認的，不會爲自己心愛的人的誤解而心軟，而用違心的言語安慰他。在這一點上，張無忌遠遠不及她。

在處事方面，張無忌經常是優柔寡斷的：「乾坤大挪移」是小昭逼他學的，明教教主是眾人逼他做的，至於當皇帝，他是想也沒有想過，倘若當年不是蛛兒和金花婆婆的嚴厲相逼，令他起了拗勁，而是用溫柔言語好生相勸，說不定他也就依從她們去了靈蛇島了。綠柳莊外率眾抗敵，他不如小昭能夠統籌指揮；少室山頂成功突圍，他依靠的是《武穆遺書》；濠州城裏朱元璋使出一箭雙鵰之計，他就被輕易地蒙在了鼓裏。像他這樣的人，做不敢做，當亦不一定敢當，凡事都要思前想後推三阻四，即使做了，也常常實在當不好、當不了，也眞爲難他了。是故金大俠在小說後記裏，也明確表示了他並不喜歡張無忌，此言正合我意。

趙敏還是可親可畏的。可畏的是她笑談之中蘊涵著的無限殺機，如同《笑傲江湖》中的任盈盈一樣，趙敏的出現，也一度令整個江湖爲之聞風喪膽。但趙敏又是可親的，因爲首先映入人們眼簾的她，是一個貌美如花的青春少女形象，她沒有給人一種不食人間煙火般的隔世之感——如小龍女；也沒有一副嬌花照水的柔弱之態——如香香公主和王語嫣；她只有一股青春的蓬勃之氣呼之欲出，是明朗的、大氣的。所以，趙敏是眞實的、可把握的。

趙敏令人可親的還在於她也有不勝嬌媚的一面，當每次和張無忌涉及男女之私，甚至是有肌膚之親時，平常殺人不眨眼的趙敏便顯出了十二分的羞澀，其紅暈的臉頰、深情的目光，令張無忌爲之陶醉，甚至連讀者也常爲之怦然心動——不必說是男性讀者，即使是女讀者，也往往生出了「我見猶憐」之感。

另外，趙敏令人可親也在於她的聰明和觀察入微，如在靈蛇島，她早已看出了陳友諒的手法和步法，看穿了陳友諒的爲人。

趙敏之令人可親更在於她的獨立主張和果斷作風，在處理自己的感情時，她很果斷；在被人誤解時，她很獨立自強；當謝遜爲丐幫擄走後，她勇敢地單獨行動，千方百計設法營救……

然而，小說中的第二女主角周芷若給我們的感覺則恰好相反。在周芷若身上，我們不能感到些許的親切——這是因爲她會栽贓陷害，因爲她城府極深，因爲她對張無忌的感情裏羼雜了太多的虛假；同時，在她身上我們也察覺不到多少可怕——哪怕是她身懷絕技，在少林寺面無表情地大開殺戒時，也因其底氣不足和基礎太差，又急功近利，終究成就不了女魔頭的霸氣。自然，這種可怕就顯得過於表面和輕浮了。經過這一比較，趙敏的性格和形象就尤爲分明了，誰優誰劣，一目瞭然。

通過上述分析，我們不難發現趙敏身上的優點和缺點是共存的，她是可褒可貶的。而既然可褒可貶，當然是見仁見智，眾說紛紜，但總體上應該說是褒大於貶。

總之，對於張無忌，我們是雖無可貶之，卻褒之不暢；對於周芷若，則當是褒之甚少貶之甚多；而對於趙敏，卻是貶之不欲而褒之不盡了。當然，這也僅是一家之言，當與不當，自然留待商榷。未知諸位看官願否有以教我？

趙敏是磊落坦蕩的，通達優越的。

趙敏是無情的、深情的、癡情的。

她從來不想爲自己辯解什麼，她一向特立獨行。她按自己的想法和主張做了，經歷了，終於成功了。如果你說這個人物的形象是個矛盾體，有複雜的處世特徵，你就說對了。在文學作品裏，只有這樣的人物形象才是眞實而完滿的，才會有強大的生命力，才會贏得後世讀者高人的千秋賞評。

【注一】「萬曲不關心，一曲動情多」：語出南朝宋·鮑照的《代堂上歌行》。

趙敏的人生哲學

人生觀篇

在這個世界上，有些東西是你不需要付出努力就可以輕易得到的，而有些東西卻是你無論怎樣努力都永遠得不到的。

趙敏的人生亦照例如是。

父母雙親的疼愛；

兄長手足的呵護；

無憂無慮的童年；

……

這些很多人都擁有的，趙敏都有。

天生麗質；

心靈手巧；

聰明伶俐；

……

這些很多人渴望擁有卻未必能夠擁有的，趙敏都有。

錦衣玉食，婢僕如雲；

深宅華廈，肥馬輕裘；

這些很多人夢寐以求卻很難擁有的，趙敏都有。

……

高高在上，一呼百諾；

出身高貴，睥睨凡塵；

……

這些很多人夢寐以求卻又不敢奢望的，趙敏都有！

趙敏生來就是富且貴的。

毫無疑問，趙敏是天下絕大多數人眼裏的幸運兒。

有時候，趙敏自己也這樣認爲。

但是，不知道從什麼時候開始，趙敏常常覺得自己並不是眞的像父親母親、貼身宮女，還有老師、師父們所說的那樣，完完全全是個幸運的小姑娘。

宮女們常說，普天下的女孩子，除了公主——趙敏的堂姑姑和堂姊、堂妹們，就沒有人比趙敏更加幸運了。因爲她是王爺的女兒，是郡主。

而且，趙敏的奶娘和她最親信的那個貼身宮女，偶爾還會在沒人處悄悄地和主人說，其實公主也未必有郡主你這麼幸運。因爲有的公主不是皇后娘娘生的，生母是早就失寵了的嬪妃，或者親生母親早就去世了，雖然是皇上的親生女兒，但卻得不到父皇的寵愛。

還有，有的公主甚至被當作了一件貴重的禮物或是朝廷的籌碼，嫁給了外國的酋長，或者是功臣權貴的子孫。她們有的只能老死在異國他鄉，有的則以淚洗面，被迫葬送了青春，甚至生命。這些皇家的悲劇，趙敏聽到和看到的，實在不少。

而趙敏和那些不幸的公主就不一樣了。她是汝陽王的獨生愛女，又是嫡出，一生下來就被父親視爲掌上明珠，受盡了疼愛。而且汝陽王官居太尉，執掌天下兵馬大權，智勇雙全，是朝廷中第一個能人，爲皇上所信任和倚重。近數十年來，國家大亂，盜賊蜂起，全賴汝陽王統兵有方，賊寇才未能成事。所以，即使朝廷需要用宗室之女去「送禮」，也不太可能選中趙敏。

所以，趙敏心裏清楚，那個小宮女說得沒錯，她確實是比某些公主還要幸運。

可是，他們為什麼只說我是天下最幸運的小姑娘，卻從來沒有人說我是天下最幸運的小孩子呢？

這個疑問在趙敏年紀尚小的時候，曾經折磨了她許久。她去問她最尊敬、最崇拜的父王，父王聽了以後哈哈大笑，說：「敏敏乖，敏敏放心，小敏敏永遠是爹爹的心肝寶貝！」然後，他揮揮手示意奶娘和宮女好生帶小主人去玩，好像女兒問了一個過於可笑或者完全不應該問的問題似的。

趙敏又去問她最信賴的母親，母親將她摟在懷裏，凝視了女兒很久很久，長嘆一聲，說：「唉，誰讓你不和你哥哥一樣，是個男孩呢！」——很久很久以後，趙敏才明白，當時母親說這話的時候，臉上寫滿了落寞、憂鬱和感傷，甚至，還有淒涼。

趙敏又去問她的馬術和武功師父，師父們彷彿商量好了，異口同聲地讚揚她說，小郡主聰明伶俐，學武的悟性完全不亞於你的哥哥小王爺，武藝進步之快也絲毫不亞於小王爺，所以王爺和王妃喜歡小郡主就像喜歡小王爺一樣。

趙敏再去問她的蒙文老師和漢文老師，老師們或是不吭聲，或是顧左右而言他，或是趕緊跪下，恭請郡主娘娘謹遵皇上和王爺的旨意，用功讀書，隻字不回答趙敏的垂詢。

當然，在奶娘和宮女們的嘴裏，趙敏更不可能得到她所需要的答案。

而哥哥王保保聽到妹妹在問大人們這個問題，則急忙對她許諾道：

「好妹妹，哥哥我是男子漢大丈夫，妹妹放心，只要哥哥我在，絕不讓妹妹你吃半點虧。」

……

王保保不知道，他越是對妹妹承諾得無比鄭重，趙敏的心裏就越是糊塗、困惑，甚至不開心。

小小年紀的趙敏慢慢地明白了，自己和哥哥雖然同父同母，但是，兩人之間的區別卻絕不僅僅在於衣著裝扮的不同。

既然，皇上和父王都叮囑自己要用功讀書，老師們也這樣說，那麼，趙敏便決定獨自到浩如煙海的書堆裏、到歷史的長河裏去尋找答案，爲自己釋疑解惑。

願天速變做男兒【注一】

書和歷史沒有讓趙敏失望，她終於找到了問題的答案：男尊女卑，紅顏薄命。幾千年的中國歷史，彷彿寫滿了這八個字；一卷卷的聖賢書，也彷彿都在嘲笑趙敏：

小郡主，你再幸運，也不過是個必須服從大男人的小女子而已。

於是，趙敏對天祈禱：莫教紅妝埋壯志，願天速變做男兒！

在中國歷史上，北方遊牧民族常常以強悍的武力長驅直入，問鼎中原，取代漢族政權。這似乎是一條規律。

不過，和這條規律相伴而生的，往往還有另外一條規律，那就是不管取代漢族政權的是哪個民族，不管統治九州的是哪個民族，不管它以怎樣的政策治理天下，它都只能在武力上征服漢民族，而不能完全徹底地打斷漢民族文明和文化的傳承，影響和限制漢文化的發展。相反的，在政治上占統治地位的那個民族，還無一例外地被漢民族源遠流長、博大精深的先進文化所折服。漢民族的語言、服飾、飲食和宮室建築等，往往風靡開來，並和外來的文化有機地結合在一起，成爲時尚，更成爲當時的主流文化。而征服者的後代，尤其是那些貴冑後裔，漢化的程度往往很高。有的甚至還只會說漢語、寫漢字，而不會使用本民族的語言。

趙敏出生的時候，大元王朝已經無可挽回地開始走下坡路了。經過數十年中原文明的薰染，在元蒙的貴族後裔中，愛好漢文化的大有人在，趙敏的哥哥王保保是一個，趙敏也是一個。他們兄妹自幼便喜歡讀漢人寫的書，也喜歡說漢語、穿漢服，甚至連他們的父親汝陽王察罕特莫爾，也因爲舉家從草原遷居中原腹地——河南潁州，而選擇了「李」姓作爲自己的漢族姓氏呢。

所以，趙敏是在蒙、漢兩種文化的培養和薰陶下長大的。

一方面，趙敏爽朗、大膽，心裏怎麼想就怎麼做，要愛便愛，要恨便恨，絕不忸怩作態。加上她貴爲郡主，自小要風得風，要雨得雨，任性刁蠻慣了，和深受孔孟禮教束縛的漢族女子相比，就顯得十分光風霽月、直爽大方。

另一方面，趙敏有幸生在帝王家，自然不必像尋常的蒙古姑娘那樣放牧牛羊，擠奶做飯，看管弟妹，操持一切家務，甚至在父親被生活重擔壓煩壓累的時候，成爲父親的出氣筒。趙敏愛習武，便馬上有最好的武師來教她，讓她學得了一身好武功；趙敏想讀書，便立刻有飽學儒士隨時伺候她上書房。她雖然不見得能稱得上淹通詩書，博古通今，但也能讀、能寫，是個不折不扣的才女，一般的漢族男人也未必及得上她呢——不是嗎？後來在甘涼道旁的綠柳山莊，趙敏給張無忌設下了鴻門宴。她假冒中州舊京世家子弟，錄了一首《說劍》詩掛在牆上，並藉此向張無忌討要書法作品，一時間倒把堂堂的一教之主張無忌羞得滿臉通紅呢。

正因爲趙敏讀過很多書，她的眼界比一般小女子要開闊得多。她像所有的蒙古人一樣，爲自己是成吉思汗、忽必烈的後裔而自豪。但是，和普通的蒙古女子相比，趙敏不會簡單地把漢人看作「漢狗」，認爲他們屬於一個下賤的民族。相反的，有些漢人和成吉思汗、忽必烈一樣，也是趙敏心目中的英雄和偶像——

趙敏讀過《史記》，裏面有一篇《項羽本紀》，記載秦代末年楚、漢爭霸的歷史片段。那楚霸王項羽雖然最後失敗了，自刎於烏江，但他「力拔山兮氣蓋世」的英雄氣概，還是令趙敏悠然神往。

《史記》裏還有一篇《李將軍列傳》，記載一個叫李廣的漢人將領，臂力過人，射技一流，居然能把弓箭射進大石頭裏面去！只要他鎮守邊關，匈奴人就聞風喪膽。李廣這樣的英雄，雖然是趙敏祖先的勁敵，但趙敏還是非常崇敬他，認爲他和蒙古人中的神射手「哲別」一樣，應該受到尊重。可惜，當時的漢人皇帝劉徹不識才，不會用人，竟把李廣給埋沒了，趙敏讀到傳記結尾，不由得擊掌浩嘆，爲一代名將感到惋惜和悲涼。

……

當然，更加能讓趙敏掩卷沉思、神往不已的，是一些女英雄、女豪傑。比如，漢光武帝劉秀有個姊姊湖陽公主，她在弟弟起兵的時候，不甘心守在閨中做柔弱之輩，毅然領兵打仗，爲東漢王朝的建立立下了汗馬功勞；還有，唐太宗李世民的姊姊也曾經帶領娘子軍爲大唐的建國立下了功勳。每每讀到這些女英雄的故事，趙敏就會血脈賁張，恨不得自己也馬上去到沙場一試身手，爲國家建功立業。

不過，最令趙敏欽佩的卻是宋代的兩位女英雄、女將軍——佘太君和穆桂英。

佘太君和穆桂英是「楊家將」裏的傳奇人物。「楊家將」的故事在民間流傳甚廣，在南宋，「說話」在許多城市裏很流行，很多說話藝人非常喜歡說「楊家將」的故事，老百姓對天波府和楊門女將也都非常熟悉。人們崇敬楊家一門忠烈，漸漸地便把他們當作了神仙似的。南宋亡國後，老百姓不敢再公開講述和傳播「楊家將」的故事，但這個故事私下裏仍然一直在流傳。

趙敏向來淘氣，什麼閒書雜書都看，什麼地方都敢去玩。她有一次化裝成一個漢族少年，到大都的書肆和勾欄瓦舍裏隨便逛逛，不經意間知道了「楊家將」的故事，從此就喜歡上了楊門女將，尤其是佘太君和穆桂英，只是回到王府，她不敢和別人提起自己的新感受而已。

其實，趙敏也知道，佘太君和穆桂英這兩位了不起的女英雄，在歷史上並非眞有其人，她們的英雄事蹟大都是人們虛構出來的。佘老太君是半眞半假的人物，而穆桂英在歷史上則完全是不存在的。可是，趙敏不管這些，她就是喜歡她們倆，渴望自己也能夠有機會和她們倆一樣上陣殺敵，爲國效力。

「否則，我敏敏特莫爾學了這一身好武功，又有什麼用呢？」趙敏想。

而傳說中穆桂英陣前招親的細節則更讓趙敏芳心暗動，她覺得，只有像穆桂英這樣忠君愛國、一心爲民、武藝高強、功勳卓著的奇女子，才能夠有陣前招親的膽魄和勇氣！她敢愛敢恨，喜歡楊宗保就大膽地說出來，大膽地自己作主嫁給他。什麼敵我之分、什麼父母之命、什麼媒妁之言，統統都被穆桂英拋在了腦後，這樣方顯出兒女本色呢！「我敏敏特莫爾就是佩服這樣的奇女子！而且我也要做這樣的奇女子！——一個有能力、有擔待、有魄力，能對自己負責、對家庭負責、對國家負責的奇女子！」趙敏又想。

那麼，怎樣才能做一個像穆桂英那樣的奇女子呢？

可是，普天下的女子，又有多少人的人生是像穆桂英那樣豐富多彩的呢？馳騁疆場，建功立業，這從來就被公認是男人們的事情；調和鼎鼐，治理國家，也是男人們的分內事。而分配給女人做的，就只有「三從四德」和相夫教子了。就像自己的母親，雖然貴為王妃，但長年守著一片深深的、寂寞的、沒有變化的宮室，在趙敏看來，這和民間那些終日守著三尺灶台的愚魯婦女沒有什麼根本的區別。更何況，父親喜歡置側室，小妾側妃娶了一個又一個，好幾個庶母的年齡甚至比哥哥王保保還要小。那個父王最新娶的、最寵愛的姓韓的姬人，年紀比趙敏還要小呢！

於是，隨著年齡的增長，趙敏漸漸開始明白了，為什麼母親常常一個人躲在寢宮裏暗自拭淚，有時候則呆呆地獨自出神，長吁短歎；趙敏也開始從母親的眼睛裏讀到了深深的落寞、幽怨、惆悵、淒涼、無助和無奈，甚至，還有麻木！

同樣的眼神，趙敏還可以常常在皇后娘娘和眾多的伯母、嬸母、嫂嫂和姊姊們的眼睛裏讀到。這樣的眼神和她們的華麗盛裝形成了極其鮮明的對比，令趙敏怵目驚心。

趙敏知道，釀成母親們的悲劇的根本原因是：

她們只有家庭，沒有事業！

或者說，是因爲她們完全遵照禮教的傳統，徹頭徹尾地把自己看成了丈夫和父兄的附庸，從而失去了獨立的人格和尊嚴。

「我絕對不能做母親她們這樣的女人，走母親她們走過的老路！」趙敏很早就暗暗下定了這樣的決心。

換言之，趙敏很早就知道，自己是絕對不能接受和忍受在旁人看來順理成章的生活模式的，那就是由父親或皇上替她指定一個郡馬，然後在豪奢隆重的婚禮之後，將自己的一生，都交付給一片和她所熟悉的汝陽王府沒有什麼區別的深宅大院，漸漸地熬乾青春，等待老死。

那是命運給有幸生在帝王家的女子所安排的既定的生活方式，彷佛一片一覽無餘的風景，雖然不乏美麗，而且具有民婦貧女們想也不敢想的華麗奢侈。但這條人生的道路一眼就可以望到盡頭，實在是失之於單調和平淡。

趙敏決心靠自己並不輸於男子的聰明才智，盡最大努力改變這既定的一切！——她知道，父親的權位和對自己的寵愛，可以幫助她實現自己的理想和抱負。而且，出去要做些什麼事情，具體怎麼做，趙敏心裏都有了計較。

「爹爹，讓女兒助你一臂之力吧，我不會幹得比哥哥差的！」

有一天，汝陽王正為江淮間叛賊又起，中原武林始終桀驁不馴，不與朝廷合作而大傷腦筋、大動肝火，他手下的謀士們被他罵得狗血淋頭，無一例外地悄悄地躲了出去。趙敏看準時機，走近父親，半是撒嬌半是鄭重地向父親如是說。

汝陽王知道自己這個女兒文武全才，智謀武功絲毫不遜色於世子庫庫特莫爾，行事也有殺伐決斷，頗具男兒氣。文才方面，她還比哥哥強呢。她的許多叔伯兄弟和她相比，也還差得遠呢。只可惜她託生成女兒身……。

「爹爹，你要不答應，女兒就生氣啦！」

趙敏見父親拈著左頰的鬚毫，沉吟半晌，便嘟起小嘴假裝生氣。

察罕特莫爾見女兒這樣，哈哈大笑，伸出指頭刮了一下女兒的鼻子，說：

「敏敏，你是爹爹的心肝寶貝，你就是要天上的月亮，爹爹也要想辦法給你去摘了來。現在你是要幫爹爹做事，替爹爹分憂，你這樣孝順，爹爹豈有不答應之理！」

趙敏追問：「那麼，爹爹派女兒做什麼事情呢？」

這個問題汝陽王從來沒有考慮過，一下子倒答不上來。

趙敏胸有成竹，道：

「爹爹，如今國家多事，無有寧日。您和哥哥要調兵遣將，東征西討，剿滅那些可惡的叛賊，沒有工夫對付中原武林的門派幫會。可是，撲滅江湖上的門派幫會之事，您很多年以前就下決心要做了。這些人不滅，不足以除後患。依女兒之見，不如把這件事情交給女兒去辦。敏敏向您保證，不出半年，一定將這些朝廷異己全部剿滅！」

汝陽王聽女兒說得頭頭是道，顯然是經過了深思熟慮。而且中原武林的門派幫會是他多年的心病，現在女兒主動提出要幫他去剿滅，怎不叫他心花怒放？於是，他當下便一拍桌子，大聲道：

「好！爲父把蒙漢西域的武士番僧，包括玄冥二老和神箭八雄，阿大、阿二、阿三等高手全部交給你統率，半年之內，爲父等你的捷報！」

「是，女兒得令！」

趙敏大聲地答應了，胸中豪情萬丈，意氣風發地邁開大步向外走去，所有的宮娥隨從都被她遠遠地甩在了後面。

趙敏如願向父王領到了剿滅江湖門派幫會的任務後，迅速制定了一個行動計畫，並馬上將計畫付諸實施。

這個計畫的第一步就是乘六大派圍攻明教光明頂之際，由趙敏親自出馬，帶領大批高手，文武兼施，武毒並用，要將六大派的主要人物和明教的首腦全部收入網羅！這樣一來，不管這些武林高手是否肯像混元霹靂手成崑和八臂神劍東方白等江湖豪傑那樣，歸順朝廷，爲我所用，總之，以後就不會有人領頭起來造反謀逆，反抗朝廷。汝陽王也就去掉了一個心腹大患了。

在暗中幫助趙敏策劃這個計畫的仍舊是成崑，不過，當年成崑建議汝陽王首先翦除明教，現在倒把明教放在最後。

一切部署停當，準備出發。

在出發之前，趙敏還做了兩件事情，一件是吩咐王府的裁縫替她縫製了數十套新衣服，其中有長有短，有單有夾，有絲綢的，也有皮毛的。趙敏還特別吩咐要多做幾套男裝——她平時就喜歡穿漢人的服裝，而且穿上了人人都誇她好看，她自己也很得意。尤其是她穿上漢人的男裝以後，雍容華貴中透出一股書卷氣，恰似玉樹臨風的一位翩翩濁世佳公子，誰人見了都不由得要喝一聲采，趙敏自己就更加洋洋自得了。這回出去辦大事，著女裝有諸多的不方便，所以趙敏就更要多帶幾套男裝了。

另外，趙敏吩咐多做男裝還有一個不可爲外人道的理由，那就是她雖然貴爲郡主，但畢竟只是個年輕姑娘，玄冥二老等身手非凡，閱歷豐富，是否肯乖乖聽從一個黃毛丫頭的指揮呢？如果穿上男裝的話，首先會在視覺上給他們以壓力，情形就會不太一樣了。

所以，趙敏在出發前做的第二件事情，同樣也是爲了控制玄冥二老等頗難駕馭的部下——

趙敏第一次升座理事前，汝陽王問女兒要不要父王替她坐著壓陣，因爲分派給她的人手無一不是江湖上赫赫有名的人物，都曾經揚威立萬，勢霸一方。

他們都佩服和尊重汝陽王，爲了榮華富貴，心甘情願地替王爺賣命。不過，要他們無條件地服從一個年輕的女孩子，哪怕她是主人的愛女，都恐怕難免有一點勉強，所以父親主動提出要爲女兒助威。但是趙敏毫不猶豫地拒絕了父親的好意，因爲她胸有成竹。

汝陽王料得不錯，當趙敏升座，有條不紊地一項項給手下分配任務的時候，有個箭法精奇的部屬雖然領了命，但行動上卻拖拖拉拉的，臉上有點滿不在乎的表情。趙敏明白，此人是輕視她乃年輕姑娘，以爲她沒能力和魄力統領群雄，便散漫著不肯奉她的命令，欲藉此給新主人一個下馬威，叫她以後不好隨便支使他。

趙敏心裏冷冷一笑，暗道：

「好！本郡主正想找人開頭一刀，殺一儆百，以儆效尤。你自己送上門來，那就休怪本姑娘不客氣了！」

於是，趙敏當下假作震怒，高坐殿上，面凝寒霜，語聲如刀，竟毫不留情，要對這個眼裏沒有主子的奴才軍法從事。她話音剛落，眾人無不大驚，急忙為同伴求情。但他們再三再四地求情，趙敏都不肯手軟。要知道，這些人都不是善類，素日裏哪裏是好相與的？所以雖然奉了汝陽王爺之命，不敢不來聽從紹敏郡主調遣，但是心裏總覺得她不過是個黃毛丫頭，無非身分高貴些罷了。雖然也聽說她武功兵書都學得不錯，但年紀輕輕的，又能有多大實際的能耐？所以難免都有些小瞧於她，只不過其他人沒有那個神箭手那樣大膽，敢於當眾冒犯雌威而已。但這時眾高手卻見紹敏郡主執法如山，應對機敏，言語中竟找不到絲毫破綻。而且對他們的長處短處，脾氣家底，竟也是瞭若指掌，說話間極有分寸。她初掌大權，但神色間不要說是沒有半點慌張膽怯，就連一絲一毫的生疏和不習慣也找不到，彷彿她早就慣於這樣發號施令——下令殺人，就像叫宮女去給她買最時尚的首飾似的那麼隨便、那麼不經意。群豪以武林高手的身分，之所以甘願為奴作隸替汝陽王效力賣命，也無非是貪圖榮華富貴，所以，這些人身上功夫雖好，但膝下卻都有奴骨。他們見趙敏如此發威，一時間，眾皆拜服，真正從心底裏把趙敏當作了自己的主人，心甘情願聽從她的一切命令。

趙敏察言觀色，知道妙計已經得售，心中暗自高興，但臉上還是絲毫不露破綻。她隨即話風一轉，說念在這位神箭手跟隨父王多年，沒有功勞也有苦勞，況且又遠征在即，所以本郡主大發慈悲，對他姑且從寬發落，免去杖刑。只要他以後用心做事，那麼她就不會將這事向父王稟報——那混球聽到這裏，終於鬆了一口氣。因爲他知道汝陽王治下甚嚴，要是怠慢郡主的事情被他知道了，他左頰上的三根鬚毫肯定馬上直豎起來，那麼，等待他的就不僅僅是杖刑這麼簡單了，說不定項上的頭顱也會保不住。所以，一時間彷彿是從閻王爺那兒撿了條命回來似的，而救他的便是眼前這位郡主娘娘，所以竟感激涕零，伏地叩謝趙敏的不殺之恩。

趙敏淡淡一笑，又道：

「爲了使你記住今天的教訓，本郡主要把你和你的師兄弟們的名字改一改，以懲效尤！」

「從此以後，你們這八個使弓箭的奴才就依次改名爲趙一傷、錢二敗、孫三毀、李四摧、周五輸、吳六破、鄭七滅和王八衰吧，一律不許再用舊名。」

趙敏指著犯事者和他的同伴們，一一道來——顯然這改的名字是她早就想好了的，本來並沒打算這麼早就拿出來用，但機緣湊巧，他們八個人自己把脖頸伸到郡主娘娘的鍘刀下面，要配合趙敏立威，趙敏又有什麼理由拒絕他們這一番「好意」呢？自然她就順水推舟嘍。

這八個名字按照百家姓的順序排列，而且都使用了古怪的、不吉利的字眼，聽上去十分奇怪詭異。這世上又有誰會給自己取這樣的名字呢？但對於神箭八雄來說，這名字是主人所賜，哪敢不要！而且不僅馬上遵命改名，還千恩萬謝地，感謝郡主娘娘賜名之恩——改名字是主人對奴僕的特權，趙敏其實並不是眞的嫌神箭八雄原來的名字不好，她只不過藉以樹立自己的威信罷了。

至於爲了給自己立威，而故意折辱自己麾下的高手，這在趙敏看來，根本不算什麼。如果有需要，就是殺掉個把人也是値得的。

不過，趙敏不知道，當汝陽王得到報告，知道女兒的行事方式後，贊許地哈哈大笑，道：「這才像我察罕特莫爾的女兒！有女如此，夫復何憾！」——這下，他完全放心了，因爲趙敏不僅具有治國平天下的雄心壯志，而且也有實現胸中宏大抱負的非凡能力和應有的手腕。她這一去，必有建樹！

知女莫若父，汝陽王確實沒有看錯女兒。趙敏從大都出發，遠赴西域，果然是馬到成功，不出一個月，便將從光明頂歸來的六大派高手們一一擒獲。然後又乘勝追擊，進而攻擊六大派的根本之地，把莊嚴神聖的佛家重地少林寺攪了個亂七八糟，又到武當山，把享名已近百年的張三丰眞人逼得吐了血——趙敏這樣做的目的，自然是欲置中原武林於死地，讓他們沒有東山再起的任何機會。

如果趙敏按照自己的既定計畫一步步實施下去的話，那麼，半年內剿滅中原武林門派幫會的許諾，便不會是一句空話。然後，她還能夠爲自己的民族、國家做更多的事情，立更多的功勞。可以想見的是，她敏敏特莫爾將是大元王朝當之無愧的一位女英雄、女豪傑，能夠像趙敏所仰慕的歷史上的那些傑出女性一樣，名垂千古，彪炳青史。

正如趙敏在大都的小酒店裏對張無忌所言：

「我的祖先是成吉思汗大帝，是拖雷、拔都、旭烈兀、忽必烈這些英雄。

我只恨自己是女子，要是男人啊，嘿嘿，可真要轟轟烈烈的幹一番大事業呢！」

可見，趙敏的事業心絲毫不遜於男子，而她的人生第一目標也便是和男人一樣，為國家做出自己能夠做的貢獻。

儂做北辰星，千年無轉移【注二】

愛情是每一個花樣年華的少女心中的夢想，趙敏自然也不例外。

趙敏聰明美貌，文武雙全，又是手握重權的汝陽王的獨生愛女，在許多人眼裏，是妻子或兒媳的最佳人選。所以，她還不到摽梅之年，上門提親的人就踏破了門檻。朝中大老新貴、勳臣舊族，紛紛想和汝陽王攀親家，一時間，公子王孫、世家子弟、世襲的王爺侯爺和地方豪富、少年俊彥的庚帖擺滿了汝陽王爺和王妃的桌案。王妃也拿了一大疊的帖子，悄悄問過女兒，到底中意哪家的少年郎？

不知道為什麼，趙敏對這些來求親的人一點興趣也沒有。她知道，這些人之中，有武功出眾的，有文才獨步天下的，有貌如潘安的，有家世顯赫豪富的，也有權高位重、前途未可限量的，他們一個個看來都是世人眼裏不可多得的佳婿。但是，趙敏卻一個也不喜歡。

「那麼，敏敏，乖女兒，娘的心肝寶貝，你告訴爲娘的，到底想要選一個什麼樣的女婿？只要你說出來，以你爹爹在朝中的身分地位，保管女兒能夠如願以償。」王妃一向溺愛女兒，自然有求必應，便是汝陽王也願意盡一切努力讓女兒稱心滿意。

「爹爹，母親，女兒還小嘛！難道爹爹、母親不喜歡孩兒了，要早早地把敏敏嫁出去？」趙敏向父母撒嬌，汝陽王夫婦也拿這個任性的女兒沒辦法。反正自己這個女兒樣樣優秀，也不怕她會找不到合意的郡馬，所以就隨她的便了。

「不過，女兒要是以後碰到自己喜歡的人，我一定馬上稟報父王。父王，到時候你可要馬上去給女兒提親喲！」

趙敏見父母不再逼她馬上定親，就又加了一句。說完，才發現自己實在太不含蓄了，一霎時羞得滿面通紅，衝爹娘扮了個鬼臉，一溜煙地跑了。

汝陽王夫婦望著刁蠻任性的女兒遠去的背影，無可奈何地對視一眼，不約而同愛憐地說：「敏敏自己的事情就由她自己作主吧。」

那麼，趙敏究竟喜歡什麼樣的年輕人呢？她捫心自問，一會兒覺得這人就近在眼前，五官身材都可以看得很清楚；一會兒又覺得這人遠在天邊，面目模糊，根本難以分辨。

她想，不管「他」是誰，一定得是愛武習武的，至於武藝嘛，至少要能夠勝得了我吧？——趙敏是蒙古姑娘，生性好武，對於未來夫婿的武功要求，自然低不了。

至於相貌嘛，倒不一定非得威武英俊，過得去就行了。身分家世也可以不論，而最要緊的則是「他」的性情，一定要溫柔體貼才行。

而且，我的「他」也未必一定得是我們蒙古漢子，他們都像我爹爹、哥哥一樣，太粗蠻了，不懂得怎樣愛惜、體貼女孩兒。趙敏隱隱地覺得，如果自己的那個「他」是個漢人就好了，因爲她在書上看過很多纏綿悱惻的愛情故事，那些漢人男子雖然文弱酸腐，但對待意中人卻都是極好的。

我的「他」還應該是不迷戀權勢官位的，趙敏又想。

趙敏從小看慣了父親的喜新厭舊、妾侍成群和母親的孤獨淒涼、無可奈何，所以，她很自然地不願意選擇像父親這樣位高權重的男人做丈夫，因爲他的地位越高、權力越大，就越不可能專一地對待妻子。選擇這樣的男子，就意味著要走母親的老路，這對於趙敏來說，是不可想像的。

當然，在這方面，趙敏見過的男人都和父親差不多，所以她也並不奢望能夠得到一個男人百分之百的愛和關心。

只要「他」能夠讓我喜歡，能夠眞正對我好，我就滿足了。趙敏想。

那麼，我的「他」究竟現在在哪裏呢？我會和他在什麼地方、以什麼樣的方式見第一次面呢？騎射讀書之餘，趙敏常常不自覺地遐想著自己的愛情，想像著這份愛會怎樣地來到自己的身邊。

最好就像穆桂英那樣，和「他」在兩軍陣前相遇，然後發現「他」爲國爲民，仁義厚道，對我也不乏情意，然後我就不顧一切地跟定了「他」……

趙敏自從知道了穆桂英的故事，就不由自主地迷上了這個前朝的女英雄，常常幻想著自己也和穆桂英一樣，和楊宗保式的少年郎君結成了美滿姻緣。

像穆桂英那樣敢於愛，敢於表達心中的愛，敢於為了愛而陣前倒戈，這才是有眼力、有擔待的好女子呢！況且，她穆桂英能夠做到的，我敏敏特莫爾也一定能夠做到！

對，就應該是這樣的。想到這裏，趙敏突然記起了一首以前老師教過的漢樂府詩，題目叫作《上邪》。那首詩是寫一個女子愛上了一個男子，她就主動向意中人表達她的愛情，而且說的是那樣直截了當，那樣毫不掩飾，那樣火熱感人！她說：

「上邪！我欲與君相知，長命無絕衰。山無陵，江水為竭，冬雷震震，夏雨雪，乃敢與君絕。」

她愛上了一個男子，就向老天爺發誓，要天長地久地永遠和他在一起。只有大山夷為平地，大江奔騰的激流乾涸了，冬天打雷，夏天下雪，天和地合在一起，這五種現象同時發生，她才會和心愛的人分開！

但是，這五種情況是絕對不可能發生的呀！所以，這個女子也就永遠不會和心上人分開！

趙敏想，這個女主角的性子才合我趙敏的脾胃呢，和我背著父母，悄悄到王府外面看的那齣民間十分流行的雜劇《西廂記》，可完全不一樣。《西廂記》裏面的愛情故事倒也曲折動人，可那女主角崔鶯鶯扭扭捏捏的，我可不喜歡！那個鶯鶯小姐，她心裏明明愛煞了張君瑞，卻死不肯承認，連在最貼心的丫頭紅娘面前都藏三掩四，瞞書瞞簡的，眞是太不爽快、太不坦白了。那張生按照鶯鶯的邀約跳牆過去和她相會，但鶯鶯竟然當面耍賴，還誣賴張生是賊，眞是太過分了。後來張生赴考，榜上有名，就棄了鶯鶯另娶了。旁人都譴責張生薄倖，我敏敏特莫爾倒覺得崔鶯鶯其實是咎由自取，活該！要是我呀，喜歡就是喜歡，愛就是愛，有什麼不可以說的？就是當著所有人的面說也沒什麼呀！

趙敏是這樣想的，也是這樣做的。後來，她在綠柳山莊愛上了朝廷的大對頭張無忌，就毫不猶豫地開始向他表達自己的感情。先是贈送珠花和珠花裏面藏著的張無忌急需的「黑玉斷續膏」和「七蟲七花膏」的解藥配方，然後就連續多次在兩軍陣前未和張無忌作對到底，最後就索性完全背叛了自己原來的陣營，真的像她所崇敬的女英雄穆桂英那樣，陣前倒戈，將自己全身心地交給了意中人張無忌。

愛上張無忌以後，趙敏從來沒有打算要掩飾這份情感，相反的，她不僅不掩飾，還大大方方地多次公開表示出來。在大都，她私自跑到張無忌所住的客店去找他，約他喝酒聊天，向他公開自己的身分，這其實已經是在向意中人表露自己的心意，而張無忌也並未眞正拒絕。一個年輕未出閣的女孩子，主動向自己喜歡的男子表示愛情，這在一般的女子是無法想像的，而這對於深受禮教薰陶的漢族女子來說，就更加匪夷所思了。

後來，在和波斯明教總教派來的使者的激烈戰鬥中，趙敏甘冒一死，救出了張無忌。在茫茫的大海上，張無忌的義父謝遜問趙敏，爲什麼竟然連用三招拚命的招數去救張無忌？其實她應該知道，即使不拚命也能夠救心上人的。趙敏坦然直承，她是因爲看到張無忌一直十分纏綿地抱著殷離才這樣做的——她見意中人移情別戀，自己就不想活了！這一番話聽得同舟的眾人個個目瞪口呆，但對於趙敏來說，倒也平常得緊。

再後來，趙敏被周芷若栽贓冤枉，背上了殺人盜寶的莫大罪名。更令她痛苦的是，張無忌和周芷若訂了婚，不久還昭告天下，辦起了隆重熱鬧的婚禮。趙敏趕將前去，大鬧喜宴，逼張無忌中止婚禮，隨她出走。終於在眾英雄豪傑面前演出了一場二女爭夫、血濺華堂的大新聞！雖然，趙敏之所以要這樣做，她本人後來給張無忌的解釋是爲了張最關心的義父謝遜的安危。其實，救謝遜固然是一個原因，但是，難道趙敏不是因爲不能忍受心愛的人娶了別的姑娘而去的嗎？難道她不是去向天下人宣布她對於張無忌那份永不凋謝的愛情的嗎？答案自然是肯定的。

至於最後趙敏終於爲了對張無忌深深的愛，而公開向父兄吐露自己的心事，並和父兄決裂，這已經彷彿是水到渠成，並不值得驚訝和讚歎了。

「你心中捨不得我，我什麼都夠了」

人們常常說，愛情是絕對自私的、排他的。換言之，大千世界，芸芸眾生，雖然每個人都有屬於自己的生活觀念和生活方式，但在要求自己的另一半對自己忠誠專一這一點上，恐怕大家都沒有什麼區別。公侯將相也罷，乞丐盜賊也好，他們的觀點應該是大同小異的。當然，趙敏也不例外。不過，她從自己的生活經歷和經驗出發，對於這一點，還擁有屬於她自己的具體看法和作法。

趙敏從小深受父母的寵愛，可是，都那麼疼愛她的父親和母親雖然生活在同一座府第裏，但卻有著完全不同的生活感受。父親位高權重，任何事情都可以隨心所欲。在情感方面，他只單方面地要求他的女人們完全忠實於他，而卻從來都沒有想過自己也應該忠實於妻子。他納妾就像叫廚師烤隻肥羊或是責打犯了錯的奴僕一樣隨便，朝三暮四，姬妾成群。有的庶母不小心衝撞了父親，或是父親不再喜歡了，就會被像扔一件廢品似的送給府裏的武士。那鹿杖客最是好色，汝陽王就常常把自己不再喜歡的女人賞賜給他，以示恩典。當然，趙敏知道，父親這樣做的時候，絕對沒有想過被「扔」掉的女人會是怎樣的感受。因爲在父親眼裏，這些女人和牲畜、貨物並沒有什麼區別。

而母親就不一樣了。她出身名門，身分貴重，和父親的感情也不能算是不好，但是，她卻很少笑。趙敏記得很清楚，有一天母親笑得很開心——那是因爲張無忌大鬧萬安寺，把趙敏好不容易抓來的六大派高手都給救了出去，還把汝陽王最寵愛的韓姬給殺了，氣得王爺暴跳如雷，連殺了好幾個侍衛、傭僕才勉強息怒。可是，趙敏的母親聞訊卻十分高興，還悄悄地和趙敏說，那個張無忌眞是能幹，替我殺了小妖姬，拔了我的眼中釘、肉中刺，爲娘眞想好好謝謝他呢！

其實，天生麗質的韓姬本是這場大戰的無辜犧牲品，但她的死卻讓母親露出了久違的笑容——這蘊涵著悲涼的笑容讓趙敏感觸頗深。隱隱地，趙敏覺得，普天下的男人都是和父親一樣的，要求男人對女人完全專一、忠誠，這雖然很美好，但太難辦到了，就像是天邊那朵最美麗的白雲，可望而不可即。所以，趙敏在潛意識裏有個想法，那就是假如「他」是自己全心全意所愛的，那麼，只要「他」心裏有我，對我好，陪伴著我，我就滿足了。我不會一味地去追究「他」是否在心裏還給別的姑娘留了一小塊地方。那樣做太傻了，只會徒然傷了彼此的感情。因爲美麗的愛情就像是一件絕頂精美的瓷器，如果有了裂痕，雖然還可以修補，但卻永遠沒有辦法完全復原。「我絕不會做親手毀掉這件瓷器的傻瓜」，趙敏想。

如果說，在碰到令她怦然心動的男子之前，趙敏關於愛情的一切都還只是抽象的遐想，那麼，在遇到張無忌，不由自主地愛上這個自己的勁敵之後，趙敏就自然而然地把以前的一切遐想付諸現實了。

趙敏知道，張無忌在認識她之前，早就認識了周芷若，而且對那個清麗絕倫的周姑娘還頗有情意。而以趙敏的聰明，在萬安寺和周芷若打了幾次交道後，這位周姑娘對張大教主的情意，趙敏心裏也明鏡似的。那麼，面對這樣的局面，自己還要不要主動加入進去，成爲周芷若的競爭對手呢？趙敏的回答是肯定的。理由有二：一方面她愛苗已萌，情難自已，就算明知是苦海，她也得往裏跳，更何況「鹿死誰手」，尙未可知，一向要風有風、要雨得雨的郡主娘娘，當然不願意連試也不試一下，就拱手將意中人讓給了周芷若！再說了，除了自己之外，還有別的姑娘癡戀張無忌，不正說明張無忌年輕有爲，自己的眼光準得很哪！另一方面，趙敏也覺得張無忌在認識自己之前，對周芷若萌生愛意是很自然的事情，那麼，現在他的生命裏多了一個叫趙敏的也已經深深愛上他的姑娘，趙敏想不出有什麼理由可以讓自己不把這個事實告訴張無忌。光明磊落、大方坦蕩一向是趙敏的處事風格，趙敏也想不出來有什麼理由在愛情這個問題上，突然改變自己的這種風格。所以，趙敏根本不考慮周芷若的存在，就主動向心上人發起了猛烈進攻。

同樣的，後來趙敏知道在自己之前，張無忌不僅認識周芷若，而且還認識殷離，並曾經對殷離鄭重地許下過海誓山盟！就連對那個小丫頭小昭，他也是情意綿綿，頗難割捨。趙敏爲此痛苦不堪，甚至還曾經打算一死了之，以免再受這份折磨。不過，她很快就想通了，既然自己此生只愛張無忌一個，那麼，就必須勇敢地面對情郎除了自己以外，還喜歡別的姑娘的事實。換言之，她必須容許張無忌在內心深處給已經離開他的蛛兒和小昭留一個位置，當然，還得容許他給周芷若也留一個位置。否則，趙敏的這個「張夫人」怕是做不下去了。

趙敏曾經對張無忌說過：

「你心中捨不得我，我什麼都夠了。管他什麼元人漢人，我才不在乎呢。你是漢人，我也是漢人。你是蒙古人，我也是蒙古人。你心中想的盡是什麼軍國大事、華夷之分，什麼興亡盛衰、權勢威名，無忌哥哥，我心中想的，可就只一個你。你是好人也罷，壞蛋也罷，對我都完全一樣。」

值得指出的是，趙敏對張無忌說這番話的時候，她的頭上還頂著殺害殷離、偷盜屠龍刀和倚天劍的滔天罪名。也就是說，當時張無忌認爲她是殺害表妹的兇手，還時不時地提醒自己要恨趙敏，不要相信趙敏。他對趙敏，是抱有很高的警惕性的。可即便如此，當張無忌聽到趙敏說出上面這番話的時候，還是非常感動，竟致意亂情迷，隔了好一會兒才回過神來。

那麼爲什麼會這樣呢？除了張無忌確實也愛趙敏的原因以外，趙敏「你心中捨不得我，我什麼都夠了」的愛情表白，也委實出自肺腑，令人感動。

試問，像趙敏這樣一個才貌雙全的少女，全身心地愛一個男子，卻並不要求對方也全身心地愛自己。這個被愛的男子，豈能夠不被感動？

再試問，如果趙敏並不是認爲「你心中捨不得我，我什麼都夠了」，而是希望並要求心上人付出和她完全對等的感情的話，那麼，她在親眼見到張無忌抱著殷離拚死保護表妹的時候，就會眞的含恨自盡，或是一氣之下，再也不理睬張無忌了；而在她被周芷若栽贓冤枉，陷入了百口莫辯的境地，被張無忌口口聲聲喚作「兇手」的時候，她就更應該決定放棄這份感情，黯然離開了。而不是千方百計地爲自己洗刷罪名，去爭取張無忌回心轉意。要知道，被張無忌誤解的這段日子，對於趙敏來說，可是一生中最爲難熬的了，即使用「度日如年」四個字形容也不過分。假如換了平常的姑娘，也許早就知難而退了；或是心中怨恨情郎有眼無珠，生出許多抱怨憤激了。又哪裏能夠像趙敏那樣，冒著莫大的生命危險，受著無數的委屈誤解，千辛萬苦地去爲已經無望的愛情尋求萬分之一的轉機呢？——能夠和趙敏媲美的，大概只有一個黃蓉！可是，黃蓉被郭靖所誤解的卻只不過是「殺人兇手的女兒」，而並非「殺人兇手」本人。況且，郭靖的身邊雖然一直有華箏公主，還有師父們「欽定」的穆念慈，但是黃蓉的「靖哥哥」心裏，可從來就只有「蓉兒」一個人，而絕對沒有其他姑娘的影子。不像趙敏，她從頭至尾都清楚地知道，自己並不是她的「無忌哥哥」心裏唯一的意中人——能夠令張無忌約束自己保持情感上的專一的，似乎唯有他舅舅殷野王用情不專所造成的倫常慘變，以及表妹殷離因此而被扭曲埋葬的青春，而且，顯而易見的，這份約束對於張無忌來講，並不是時時刻刻能夠起作用的。

所以，也許我們可以說，在要求情郎效仿張敞，爲自己畫一畫眉毛的時候，都有情敵在旁窺視，弄得張無忌心神不定，竟連一支眉筆都拿不穩了，這樣的日子大概只有趙敏才能夠過得下去。

【注一】「願天速變做男兒」：語出五代女詩人黃崇嘏的《辭蜀相妻女詩》。《全唐詩》注：「黃崇嘏，臨邛人。因事下獄，貢詩蜀相周庠。庠薦攝司户參軍。政事明敏。庠愛其才，欲妻以女。嘏作詩辭婚。庠得詩大驚，問之，乃黃使君女也。」

【注二】「儂做北辰星，千年無轉移」：語出南朝吳聲歌曲《子夜歌》。

趙敏的人生哲學

評語

自古以來，大凡女子，世人的評價標準無不以美貌爲第一準則。歷史上，周幽王烽火戲諸侯，唐明皇不遠萬里地命人將荔枝作爲「急件」送入宮中……，這般興師動眾所爲何來？還不是用以博取美人的青睞！照理說，該當才貌雙全方爲上策，然古人對於女子的才智，則概不在評價範圍之內，要不怎麼只見「四大美女」之名，而不聞「四大才女」之論？所謂「女子無才便是德」，古人有如此一說，不知是不是害怕女人一旦聰明了，就會欺到男人的頭上來。

在《倚天屠龍記》中，趙敏便可謂是一個集無與倫比的美貌與料事如神的智慧於一體，同時又讓眾鬚眉很沒面子的女子。

劍舞玄機逞英姿，貂裘換酒足堪豪【注一】——趙敏總論

說趙敏是個絕色美女一點都不假，要不然張無忌也不會對她從憐香惜玉到情根深種了。而且，她還心思機敏、奇變百出，要以自己的絕頂聰明，像男子一樣，爲她尊貴的家族、她的民族和國家建功立業。正如范遙所說，汝陽王忙於調兵遣將，本來已經將撲滅江湖上教派幫會之事暫且擱在一邊。可女兒敏敏

特莫爾長大成人後，竟然能統率蒙漢西域的武士番僧，向門派幫會大舉進擊。加上成崑暗中助她策畫，乘著六大派圍攻光明頂之際，由趙敏帶同大批高手，企圖乘機坐收漁人之利，將明教和六大派一鼓剿滅。首先，趙敏安排手下將西域番僧所獻的毒藥「十香軟筋散」，暗中下在從光明頂歸來的六大派高手的飲食之中。那「十香軟筋散」無色無香，混在菜肴之中，又有誰能辨得出？這毒藥的藥性一發作，登時全身筋骨痠軟，過得數日後，雖能行動如常，內力卻已半點發揮不出，因此六大派遠征光明頂的眾高手在短短一個月之內，就一一被擒。只是在對少林派空性所率的第三撥人下毒時給撞破了，真刀真槍的動起手來。空性為阿三所殺，餘人不敵玄冥二老、神箭八雄，以及阿大、阿二、阿三等人，死了十多人後，也盡數遭擒。而當時的中原各武林門派還兀自蒙在鼓裏，紛紛叫囂著要向明教算帳，殊不知那位紹敏郡主早已在「城隍山上看火燒」，對自己的移禍江東之計得意得花枝亂顫了。

以上這些「事蹟」在書中還是從旁敘述的。而趙敏在書中甫一出場，就叫明教群豪上至新任教主張無忌，下至楊逍、殷天正這些老江湖，統統著了她的道兒。綠柳莊水閣一宴，如果不是張無忌精於醫道，如果不是趙敏萌動了少女情懷，如果不是有小昭這個習得五行布陣的小丫頭，死裏逃生、重整旗鼓的明教，大概就會嘗到「出師未捷身先死」的滋味了。接下來又是挑少林，又是擾武當，趙敏一行人來無影去無蹤，行事之處，非狠即辣，直攪得中原武林不得安寧。若不是范遙及時現身說明，縱橫江湖數百年的明教可算是栽到家了。所以，連一向最工心計的楊逍都這樣評價趙敏：

「這趙姑娘的容貌模樣，活脫是個漢人美女，可是只須一瞧她行事，那番邦女子的兇蠻野性，立時便顯露了出來。」又歎道：「這位郡主娘娘心計之工，尋常鬚眉男子也及她不上。」

不難看出，趙敏剛開始站在朝廷的立場上與明教作對時，並不討人喜歡。她不僅陰謀詭計層出不窮，行事狠辣又透著狡黠，還處處占盡先機，走一步就將接下來的三步都算計好了。更要命的是，她還貌美如花。這樣的女人，著實令人害怕。但幸好趙敏的狠辣之處只是基於最初雙方立場不同，其本性倒是頗爲良善，至少她不會像某些女子那樣靠美色讓男人墮入彀中，她自信的是自己的才智。一旦有所傾心，像她這樣太聰明太美麗的女人，最終也還是躲不過一個「情」字，除了武功，張無忌實不是她的敵手，但她卻從此拋開了國家、民族、家庭，把自己的聰明才智都用在了自己的心上人身上，只要能讓自己和「他」有個圓滿的結果就夠了。什麼建功立業、什麼榮華富貴，都如白駒過隙，虛無縹緲又匆匆而逝，哪及得上自己與「他」實實在在的幸福時光？而作為她的心上人，張無忌身邊有了趙敏這樣的女子對他一心一意，為他出謀畫策，倒眞是讓他省心不少。人心險惡，江湖風波，自有趙敏替他去計較，讓他這個教主做得既像樣又輕鬆。

就說在靈蛇島上吧，張無忌初見謝遜鬥罷丐幫諸長老，又見其與金花婆婆頗多齟齬，便欲上前相認。但見趙敏搖頭道：

「別了十多年啦，也不爭再等一兩天。張公子，我跟你說，咱們固然要防金花婆婆，可是也得防那陳友諒。」

張無忌道：

「那陳友諒麼？此人很重義氣，倒是條漢子。」

趙敏道：

「你心中真是這麼想？沒騙我麼？」

張無忌奇道：

「騙你什麼？這陳友諒甘心代鄭長老一死，十分難得。」

趙敏一雙妙目凝視著他，嘆了口氣，道：

「張公子啊張公子，你是明教教主，要統率多少桀驁不馴的英雄豪傑，謀幹多少大事，如此容易受人之欺，那如何得了？」

張無忌奇道：

「受人之欺？」

趙敏道：

「這陳友諒明明欺騙了謝大俠，你雙眼瞧得清清楚楚，怎會看不出來？」

張無忌跳了起來，奇道：

「他騙我義父？」

趙敏道：

「當時謝大俠屠龍刀一揮之下，丐幫高手四死一傷，那陳友諒武功再高，也未必能逃得過屠龍刀的一割。當處此境，不是上前拚命送死，便是跪地求饒。可是你想，謝大俠不願自己行蹤被人知曉，陳友諒再磕三百個響頭，未必能哀求得謝大俠心軟，除了假裝仁俠重義，難道還有更好的法子？」她一面說，一面在張無忌手背傷口上敷了一層藥膏，用自己的手帕替他包紮。

張無忌聽她解釋陳友諒的處境，果是一點不錯，可是回想當時陳友諒慷慨陳辭，語氣中實無半點虛假，仍是將信將疑。趙敏又道：

「好，我再問你：那陳友諒對謝大俠說這幾句話之時，他兩隻手怎樣，兩隻腳怎樣？」

張無忌那時聽著陳友諒說話，時而瞧瞧他臉，時而瞧瞧義父的臉色，沒留神陳友諒手腳如何，但他全身姿勢其實均已瞧在眼中，旁人不提，他也不會念及，此刻聽趙敏一問，當時的情景便重新映入腦海之中，說道：

「嗯，那陳友諒右手略舉，左手橫擺，那是一招『獅子搏兔』，他兩隻腳麼？嗯，是了，這是『降魔踢斗式』，那都是少林派的拳法，但也算不得是什麼了不起的招數。難道他假裝向我義父求情，其實是意欲偷襲麼？那可不對啊，這兩下招式不管用。」

趙敏冷笑道：

「張公子，你於世上的人心險惡，可真明白得太少。諒那陳友諒有多大武功，他向謝大俠偷襲，焉能得手？此人聰明機警，乃是第一等的人才，定當有自知之明。倘若他假裝義氣深重的鬼蜮伎倆給謝大俠識破了，不肯饒他性命，依他當時所站的位置，這一招『降魔踢斗式』踢的是誰？一招『獅子搏兔』搏的是哪一個？」

張無忌只因對人處處往好的一端去想，以致沒去深思陳友諒的詭計，經趙敏這麼一提，腦海中一閃，背脊上竟微微出了一陣冷汗，顫聲道：

「他……他這一腳踢的是躺在地下的鄭長老，出手去抓的是殷姑娘。」

趙敏嫣然一笑，說道：

「對啦！他一腳踢起鄭長老往謝大俠身前飛去，再抓著那位跟你青梅竹馬、結下齧手之盟的殷姑娘，往謝大俠身前推去，這麼緩得一緩，他便有機可乘，或能逃得性命。雖然謝大俠神功蓋世，手有寶刀，此計未必能售，但除此之外，更無別法。倘若是我，所作所爲自當跟他一模一樣。我直到現下，仍然想不出旁的更好法子。此人在頃刻之間機變如此，當眞是位了不起的人物。」說著不禁連連讚歎。

張無忌越想越是心寒，世上人心險詐，他自小便經歷得多了，但像陳友諒那樣厲害的，倒也少見，過了半晌，說道：

「趙姑娘，你一眼便識破他的機關，只怕比他更是了得。」

趙敏臉一沉，道：

「你是譏刺我麼？我跟你說，你如怕我用心險惡，不如遠遠的避開我爲妙。」

張無忌笑道：

「那也不必。你對我所使詭計已多，我事事會防著些兒。」

趙敏微微一笑，說道：

「你防得了麼？怎麼你手背上給我下了毒藥，也不知道呢？」

張無忌一驚，果覺傷口中微感麻癢，頗有異狀，急忙撕下手帕，伸手背到鼻端一嗅，不禁叫道：「啊喲！」知道是給搽上了「去腐消肌膏」，那是外科中用以爛去腐肉的消蝕藥膏，雖非毒藥，但塗在手上，給她咬出的齒痕不免要爛得更加深了。這藥膏本有些微的辛辣之氣，趙敏在其中調了些胭脂，再用自己的手帕給他包紮，香氣將藥氣掩過了，教他不致發覺。

若非趙敏這番開導，試想張無忌這濫好人，不免又會把陳友諒當作忠義之輩了，到頭來難免要墜入他人的股掌之中。而在張無忌面前，趙敏也不加掩飾，直陳如處於陳友諒的境地也會如此這般。所以除了虛驚一場外，諸位讀者都不必擔心，有紹敏郡主管著，張教主是不會給人騙的。倒是後來趙敏不在身邊了，張無忌這才上了周芷若的惡當。至於那煞費苦心的「去腐消肌膏」，則既是趙敏情意的表白——把自己的牙齒印兒永遠深深印在張無忌的手上；又是對他的小小懲戒——讓他看人時眼睛睜大點兒，不要只看表面。除了趙敏，哪還有人對張無忌這麼好？

也正因為趙敏整日裏心中念茲在茲的只有張無忌，滿腹機竅都圍著張無忌轉，生怕他被人欺負了，因此在張無忌苦鬥波斯明教三使時，她能連使「玉碎崑岡」、「人鬼同途」、「天地同壽」三招拚命打法，以救他一時之急。可見她情之所繫、念之所生，心念轉變極快，明知力拒不成，便助心上人以智取勝。

張無忌這人武功雖高，但卻是個實心眼兒，能得趙敏相助，便即如虎添翼，於明教自然也不無好處，所以少林寺的英雄大會上，明教群豪雖曾數番受辱於她，但也知她智謀過人，縱使是楊逍、彭瑩玉這些智謀百出之士，也都安心聽她娓娓道來，揭破圓眞的奸謀。偏生就有周顛這個沒心沒肺的渾人忍不住道：

「圓眞是本教的大對頭，郡主娘娘，以前你也是本教的大對頭。圓眞這廝詭計百出，郡主娘娘，你也是詭計百出。你兩個兒倒有點兒差不多。」

楊逍見正在節骨眼上，這周顛子還有如此一說，擔心會惱了趙敏，忙喝道：「又來瘋瘋顛顛地瞎說了。」

其實，周顛看似渾人，但他所說卻並不瘋顛，反而頗有點小聰明。他將趙敏與圓眞相提並論，無非是爲了小小報復一下趙敏此前對明教的屢次不敬，諷刺之前又加上「以前」兩字，潛台詞是在提醒趙敏：「我是說你『以前』，沒說你現在。」即使趙敏要惱，也無法發作。明教群豪中也就數周顛最熬不住，話到嘴邊，不吐不快。而有此心者難道還會少嗎？只不過礙於教主的面子隱忍不發而已。這一節，趙敏早已料到，因此她只報以微微一笑。明教群豪怎麼看她，她心裏有數。不光明教，英雄大會中她得罪過的人沒有大半也有一半，可她又何曾怯了？以前，她一心想憑著自己的聰明才智，以女兒之身立下男子的功業；現在，她拋下一切跟隨張無忌，一心只是想方設法要幫自己的無忌哥哥排憂解難。儘管後來趙敏與楊逍還共同計議，請范遙率領洪水、厚土兩旗，潛入寺中相救空聞方丈，保住少林寺的百年基業，免遭烈火屠焚，在眾武林同道面前讓明教大大長了面子。可她也並未想以此討明教的好，她深知在其他人眼裏，她始終是番邦蠻女，要不是爲了她的無忌哥哥，她才懶得理他們。至於朝廷與江湖門派的恩恩怨怨，她現下管不了這許多，也不想管了。

事實證明，她敏敏特莫爾的眼光沒有看錯。元兵圍山之時，張無忌本想與趙敏商議打退元兵之法，以她之足智多謀，定有妙策，但轉念一想：「她是朝廷郡主，背叛父兄而跟隨於我，再要她定計去殺自己蒙古族人，未免強人所難。」是以話到口邊，又忍住不說。趙敏鑑貌辨色，已知其意，見張無忌能體諒自己的苦衷，大覺寬慰。

縱觀金庸小說中的機敏女子，聰明伶俐、心思縝密的不少，但像趙敏這樣轉變立場來運用智慧、讓人先恨後喜的卻很少見。黃蓉雖然一開始被稱作「小妖女」，但她的聰明卻處處古靈精怪又討人喜歡，凡是被她整的人，往往都被大家認爲是活該的，所以連向來仇視她的柯鎮惡最後都對她改變了態度。《笑傲江湖》中的任大小姐則是羞羞答答、靦靦腆腆，心裏明明喜歡極了，但嘴上硬是不說。好在令狐沖比較開竅，一點就通。《飛狐外傳》裏的程靈素由於是藥王門下出身，日常學的就是用藥於神不知鬼不覺之中，因此如果不是她事先說明，誰都猜不到她會有什麼布置。她的智慧讓她把自己小心翼翼地隱藏起來，這樣可以免受傷害，但也永遠無法讓人猜透。

而趙敏是很以自己的聰明絕頂自負的。她剛出場時的那些「作爲」，著實是令人匪夷所思，又不由得人不覺得這小丫頭忒也歹毒。但那時趙敏是作爲明教的對立面出現的，爲朝廷做事讓她只求結果不計手段。直至她傾心於張無忌，凡事以張無忌爲中心，趙敏這個人物才開始讓人喜歡。只覺得她看事看人無不高人一等，事事料理停當，免了張無忌的後顧之憂，又爲他掃清很多麻煩，聰明得很張揚，絲毫不給人留有餘地，有時甚至什麼都給她的無忌哥哥安排好了。不過反正她的無忌哥哥生來是個極易受別人影響的人，對此也並不覺得沒面子，反而對她更加依賴。少室山上一時不見了趙敏，他就心急如焚，顧不得饑渴，巴巴地去找。因爲張無忌已經明白，自己對趙敏乃是銘心刻骨的相愛，他已經無法想像沒有趙敏在身邊的日子了。張無忌不負她，總算趙敏的一片苦心沒有白費。

世上才貌雙全的女子難求，趙敏居其一；

而才貌雙全又文武雙全的女子更是難得，趙敏又是其中之一。

她是蒙古人，稟性中自然有其祖先馳騁草原的豪邁壯志，這使得她生性好武，並且學了一身好武功。金庸小說中武藝高強的女子不少，但生性好武的姑娘卻少見。而且往往都是由於家學淵源或尊師命而習武，如趙敏這般自覺自願的並不多見。像《天龍八部》中於天下武學無不精通的王語嫣，也只願通曉各家各派的招數，而不屑去舞刀弄劍。趙敏則不然，她覺得僅僅師從汝陽王府中的武功高手，還很不過癮，所以，在擒獲六大派群豪之後，她每天晚上必定還到關押六大派高手的萬安寺裏偷師，企圖學盡天下的精妙武功，以變化多端的招式，彌補自己作爲女性在體力和內力上的先天不足。若不是出於天性對武藝的喜好，以她郡主之尊，出入自有前護後擁的成群衛士，既無性命之憂，又何必來吃這份苦？可這位紹敏郡主，對此倒樂此不疲。

除了武功，趙敏對漢民族包羅萬象、博大精深的文化同樣著迷。她與哥哥庫庫特莫爾都愛做漢人打扮，說漢人的話，還各自取了一個漢名。明教群豪初至綠柳莊時，就見到大廳左壁懸著一副大字，詩曰：

白虹座上飛，青蛇匣中吼。
殺殺霜在鋒，團團月臨紐。
劍決天外龍，劍衝日中斗。

劍破妖人腹，劍拂佞臣首。
潛將辟魑魅，勿但驚妾婦。
留斬泓下蛟，莫試街中狗。

詩末題了一行小字：「夜試倚天寶劍，洵神物也，雜錄『說劍』詩以讚之。汴梁趙敏。」

這幅字筆勢縱橫，頗有嫵媚之致。如若不是趙敏對漢文化的造詣頗深，又怎能讓明教群豪一見之下，便誤識她爲中州舊京子弟呢？可以說，對於漢蒙之分，她個人並不狹隘，只是要愛便愛，要恨即恨，不忸怩也不作態，要不怎麼看上了張無忌這位漢家男兒呢？倒是張無忌等人強分蒙漢，將她瞧得忒也小了。雖然張無忌後來接受了她，但是周圍的人卻並非如此，除了張三丰，人人都覺得張無忌與她交往會有礙抗元大業。所以趙敏最後才無可奈何地選擇了與漢族許多文人士大夫相似的作法，歸隱山林，混跡於芸芸眾生之中，不問世事。

如趙敏這般身世顯赫、才貌雙全、文武並舉的人，若非生爲女兒身，自當大展宏圖。然大凡女子一旦爲情所困，則往往但求與愛人安安靜靜廝守一生。以趙敏的性格本不該如此，但誰叫她遇上了張無忌呢？

春花秋月何時了【注二】——趙敏與周芷若

春花與秋月同樣是世界上最美麗的東西，春天的鮮花絢爛多情，秋天的月亮皎潔無瑕。而趙敏的「燦若玫瑰」正如同春花，周芷若的「雅如水仙」就像秋月。雖然是兩種風格迥異的美，但同樣令人驚豔。

書中在寫到周芷若的時候非常喜歡用「清麗」二字。她初遇張無忌時只有十歲，雖然「衣衫敝舊，赤著雙足」，但仍然掩不住絕世的容顏，連修養深厚的張三丰也認爲她「容顏秀麗，十足是個絕色的美人胚子」。我們跟從張無忌的視角，見到了少女的周芷若，只見她「清麗秀雅，容色極美」，長大後被趙敏所俘虜的她則是「清麗如昔」，到了靈蛇島被金花婆婆所劫持的她雖然滿頭水珠，但仍然「清雅秀麗，有若曉露水仙」。這種辭藻的修飾，使周芷若的形象有如天外仙人，不食人間煙火。

而趙敏的美麗是生氣勃勃的。她的相貌「俊美異常」，她的眼睛「黑白分明，炯炯有神」，人們眼裏的她「十分美麗之中，更帶著三分英氣，三分豪態，同時雍容華貴，自有一副端嚴之致令人不敢逼視」。可見趙敏的美有著強烈的生命力，是一種健康的美麗。

一個是仙女的美，一個是人世間最極致的美。在容貌方面，趙敏和周芷若打了一個平手。所謂各花入各眼，要看個人情況而定嘍。

比氣質，趙敏是貴族出身，有一種與生俱來的貴氣，這是模仿不來也學不來的。她處事落落大方，舉手投足都很有分寸。周芷若出身貧民，父親是漢水上的船夫，家世自然不能與趙敏相比。但她自小長在峨嵋山，受到嚴厲的管教，使得她的氣質溫婉嫻靜，與世無爭，但處事卻不免失之於不大方。所以，氣質方面，是趙敏略勝一籌。

比性格，趙敏活潑外向，倔強，有主見；周芷若溫柔但不免拘謹，敏感，內向謹慎。趙敏心中藏不住東西，心懷坦誠；而周芷若心思縝密，善於在心中謀畫，這種人是最可怕的。從她為嫁禍於趙敏而不惜自毀容貌這件事情，便可見一斑。這樣一比，單純的趙敏顯得可愛多了。起碼她不會算計別人。但她俘虜各大門派高手一事又另當別論。

在感情的處理上，趙敏是主動出擊的類型，她不喜歡等待，不喜歡聽從別人的安排。她有自己的追求，敢愛敢恨，永不放棄，執著勇敢。她更像是今天的新女性，不逆來順受，不怨天尤人。而周芷若則是舊式的女性，被動，傳統，逆來順受，嚴格遵守著三從四德、女誡等等。不過，感情這個問題私密性很強，人們對此的看法也完全是「蘿蔔青菜，各有所愛」，不能夠強行判斷孰優孰劣。

在人緣方面，周芷若因為溫柔體貼、因為柔弱、因為行事謹慎、因為不囂張不放肆，所以深受男權社會中主宰世界的男人們的一致贊同。而趙敏因為太強、太厲害，受到男人們本能的排斥。於是這一領域周芷若勝出。

論武功，周芷若以峨嵋派堂堂掌門的身分令人敬佩，同時又從屠龍刀中得到了武林至寶《九陰眞經》，其武功造詣自是不可小覷。而趙敏自小好武，又因為家族的緣故而能夠博採眾長。這方面，兩人又是握手言和。

論才智，趙敏機智聰敏，大教主張無忌都常常在她面前甘拜下風，而周芷若倒顯得一般性，除了會安排計策嫁禍趙敏以外，連個嘴尖舌利的師姊丁敏君也對付不了，後來在屠獅大會臨結束前，更是氣急敗壞，完全失去了一派掌門應有的氣度。所以，這方面自然是趙敏占先。

總之，綜合指數趙敏以三勝一負一平局勝出——還是張無忌先生慧眼識珠。

無論淺碧深紅色，皆是花中第一流【注三】——趙敏與小昭、殷離

小昭與趙敏完全不同，其實小昭更像是周芷若，溫婉、謙讓、賢淑、美麗、聰慧，這樣的女孩子幾乎是十全十美了，連作者自己也說心中最鍾愛的是小昭。小昭的形象是對中國古代婦女的最好概括。她從來不為自己爭取什麼，言聽計從，母親黛綺絲要她潛伏進明教，她就不惜犧牲自己的美麗容顏，甘心當楊不悔的丫鬟，對楊不悔無緣無故的打罵逆來順受。後來，為了母親，也為

了張無忌，她當上了波斯總教的聖處女教主，看上去風光無限，但此後漫漫長夜，眞不知她將如何度過？……爲了親人，小昭可以隨時犧牲自己。也許小昭是很偉大的，但她不能與心愛的人在一起，享受不到琴瑟相合的快樂，作爲一個女人，她是失敗的。她雖然溫婉、雖然賢淑，但在她的身上很難看到她自己的個性，她似乎是沒有自己的思想的，生命的一切意義好像就是爲了讓母親能夠功德圓滿地回到波斯。她喜歡張無忌，可是卻對張無忌的花心無動於衷，她不知道妒忌、不知道生氣、不知道難過，也許她認爲自己是不配和張無忌談戀愛的，在她身上有太多太多社會封建禮教束縛的痕跡，她的生命是拘謹的、不自由的。

趙敏則不同，在趙敏的身上，我們所看到的，更多的是生命的美麗、生命的自由、生命的無所顧忌，她讓我們覺得生命是這樣美好。也許，如果要人們選擇，無論是在當時的社會，還是在現代社會，更多的男子會選擇小昭，而不會選擇趙敏。但是，趙敏依然光華四射，散發著她獨特的魅力。

殷離與趙敏最相同的一點，就是兩人都是封建社會的背叛者。殷離不滿父親對小妾的偏愛，不忍心母親為了父親而傷心，她殺了二媽，然後開始了她的江湖生涯。她的心中一直在追求一種一夫一妻的生活，可以說她是一個女權主義者，追求的是一種女性自己的權利，但她注定是要失敗的，父親不允許她這樣做，當時的男權社會也不會允許她破壞既定的規則。她的身上也有如同趙敏的蓬勃生命力，但她沒有趙敏幸運。她不肯清醒，不肯回到現實中來，她寧願自己活在幻想中。在她的幻想中有少年張無忌的英俊驕傲，有成年曾阿牛的忠誠憨厚，她把這二者合而為一，組成了一個完美的愛人形象。但是，現實是張無忌已經成長，他的心中已經有了自己心儀的對象。他已經不是當年蝴蝶谷中那個懵懵懂懂的少年了。可殷離卻固執著一直活在過去之中。她的悲劇在於她過於偏執。

而趙敏就完全不同了，她既是執著的，又是善於隨機應變的，所以，不管周遭環境怎麼改變，她都能夠生活得比較如意。

梅須遜雪三分白，雪卻輸梅一段香【注四】——趙敏與殷素素

趙敏與殷素素是婆媳關係，可惜她們從來沒有見過面，否則必定會成爲知己。殷素素與趙敏有很多共同點，且不說兩人都是貌美如天仙，也不說兩人都智慧非凡，單單就說戀愛方面，兩人也具有驚人的相似經歷——殷素素愛上的是名門正派武當五俠張翠山，而她自己卻是天鷹教的堂主，從身分方面來說，兩人是根本對立的。在世俗的眼光中，被稱爲「妖女」的殷素素是絕對配不上優秀的張翠山的。如果沒有謝遜把他們兩人帶到了世外桃源的「冰火島」，他們是不可能結合的。但命運就是喜歡開玩笑，殷素素最後不僅嫁了張翠山，而且還和他情深意篤，並誕生了他們愛情的結晶——張無忌。

趙敏的身分比之殷素素來說，是有過之而無不及，更加令江湖人士毛骨悚然了——眞名敏敏特莫爾的趙敏是蒙古貴族，是元朝郡主，不僅爲那些名門正派所不齒，就是魔教各派對她也十分不屑。趙敏與張無忌不僅地位不同，而且階級也不同，漢蒙異族，官民殊途，她如果要與張無忌結合，必定要背叛自己

的階級、民族和國家，而且，趙敏也毫不猶豫地這麼做了。最後，她獲得了愛情。

趙敏與殷素素單就女人這點而言，是幸福的，因為她們能夠把握自己的命運，比起當時許多只能依靠父母之命、媒妁之言來完成婚姻的閨門千金來說，委實是幸運許多，同時也令人欽佩。

我們還不妨順便提一下，殷素素和張翠山的故事、趙敏和張無忌的故事，這兩部分的關係恰恰彷彿古代話本小說中的「入話」和「正話」關係，是相輔相成，互為補充的。所以，見殷素素則見趙敏，見趙敏亦可見殷素素。

【注一】「貂裘換酒足堪豪」：此處化用了鑑湖女俠秋瑾《對酒》詩裏面的句子，原句是「貂裘換酒也堪豪」。

【注二】「春花秋月何時了」：語出南唐後主李煜的詞作《虞美人》。

【注三】「無論淺碧深紅色，皆是花中第一流」：此處化用了宋代女詞人李清照《鷓鴣天・桂花》裏面的句子，原句是「何須淺碧深紅色，自是花中第一流」。

【注四】「梅須遜雪三分白，雪卻輸梅一段香」：語出宋代詩人盧梅坡的《雪梅》。

趙敏的人生哲學

附錄正編

有道是「文學是人學」，人物對於文學作品，尤其小說，是十分重要的。雖然我們這個小冊子和讀者談的是金庸先生《倚天屠龍記》裏的女主角之一：趙敏。但鑑於趙敏並不是孤立存在的，她是和書中其他人物相輔相成、同生共存的，而且《倚天屠龍記》由於創作上的需要，其敘述結構又是以男主角張無忌爲中心的。所以，有幾個重要人物的故事顯得有些零散，甚至不夠完整。如郭襄是峨嵋派的創始人，她的人生觀無疑對她的徒子徒孫有著深刻的影響——具體到趙敏，我們則可以清晰地看到郭襄對趙敏的主要情敵周芷若的影響；又如謝遜，其生平行事是全書情節走向的一條極其重要的線索，但書中關於謝遜的描述卻是斷斷續續，很不連貫……。

爲了幫助讀者更方便地閱讀原著和理解人物，筆者不揣譾陋，將有關人物的故事加以改寫或補寫，以「小傳」或「外傳」的形式列於「趙敏大事記」之後，以饗諸位金迷。

趙敏大事記

至正十年　西元一三五〇年
零歲　　趙敏出生，蒙古名敏敏特穆爾，被封為「紹敏郡主」。

至正十一年～至正二十六年　西元一三五一～一三六六年
一歲～十五歲　在汝陽王府長大；助父管理江湖上的各幫會、番僧以及西域武士。

至正二十七年　西元一三六七年
十六歲　　綠柳山莊，初遇張無忌，下藥迷倒明教高手；與來奪解藥的張無忌雙雙落入陷阱中，遂生情愫。

上武當山，冒充明教教主張無忌襲擊武當派，又遇張，後贈藥給他。

大都萬安寺內，欲辱周芷若，張無忌突然現身相救。

邀張無忌至一小酒店，表明心跡，然後又與之交戰於萬安寺。

隨張無忌出海跟蹤金花婆婆，遂訪得謝遜與屠龍刀的下落。

遇波斯明教總教之人，幸得小昭相救，與張無忌、謝遜、周芷若和殷離一起流落於無名小島之上。

在島上遭周芷若陷害，被流放；回到大都後，派人尋訪張無忌等人的下落。

在丐幫大會上偶遇張無忌。

與張無忌去尋訪謝遜等人的消息，風雪夜在一山洞發現莫聲谷的屍體，又遇武當五俠，與之交手，受傷。

被張無忌留在旅店中，單身尋訪得知謝遜下落；見張與周親密，一氣之下回轉大都。

至正二十八年　西元一三六八年　十七歲

大都，上元佳節，命人上演屠龍刀與倚天劍失蹤的眞相，望張無忌能明白。

大都小酒店又遇張無忌。

趕到濠州，大鬧張無忌與周芷若的婚禮，帶走新郎，卻遭周芷若攻擊，受傷。

與張無忌在趕往少林寺的路上，遇父王，遂與之斷絕父女關係。

在一破廟內與張無忌合力殺死成崑的手下。

在少室山下與張無忌喬裝夫妻，住入杜氏夫婦家中。

一雨夜，聽張無忌之清嘯而去與之相會，躲過周芷若的暗算。

在「屠獅大會」上幫助張無忌出謀畫策。

被周芷若挾持，棄於亂草中，然亦從而得知張無忌對己的一片眞心。

與張無忌上武當山拜見張三丰等尊長。

與張無忌回濠州，遇朱元璋等人；張無忌退位。

與張無忌隱居。

【附錄正編之二】

郭襄外傳

郭襄與小龍女、楊過分別之後，整日爲相思所苦，於是作別父母，離開襄陽，藉遠遊之名探訪楊過夫婦下落。一路行來，風景依舊，而人事全非。

一日行至江南，只見黃昏墮日，鳥兒雙宿，村婦喚歸，憶及自己青春年少卻孤身一人，不覺心中愁腸百結，心想：縱是找到大哥哥，又怎的？自己也無法與他朝夕相處，只會讓三個人都更加傷感而已。罷，罷，罷，縱是相思又何如？錯，錯，錯，只是情緣捉弄人。

不日郭襄又來到嵩山少林，遇見一白衣男子揮劍撫琴，神情落寞，她不覺和琴而歌，彈罷又瀟灑而去，只留得那人一心的詫異和傾慕。那男子不覺情愫暗生，心底只留下一個淡黃色的倩影。知己難求，琴瑟和鳴亦難。世間耍刀弄槍的女子固然不少，國色天香也不爲所奇。只是這等文武雙全的女子甚少。何況與己有琴語棋言，如若長伴左右，豈不是人間美事？唉，只可惜，未請教姑娘芳名。這茫茫人海再要相遇談何容易。這白衣男子忽喜忽悲——他就是崑崙三聖何足道。

一日皓月當空，清風拂柳，何足道對月撫琴。琤琤琴音，無人相和，不免又是愁絲萬縷。忽地憶起那日黃衣女子所奏之曲，不覺以指弄琴，娓娓而彈。又憶起自己所奏之曲，心想：若我與她能雙雙在此撫琴，流連於山水叢林，以琴瑟言情，也不枉在人世走一遭。於是雙手靈動，一段新曲由此而成，卻道是《考槃》與《蒹葭》的融合。他當晚便反覆彈奏，心想待上得少林寺交代完他人所託之事，我即縱馬於中原山河，找尋那著淡黃色衣衫的女子，將此曲奏予她聽，不知姑娘是否能夠領會我意。想那日她對古曲的見解如此精到，定能聽懂我的新曲。一路上少林，這崑崙三聖何足道念念不忘那林中一見。

那日，何足道上得少林寺途中，忽聞打鬥聲，走近一看，竟是那日所見黃衣女子與西域少林派弟子在爭鬥。當下壓破石亭而下，邊奏那日所悟之曲邊單手使劍，鬥敗了那三人。隨後，二人同上少林傳話，卻不料枝節叢生。何足道因無法接受自己不敵少林小小掃地僧張君寶的事實，慚愧萬分，心知無臉面對自己心儀的姑娘，竟轉身下山，浪跡天涯。

郭襄見何足道這樣，心動之餘，也不免感歎世間男子一生終是爲聲名所累，全不及大哥哥能夠爲自己心愛的女人隱退江湖，躲避世俗之擾。未料如此瀟脫的何足道也爲名所累。縱是棋藝高超、樂曲綿綿又何如？還不是縈念自己的名聲，匆匆從世人的眼際消失了。

罷了，還是下得山去，打探大哥哥的消息。但願能見得他與嫂子小龍女。人海茫茫，二人又全無音訊，但又叫人如何拋卻？郭襄正在思前想後，竟見少林寺眾僧對張君寶動起手來，驚詫之餘，她已躲入覺遠的大鐵桶逃下山去。

一刻鐘工夫，到得一片荒草叢，在寂靜漆黑的晚上，覺遠默誦著《九陽眞經》圓寂了。郭襄葬了覺遠，又安排張君寶上襄陽城去投奔自己的父母，而她自己仍是騎驢浪跡天涯海角，找尋楊過夫婦的下落。

陽春三月，草長鶯飛。江南女子如柔柳拂水款款而來，深情而歌。郭襄不覺流連此地。心想，此地人傑地靈，風景秀麗，想必小龍女會喜歡，說不定大哥哥他們會在此處。再看這春之美景，只見杜鵑雙飛，野鴨雙游，花兒成堆，佳木成林，行人如織。男子手搖紙扇，女子手執紗扇，吟詩撲蝶，個個臉上洋溢著笑容。再念及自己，淺衫佩劍，孤子一人，形影相弔。如若大哥哥在此，這一路必定不會寂寞。只是如今，縱是他在身邊，也只是讓自己更煩惱罷了。自己再是怎的開脫，也無法對心愛之人無動於衷。錯！錯！錯！皆是緣分弄人，人更愁。

一路遲遲暮暮，不時有風流倜儻的男子，文謅謅地上前搭話。只是郭襄心中只念及楊過一人，全是不理不睬。尋尋覓覓，不覺已是春盡。騎驢南下，一路走走停停，聽的都是些傳聞。一日在客棧用飯，忽聞鄰近桌子嘈嘈雜雜，豎耳細聽，竟得知襄陽城失陷，父母及全家已經殉城而亡，郭襄不覺癡了、傻了。呆呆回到房中，只是愣坐在那裏。良久，驀地衝出店門，扔給小二一錠銀子，騎驢向襄陽城趕去。只是驢乏人傷無力前行，不由痛哭出聲。大哥哥音訊全無，爹娘姊姊姐和弟弟也離自己而去。這茫茫人世還有誰會牽掛自己？若干年後，爹的英名早爲世人所遺忘，娘的聰慧也無人知曉，自己一路尋尋覓覓，又有何果？佛曰：種因得果，因果相報。自己的因果又該如何釋之。不如就此打住，潛心習藝，將郭家之武學發揚光大。於是，覓得一絕勝山谷，結廬爲舍，閉門修鍊武學。

一日練劍，忽悟得《九陽眞經》，於是「劍」、「經」相融，輔之於佛學，竟誕生了一個武學大宗師和一個武學大門派——郭襄創立了峨嵋派。

郭襄雖已心如止水，但對於手下徒兒卻無所苛求，也允許他們談論婚嫁，只是她自己心中一生只容得下楊過一人，其餘男子皆不正眼以瞧。她收徒以女弟子居多，縱是收了男子，也一概是由女弟子代傳武功，以免觸景傷懷，又憶及傷心往事。不過，自風陵以下，峨嵋弟子大都景仰郭祖師，有不少也是終身不言婚嫁的，尤其是女弟子們，爲人處世更加常常自覺不自覺地以郭襄爲楷模。

中秋之夜，圓月當空，郭襄在月下舞劍，大弟子風陵陪伴一側。風陵是個沉默少言的女子，原本也是出身武學之家，雖非江南名家，卻也是家學淵源，無奈自己所思慕之人竟是仇人之子，傷心之餘，留書一通作別父母，遠走他鄉，上了峨嵋山，師從郭襄。她資質聰穎，深得郭襄喜愛，且亦心中容不得其他男子。這與郭襄的脾氣倒是相近，師徒相得，皆是人間癡情女子。

獨處時，郭襄舉頭望月，只見星月團圓；低頭思親，卻已無人可思，縱是懷念，亦是徒增傷感。爹爹武功蓋世，娘又聰明賢慧，一對人間神仙眷屬，只為一座襄陽城而玉石俱焚。還有刁蠻潑辣的大姊，憨厚的小弟，眾多的師兄師弟，都與襄陽城共存亡，只留遠遊在外的自己於天地之間。縱是自己能夠成就武學大義，又能如何？還有大哥哥、小龍女，竟連個生死也無以知曉。武功蓋世又怎樣，到頭來還不是一抔黃土？

兩情相悅，暗生情愫，終身相許，又是如何？還不是思念的望斷愁腸，相聚的吵吵鬧鬧，到頭來總是齊赴黃泉，自己又何必糾纏於此？不如就此而去，縱情山水。思罷，叫近風陵，低聲說道：

「風陵，為師將派中事務轉託給你，望你好生照管。」

「師父……」風陵欲言又止。

「風陵，我意已決，你不必多言。只是為師有幾句話要告之於你，你先將指環戴上。」

「是，師父。」風陵低聲答道，並默默地將代表峨嵋派掌門身分的鐵指環戴在了自己的手指上面——那指環上，分明猶帶舊主人郭襄的體溫。

「我峨嵋派雖信奉佛學，但是帶髮修行，幫中弟子如要婚嫁生子，切不可阻攔。還有，幫中也可收男弟子，切不可加以爲難。」郭襄緩緩道來。

「是，師父，徒兒遵命。」風陵朗聲答道。

「還有一件事，作爲本派的秘密，爲師一直未曾與你提及，今日將它告訴你，望你好生記著，好生護之。」

「是。」風陵答應。

「你可知道我的這柄倚天劍是從何而來的？」郭襄說著，將一直懸在自己腰間的倚天劍解了下來，鄭重地交到風陵的手裏。

「弟子不知。」

「說來話長，想當年我爹爹武藝高強，精通兵術，後又死守襄陽城，爲人景仰。他爲何能夠守城多年？——除了他的武功以外，他擁有一本專門講述行軍打仗的書籍《武穆遺書》和一套武學秘笈《九陰眞經》，也是重要的原因。」

「那兵書和眞經爲傳世之寶，我娘心思甚密，恐它們在襄陽城破後被邪道中人所得，爲虎作倀，貽害武林蒼生，所以她早在襄陽陷落前的兩、三年，就開始考慮身後之事，包括如何妥善安置《武穆遺書》和《九陰眞經》。」

「那一年，我四處找不到楊家大哥哥和大嫂小龍女，離家日久，也十分思念爹娘，就回到襄陽去看望父母家人。回家的第二天晚上，我正在房中對著大哥哥送給我的玄鐵重劍出神，我娘進來看我，和我商量兵書和眞經的安置之法。」

「我娘一看到玄鐵寶劍，眼睛一亮，道：『有了！』」

「原來，我娘想到了一個絕妙主意，就是她決定把大哥哥送我的玄鐵重劍熔化，重新澆鑄，成爲一刀和一劍，並將兵書和眞經密藏於劍中和刀中，名之爲『倚天劍』和『屠龍刀』。倚天劍由我收藏，而屠龍刀則歸我弟弟破虜使用。凡是想得到《武穆遺書》和《九陰眞經》的人，必須先得到此劍和此刀，然後刀劍互斫，才能得到裏面的兵書和眞經，練成曠世奇功，習得行軍打仗之奇法，成爲武林之尊。」

「哦，原來是這樣！」風陵恍然大悟。

郭襄淡淡一笑，繼續沉浸在往事之中。

「倚天劍和屠龍刀鑄造完成不久，我就帶著倚天劍和用鑄刀劍剩餘的玄鐵所鑄的指環，又一次離開了家，繼續尋找大哥哥的下落。另外，我也想尋找我外公黃藥師，要讓娘和外公在襄陽城破之前再見上一面。因爲，我知道，我爹娘是明知不可爲而爲之，襄陽城破是遲早的事了，爹既然決意殉國，娘也絕對不會獨活。外公和娘父女倆多年來聚少離多，我覺得，應該讓他們見上最後一面。」

「可惜，我一直沒有訪到外公和大哥哥的下落。襄陽城陷落的時候，我也沒有能夠陪伴在爹娘身邊。破虜也殉國了，屠龍刀自然亦不知去向。」

「風陵，爲師要你以後多加探訪，找回屠龍刀。這個秘密娘只告訴我們兄妹三人，我們一家人殉難後，爲師是唯一的知情者，以後你若找不到屠龍刀，你就將之告訴下一代掌門，由她帶領本派弟子完成爲師的夙願。」

「是，弟子謹遵師命。」風陵認眞地回答。

「好了，今日你早點歇息吧！」

「是。」風陵轉身回房。

翌日一早，風陵照例到師父房中請安，但見陳設依舊，卻獨不見師父影蹤。

作者的話

按照原著的描述，倚天劍和屠龍刀是黃蓉在襄陽城破前所鑄，故郭襄在離開襄陽時不可能攜帶倚天劍；同時，郭襄在四處尋訪楊過的下落時，曾在少林寺等地與人動手，隨身的武器也只是一柄短劍，而不是長劍，更不是倚天劍。而後來郭襄的徒孫滅絕師太的倚天劍是得自師傳，還是她自己尋覓得來的，作者並沒有交代。而郭襄是倚天劍的第一個實際擁有者的可能性最大，也最符合情理。所以，〈郭襄外傳〉姑且假設郭襄中途曾經回過襄陽，峨嵋派的倚天劍便是在這時候由郭襄帶出襄陽，並代代相傳。

【附錄正編之二】

張三丰外傳

將重傷的無忌交給胡青牛，無可奈何地和無忌分手後，張三丰帶著芷若回轉武當，一路並無險事。只是見到身邊的小姑娘，就會想起不知無忌這孩兒怎樣了。傳聞蝶谷醫仙爲人詭異，江湖人稱「見死不救」，此去不知是禍是福？「爺爺，我們將去哪裏？」一路的沉默讓小小的芷若想起江上的破船，也念起父母來。「回武當。」但即使愛孫如命的張三丰，也不能理解此時小芷若的心。

幾日之後，他們回到武當山。宋遠橋見師父只帶了一位陌生女孩回山，煞是疑惑。但師父行事又一向光明磊落，便不再多問。張三丰問過觀中事宜，見無大事，便吩咐宋遠橋好好照顧這女孩兒，並告之她的父母均被元軍殺害了。當下，張三丰又閉關練功，而小芷若便由宋遠橋囑人照顧。只是恰逢宋遠橋之妻帶了孩子宋青書回了娘家，而教中又無兒童與芷若玩耍，不覺讓芷若更是思念父母。而誰又會想到，幾年後這個女孩會與宋遠橋、宋青書有著理不清、道不明的關係呢？

閉關出來，張三丰不免問及芷若。宋遠橋只淡淡地道聲還好。一日，張三丰見著芷若，不免又想起無忌來。不知這孩子體內的毒是否去除了？想來這孩子也是命苦，小小年紀就喪了父母。如果翠山在，今日武當七俠早已名震江湖，武當劍術也必上一層樓。偏偏命運作弄人，一個殷素素竟會血濺紫霄宮。世間正義邪惡雖有明斷，但翠山徒兒究竟錯在何處？爲一個「義」字，也爲一個武林罪人謝遜，竟要如此。六大門派追查元兇亦是情有可原，但長此以往，也不知何時是個盡頭。師父原本出自少林卻被少林逐之。世間邪惡原本在心。何況武林中人，自是以義爲上。傳聞明教行事詭秘，一個少女耳濡目染，不免如此行事。如不是冰火島之困，他們二人也早無瓜葛。思來想去，饒是一代宗師也不免爲親情所苦。淒切殘月，如此又是一晚。

近日來，張三丰日夜研究《九陽眞經》。無奈其間夾雜不少梵文，總是不得其解，不免心中鬱悶。想起翠山之託，頓覺無顏為師。而江湖險惡又為無忌擔心。當下命門下弟子，如下山走動，定當打探無忌近況。一日，門中弟子傳聞蝶谷醫仙已被金花婆婆所殺，懸屍於林野，而無忌卻不知下落。張三丰不覺心中一悲，仰天長歎：

「武當派名震天下，武當七俠忠義傳世，老道虛度一百，這一切又何如？竟連自己的徒孫都無法保護，還不如就此飄然而去。」

說這番話時，張三丰神情淒涼，全無往日的逍遙灑脫。而宋遠橋等眾弟子見了，也不免傷感，竟不知如何勸慰，只道：「師父，一切都是天意。無忌有眞君保護，必定無事。」一干人戚戚然，就照冷月，不覺心灰意冷，全無學道之人應有的飄逸豁達。

又話說當年六大門派雲集武當，殷素素自裁前故布陷阱，假裝將金毛獅王的去處告之了空聞大師。此後各大門派紛紛藉各種名目上得少林寺，向空聞打探謝遜下落，其間不免有偷窺少林隱秘之人。而少林寺為還自身清白，不免刀劍相加，一時間各大門派紛紛出手，正道邪道人物競相出場。江湖血雨腥風。

空聞大師見少林寺捲入了一場武林紛爭，而這一切皆因天鷹教殷素素所爲，不免心生恨端。想到自己當日上武當，確實有逼死武當弟子張翠山之嫌，心中又是一懍。但現今局勢又非少林一派之所能爲。當下覺得，解鈴還需繫鈴人。雖說張翠山已死，但張眞人是一代宗師，必不會袖手旁觀，想必他會還自己一個清白與公道，使少林早日清靜。當下決定再上武當，請張三丰出面向六大門派說明眞情，表明少林派往事一概不咎。至於屠龍刀只要不危害武林，少林寺絕不出手奪取。轉念一想，當日張三丰帶張翠山之子來少林求治，自己百般推託，今日之事不知他會如何回答。

張三丰正在房內參悟《九陽眞經》，百思不得其解。忽聽弟子來報，說少林派掌門空聞大師帶弟子來訪，不覺驚詫。時事變遷，不知來者善惡。當下命廚下設素齋好生款待。

空聞見得張三丰，站起身來，恭恭敬敬地施禮，道：

「貧僧爲前些日子的事特來向張眞人道歉。」

張三丰起身還禮，道：

「不必，不必。一切天意，我等凡人無能為力。」

空聞又道：

「實不相瞞，今日老衲上山只為一事而來。」

張三丰淡然道：

「願聞其詳。」

空聞欠欠身，道：

「當日紫霄宮一事老衲深表遺憾。但你派徒媳『移禍江東』之計，讓少林永無寧日。老衲不得已，煩請張眞人出面釋其前嫌。」

張三丰淡淡答道：

「昔日之事，不必再提。翠山之死令貧道痛心。其後所滋之事，實乃因緣相報。」

空聞心想：必是這張三丰記恨逼死翠山、見死不救之仇。今日求人，且自低頭，便道：

「武當少林本是同根，盼張眞人念及此緣，洗卻江湖血腥。」

張三丰戚然道：

「想我武當也算名門正派。但世事難料，一個謝遜一把屠龍刀竟讓貧道痛失愛徒。可見貧道無能。江湖恩怨，貧道早已放下，一切亦不必追究。老道只求參悟武學，覓得『玄冥神掌』之解法，使得無忌孩兒能長大成人，方不負翠山臨終所託。」

空聞無奈，只得黯然下山。

「師父……」一直侍立一旁的莫聲谷欲言又止。

「聲谷，這事非爲師不肯爲。實乃無法爲。那日六大門派齊上山來即已說明問題。如今當務之急是尋得無忌，以免江湖惡人、六大門派爲謝遜下落及屠龍刀加害於他。」

「是，師父。」莫聲谷應聲退下。

斗轉星移，轉眼五個寒暑。張三丰四下派人找尋無忌，竟全無音訊，不知是死是活。而武林各派，大的、小的、正的、邪的，紛紛爲了那把屠龍刀、倚天劍而明爭暗鬥。武當六俠行走江湖，其間不免行俠仗義，武當派名聲日隆。

張三丰自己則很少下山，只在山中潛心研究武學。一日，風清月高。張三丰抬頭望月，思及陰陽八卦圖，忽然明瞭。太極圓形圖，陰陽相承，息息而生。人生人死，亦在圓中。陰陽相隔，終有可見。不覺心中一明，數年來的自責也淡然些許。想是無忌陽極已盡轉而爲陰。滄桑歲月，終將陰陽轉變，無忌之生死亦是如此，而當今武學亦莫不如此。張三丰不免豁然開朗。

【附錄正編之三】

陽頂天小傳

懸念迭起、疑雲密布是金庸武俠小說的一大特色，其中最出人意表的結局自然非《天龍八部》莫屬，而作爲「射鵰三部曲」之三的《倚天屠龍記》也不出其右。書中最大的一個奸角成崑爲了顚覆明教，處心積慮，機關算盡，苦心經營了多年，所使的陰謀手段在江湖上更是激起了無數的恩恩怨怨、情仇糾葛。他做的一切，針對的其實只有一個人，那就是明教第三十三代教主陽頂天。不過，陽教主在書中一直沒有正式露面，讀者對他的印象難免有些撲朔迷離，在這裏，我們不妨專門來瞭解一下陽頂天其人其事。

說到陽頂天，免不了要從明教的淵源述起。

《倚天屠龍記》中的魔教即摩尼教，東晉時期傳入我國，是波斯人摩尼（西元二一六—二七七年）所創。他不滿於祆教的統治，便以祆教爲基礎，雜取基督教和佛教，而另創一個新的宗教團體，該教教義倡導二宗三際之說——

二宗即明暗兩種對立的力量，分別代表了神和魔，認爲宇宙萬物就是這兩種對抗力量的統一體。摩尼殘經中說：淨風命使以五類魔和五明神二力而合，造成世界，十天八地。「如是世界，即是明身醫療藥堂，亦是暗魔禁繫監牢」。尊奉摩尼教的信仰，便可以去除人本性中的「魔樹」，栽種「莊嚴寶樹」，得無上大明清靜之果。然後可以「得離四難及諸有身出離生死，究竟長勝，至安樂處」。現實世界處於中際，明暗與眞妄的混雜是一切不合理現象的根源。它向人們許諾一個大明安樂的天國即將來臨——所以，又稱「明教」——給一些處於苦難不滿的人以美好的幻影和希望，藉以進行精神痲痹。

但是，摩尼本人被當局捕獲並焚燒而死，徒眾走避中亞諸地。唐武則天時，今新疆的羅布泊附近有東遷的索格底人聚居，他們即以摩尼教師爲首領。武則天延載元年（西元六九四年），波斯人佛多誕「持二宗經僞教來朝」，摩尼教從此在內地廣爲流傳。唐大曆三年六月二十九日，長安洛陽建明教寺院「大雲光明寺」。此後太原、荊州、揚州、洪州、越州等重鎮，均建有大雲光明寺。明教教旨是去惡行善，教眾不茹葷酒，崇拜明尊——明尊即是火神，也即是善神。教眾若有金銀財物，須當救濟貧眾，並且聚集鄉民，不論是誰有甚危難困苦，諸教眾要一齊出力相助。七六三年，摩尼教傳入回鶻，牟羽可汗盡率部民改奉摩尼教。朝廷爲了與回鶻交好，也優容摩尼教，先後在京師、河南府、太原府等地建寺，「江淮數鎭，皆令闡教」，摩尼教一度繁榮。但因明教與官府相抗，至唐武宗會昌三年（八四三年），朝廷下令殺摩尼教徒，摩尼教勢力大衰。自此之後，摩尼教便成爲犯禁的秘密教會，歷朝均受官府摧殘，當時又常稱其爲明教。

至梁貞明六年（九二〇年），「陳州末尼聚眾反，立母乙爲天子。」「其徒以不茹葷飲酒，夜聚淫穢，畫魔王踞坐，佛爲洗足，雲佛是大乘，我法乃大大乘。」這時的摩尼教已被視爲「浮屠氏之教，自立一宗」。北宋時，又通過賄賂主者的手段，把二宗三經編入道藏。道家承認老子轉生號末摩尼。這時，摩尼教已成爲完全中國化的吃菜事魔教，宋朝統治者將其視爲洪水猛獸。方臘起義被鎭壓之後，「法禁越嚴，而事魔教之俗越不可勝禁。」民間傳播越來越廣，各地的稱謂也不一，「淮南謂之二袷子，兩浙謂之摩尼教，江東謂之四果，江西謂之金剛禪，福建謂之明教。名號不一，而明教尤盛。」可見其教派的複雜。

然而，「法禁越嚴，而越不可勝禁」。明教成爲朝廷的死敵後，爲圖生存，行事不免詭秘，令外人頗感莫測高深。再加上教眾中也不免有不自檢點之徒，故與正大門派積怨成仇，更是勢成水火。終於，摩尼教這個「摩」字，被人改爲「魔」字，世人遂稱之爲「魔教」，被俠義道所瞧不起，甚至在打家劫舍、殺人放火的黑道中人的眼中，也成了妖魔鬼怪。

至元末，摩尼教因幫派紛雜，勢力漸弱，而從中孕育而生、自成一派的白蓮教，成了元末規模最大的依靠宗教的農民武裝組織。

在陽頂天成爲明教的一員的時候，明教已經爲避免中原的諸多紛擾，將總壇遷往西域崑崙雪嶺，在光明頂上繼續統籌大業。

話說自宋亡於蒙古之後，明教便以驅除胡虜爲己任，紛紛在各地起事反元。可是由於協調不當，與武林各派的罅隙反而越來越深。在第三十一代教主統領明教時，作爲明教傳代信物的「聖火令」，也不知如何地竟失落了。後來才知是爲丐幫所盜，輾轉又被波斯商人購得，流回了明教的波斯總教。這件事情使得第三十二代教主有權無令。中土明教雖然數次想迎回「聖火令」，但是總教卻以奉蒙古爲主相要脅，這是中土明教無論如何不能從命的。雙方相持不下，波斯總教執意不還，中土明教也絕不輕言妥協。陽頂天就是在這樣的情況下，繼任第三十三代教主之位的。

明教之中，陽頂天早以其武功、才德兼備，而成爲教主的不二人選，而且他爲人慷慨豪邁，深得教眾之心。但每當一想起驅除韃虜、興復漢室的大業，想起明教遭受武林中人歧視的境遇，他便感到身上這副擔子著實不輕。自任教主之後，陽頂天時時謹記前任衣教主的遺訓，不是一心打理教中諸務，便是專心練習護教神功「乾坤大挪移」——他覺得，早日迎回「聖火令」，光大明教，他責無旁貸。倒是教中兄弟紛紛勸他考慮個人問題，儘早成家立室，免得偌大一個明教，連教主夫人都沒有，忒也叫人瞧得小了。此事初次提到，陽頂天倒也不覺掛懷，只是感謝眾兄弟的一番好意。他一直在爲明教大業奔波，對於兒女私情，雖也曾有所縈懷，但想到韃子未除，何以家爲？此種牽掛便稍縱即逝。繼任教主後，自己年已四十有餘，況且又重任在身，縱使有一個令自己心儀的女子，但她十分年輕，未必肯嫁自己。所以，陽頂天對此事一直很猶豫。但是威震天下的明教教主的婚事是何等大事？經眾兄弟的多番勸說，陽頂天也漸覺身邊需要一位能與己傾心交談、爲己排憂解難、又能在光明頂當家理事的知心伴侶，教中兄弟雖多，然終究不及女子細心。於是下定決心，去向自己心儀已久的女子求親。

陽頂天以他明教教主的身分前去求婚，對方焉有不允之理？很快的，光明頂迎來了大喜之筵。明教各地的分壇分舵紛紛前來道賀，由於他們與中原諸派交惡，故也不奢望會有人前來道喜，於是光明頂上盡是自家人，正好可以大大方方熱鬧熱鬧，眾人都爲有了教主夫人而高興。席間，陽頂天見到自己新婚夫人的師兄、江湖上人稱「混元霹靂手」的成崑也來道賀了。此人武功甚高，向來潔身自愛，聲名甚佳，而且聽說此人與岳丈家乃是世交，他忙上前敬酒。那成崑道喜之後一飲而盡，因言有要事在身，也不多作停留就匆匆而去。陽頂天想到他是夫人的師兄，本欲多留他一會兒，見他匆匆離去，想是武林正派人士不願與明教多有瓜葛之故，便沒有強作挽留。

婚後，身邊多了一位細心照料之人，陽頂天正好可將精力更多地放於教中事務和練功上，陽夫人倒也體貼明理，並無甚怨言。每當念及此處，陽頂天總想：「夫人小我二十餘歲，尚甘心下嫁於我，我終須好好待她，方不負她此番情意。」一日，夫婦二人難得有暇外出漫步，不知不覺來到一處甬道，只見再往前甚是隱秘，陽頂天止步道：「前面不要去了，咱們回去吧。」陽夫人微感詫異，問道：「怎麼了？難道這光明頂上還有你明教教主不能去的地方嗎？」「不是我不能去，而是夫人你不能前去。」陽頂天笑道。「哦？」陽夫人更覺奇怪。「夫人有所不知啊，」陽頂天解釋道，「這再往前便是光明頂的秘道，乃是本教數百年來最神聖莊嚴的聖地，歷來只有教主一人方能進入，否則便是犯了教中絕不可赦的嚴規。咱們現下還是回去吧！」可是這回陽夫人更加不依了，陽頂天的一番解釋已激起了她的好奇心，非得去看看那明教的莊嚴聖境不可。陽頂天雖然極不願意，但他對夫人向來事事依從，絕無半點違拗，禁不起她軟求硬逼，終於帶了她進去。雖然這樣做與教規有悖，但畢竟自己是教主，夫人又是自己最親近之人，旁人也無法追究。

此後十餘年，明教在陽頂天統領之下好生興旺。他麾下隊伍整齊，能人眾多，左右光明使者、三法王、五散人、五行旗使，個個武功高強又各有所長。其中光明左使者楊逍、金毛獅王謝遜更是才智過人、文武雙全，因而備受重用。眼看復興大業有望，他不由頗感欣慰。但明教和武林各派的宿怨難以化解，也讓他很是頭疼。雙方常常一言不合就大打出手，連陽頂天自己也在與少林僧渡厄、渡劫、渡難的動手過招中，傷了渡厄的一隻眼睛。眼見梁子越結越多，終究須找個解決的辦法。

這日光明頂上突然來了三個波斯胡人，手持波斯總教教主手書，謁見陽頂天。信中言道，波斯總教有一位淨善使者，原是中華人氏，到波斯總教後久居其地，入了明教，頗建功勳，娶了波斯女爲妻，生有一女。這位淨善使者已於一年前逝世，臨終時心懷故土，遺命要女兒回歸中華。總教教主尊重其意，遣人將他女兒送來光明頂，盼中土明教善予照拂。對此事，陽頂天自是一口應允，請那女子進來。那少女一進廳堂，登時滿堂生輝，但見她容色照人，明豔不可方物。當她向陽頂天盈盈下拜之際，大廳上左右光明使、三法王、五散人、五行旗使，無不震動。護送她來的三個波斯人在光明頂上留了一宵，翌日便即拜別。這位波斯豔女黛綺絲便在光明頂上住了下來。

陽頂天生性慷慨豪俠，對夫人又一向愛重，黛綺絲的年紀盡可做得他女兒，何況是波斯總教教主託他照拂，自然囑託夫人，夫婦待她仁至義盡。可當時光明頂上見到黛綺絲美色而不動心的男子只怕很少，連名動江湖的「逍遙二仙」之一、明教光明右使者范遙也對她情根深種。不過明教教規嚴峻，人人以禮自持，就是有誰對黛綺絲致思慕之忱的，也都是未婚男子。哪知黛綺絲對任何男子都是冷若冰霜，絲毫不假辭色，不論是誰對她稍露情意，便被她痛斥一頓，令那人羞愧無地，難以下台。陽夫人同情范遙相思之苦，有意從中撮合兩人，想要黛綺絲與范遙結爲夫妻，不料卻被黛綺絲一口拒絕，說到後來，她竟當眾橫劍自誓，說道她是決計不嫁人的，如要逼她婚嫁，她寧死不屈。這麼一來，眾人的心也都冷了。陽頂天夫婦也不好違拗於她。

過了半年，有一天從海外靈蛇島來了一人，自稱姓韓，名叫千葉，是陽頂天當年仇人的兒子，他當眾言明上光明頂來是爲父報仇。眾人見這姓韓的青年貌不驚人，居然敢獨上光明頂，向名動天下的陽教主挑戰，無不哈哈大笑。但陽頂天卻神色鄭重，待以貴賓之禮，大排筵席地款待。宴後，面對眾兄弟或驚異或錯愕的表情，他說起情由：

「當年，我和他父親因一言不合動手，以一掌『大九天手』擊得他父親重傷，跪在地下，站不起身。當時他父親言道，日後必報此仇，只是知道自己武功已無法再進，將來不是叫兒子來，便是叫女兒來。我道：『不論是兒子還是女兒，我必奉讓三招。』那人卻道：『招是不須讓的，但如何比試，卻要我的子女選定。』我當時也就答允了。」

事過十餘年，陽頂天早就沒將這事放在心上了，哪知這姓韓的竟然眞的遣他兒子前來報仇，這也是他根本不曾料及的。

聽教主述畢往事，眾人均想：「善者不來，來者不善，此人竟敢孤身上光明頂來，必有驚人的藝業，但陽教主武功之高，幾已說得上當世無敵，除了武當派的張三丰眞人，誰也未必能夠勝得他一招半式。這姓韓的能有多大年紀，便有三個五個同伴齊上，陽教主也不會放在心上。所擔心的只是不知他要出什麼爲難的題目。」

第二天在聖火廳上，那韓千葉果然當眾說明了昔日的約言，先用言語擠兌住陽頂天，令他以教主之尊無從食言，然後不緊不慢說了題目出來——原來，他竟是要和陽頂天同入光明頂的碧水寒潭之中一決勝負。他此言一出，眾人盡皆驚得呆了，陽頂天也不免心中一凜——那碧水寒潭冰冷徹骨，縱在盛暑，也向來無人敢下，何況其時正當隆冬！自己武功雖高，卻不識水性，看來這韓千葉是有備而來。明教群豪眼見這人是存心與教主爲難，教主一旦下到碧水寒潭之中，不用說比武，凍也凍死了，淹也淹死了，群情激憤之下，忍不住齊聲斥責。

陽頂天縱橫江湖多年，平生最重信義，自己以一教之主的身分，豈能食言而肥，失信於天下？答允了人家的事，總當做到，此事決計無可推託。正自沉吟間，又聽韓千葉朗聲說道：「在下孤身上得光明頂來，原沒盼望能活著下山。眾位英雄豪傑盡可將在下亂刀分屍，除了明教之外，江湖上誰也不會知曉。在下只是個無名小卒，殺了區區一人，有何足道？各位要殺，上來動手便是。」堂上諸豪一聽，倒不能再說什麼了。

陽頂天思量半晌，說道：「韓兄弟，在下當年確與令尊有約。好漢子光明磊落，這場比武是在下輸了。你要如何處置，悉聽尊便。」韓千葉手腕一翻，亮出一柄晶亮燦爛的匕首，對準自己心臟，說道：「這匕首是先父遺物，在下只求陽教主向這匕首磕上三個響頭。」此言一出，堂上群雄無不憤怒，堂堂明教教主，豈能受此屈辱？但陽頂天既然認輸，按照江湖規矩，不能不由對方處置。眼前情勢已然十分明白，韓千葉此番拚死而來，受了陽頂天這三個頭後，他勢必立即以匕首往自己心口一插，以免死於明教群豪手下。

霎時之間，大廳之上竟無半點聲息。光明左右使「逍遙二仙」、白眉鷹王、彭瑩玉和尚等人，平素均是足智多謀，但當此難題，卻也都一籌莫展。韓千葉此舉，明明是要逼死陽頂天，以雪父親當年重傷跪地之辱，然後自殺。

就在這緊迫萬分之際，黛綺絲忽然越眾而前，向陽頂天道：「爹爹，他人生了個好兒子，你難道便沒生個好女兒？這位韓爺爲他父親報仇，女兒就代爹爹接他招數。上一代歸上一代，下一代歸下一代，不可亂了輩分。」陽頂天不禁一愣，「怎麼她叫我作爹爹？」但即會意：「她冒充我女兒，要解此困厄。」與陽頂天一樣，堂上眾人也是在驚愕之下，隨即明瞭黛綺絲的話中之意，對她竟然挺身而出覺得既意外又感動，不過也均想：「瞧她這般嬌滴滴弱不禁風的模樣，不知是否會武？就算會武，也必不高，至於入碧水寒潭水戰，更加不必談起。」

未待陽頂天回答，韓千葉已冷笑道：「姑娘要代父接招，亦無不可。倘若姑娘輸了，在下仍要陽教主向先父的七首磕三個頭。」他眼見黛綺絲既美且弱，哪裏將她放在眼裏？黛綺絲並不以爲意，道：「倘若尊駕輸了呢？」韓千葉道：「要殺要剮，悉聽尊便。」黛綺絲道：「好！咱們便去碧水寒潭！」說著當先便行。陽頂天忙搖手道：「不可！此事不用你牽涉在內。」黛綺絲道：「爹爹，你不用擔心。」跟著便盈盈拜了下去。這一拜，便算認了陽頂天爲義父。

見她顯是滿有把握，陽頂天只得聽她主張，而除此之外，實在亦別無選擇。當下眾人一齊到了山陰的碧水寒潭。其時北風正冽，只到潭邊一站，已覺寒氣逼人，內力稍差的便已覺得不大受用。潭水早已結成厚冰，望下去碧沉沉地，深不見底。面對此等情景，陽頂天心想：「黛綺絲乃波斯總教託我照拂之人，終不該要她為我就此送命。」心意一定，昂然道：「乖女兒，你這番好意，我心領了，我來接韓兄的高招。」說著除下外袍，取出一柄單刀，顯然是決意往潭中一跳，從此不再起來了。黛綺絲微微一笑，說道：「爹爹，女兒從小在海邊長大，精熟水性。」說著抽出長劍，飛身躍入潭中。她那日穿了一身淡紫色的衣衫，在冰上這麼一站，當眞勝如凌波仙子。她用劍尖在冰上劃了個徑長兩尺的圓圈後，左足踏上，擦的一聲輕響，已踏陷那塊圓冰，身子沉入潭中。其時海上寒風北來，拂動各人衣衫，見她突然間無聲無息的破冰入潭，旁觀群豪無不驚異。那韓千葉看到她入水的身手，臉上狂傲之色登時收起，手執匕首，跟著躍入了潭中。

那碧水寒潭色作深綠，從上邊望不到兩人相鬥的情形，但見潭水不住晃動。過了一會，晃動漸停，但不久潭水又激盪起來。陽頂天等眾人都極為擔心，眼見他二人下潭已久，在水底豈能長久停留？又過一會，突然一縷殷紅的鮮血由綠油油的潭水中滲將上來。大家更是憂急，不知是不是黛綺絲受了傷。驀地裏忽喇一聲響，韓千葉從冰洞中跳了上來，不住的喘息。眾人見他先上，一齊大驚，齊問：「黛綺絲呢？黛綺絲呢？」只見他空著雙手，他那柄匕首卻插在他右胸，兩邊臉頰上各劃了一條長長的傷痕。

眾人正驚異間，黛綺絲猶似飛魚出水，從潭中躍上，長劍護身，在半空中輕飄飄的轉了個圈子，這才落在冰上。群雄歡聲大作。陽頂天當下上前握住了她的手，高興得說不出話來。誰都料想不到，這樣千嬌百媚的一個姑娘，水底功夫竟這般了得！黛綺絲向韓千葉瞧了一眼，說道：「爹爹，這人水性不差，並念他為父報仇的孝心，對教主無禮之罪，便饒過了罷？」陽頂天自然答允，並且命神醫胡青牛立即替韓千葉療傷。

當晚光明頂上大排筵席，人人都說黛綺絲是明教的大功臣，若非她挺身出來解圍，陽教主一世英名必將付於流水。當下安排職司，陽夫人贈她個「紫衫龍王」的美號，和鷹王、獅王、蝠王三王並列。而且殷天正、謝遜、韋一笑三王心甘情願讓她位列四王之首。她此日這場大功，可將三王過去的功績都蓋下去了。後來三個護教法王和她更是兄妹相稱。

不料碧水寒潭這一戰，另一結局竟大出各人意料之外——等到韓千葉傷癒，黛綺絲忽然稟明陽頂天，要嫁予此人。看來韓千葉雖然敗了，但不知如何，竟然贏得了黛綺絲的芳心。想是她每日前去探傷，病榻之畔，因憐生愛，從歉種情。

教中各人聽到這個訊息，有的傷心失望，有的憤恨塡膺。這韓千葉當日逼得明教教主以下人人狼狽萬狀，本教的護教法王豈能嫁予此人？有些脾氣粗暴的兄弟當面便出言侮辱。黛綺絲性子剛烈，仗劍站在廳口，朗聲說道：「從今而後，韓千葉已是我的夫君。哪一位侮辱韓郎，便來試試紫衫龍王的長劍！」眾人見事已至此，只有恨恨而散。

只有陽頂天和謝遜感激她這場解圍之德，出力助她排解，使她平安成婚，沒出什麼岔子。只是她與韓千葉成婚，眾兄弟中倒有一大半沒去喝喜酒。但韓千葉想入明教之事，終以反對的人太多，陽頂天也不便過拂眾意，致使教中失和，而未加應允。

這場風波過後不久，一天晚間，陽頂天如往常一樣在明教秘道的一間小室中練「乾坤大挪移」——他已練到了這門神功的第四層。正在運功行氣的緊要關頭，陡然間聽到右方傳來人聲，登即大吃一驚——這是從來沒有的事，這秘道隱秘之極，外人決計無法找到入口，而明教中人，卻又誰也不敢進入。「到底是誰？」此念雖一閃而逝，但已大擾他心神，頓時體內氣血翻湧。他強自鎮定，細聽那人聲的內容——這不聽還好，一聽之下不由怒氣攻心。

那說話之人竟是他的夫人和他夫人的師兄成崑！他們倆竟在明教的秘道暗自私會。刹那間，十幾年前成崑來喝喜酒時的情景，十幾年間夫妻相處的情景，一一在眼前倏忽閃現，一時憤激，就想去與那成崑拚個你死我活。怎奈他已全身眞氣逆衝，無法克制。陽頂天練「乾坤大挪移」時日已久，知道此門神功的主旨，乃在顚倒一剛一柔、一陰一陽的乾坤二氣，自己現下全身眞氣將散，想是大限已到。顧念多年夫妻之情，又想起教中諸般事務，喟嘆之餘，又覺得終須有所交代。

小室中諸多物品齊備，陽頂天當下便在一尺白綾上寫道：

夫人妝次：

夫人自歸陽門，日夕鬱鬱。余粗鄙寡德，無足為歡，甚可歉疚，茲當永別，唯夫人諒之。三十二代衣教主遺命，令余練成乾坤大挪移神功後，率眾前赴波斯總教，設法迎回聖火令。本教雖發源於波斯，然在中華生根，開枝散葉，已數百年於茲。今韃子占我中土，本教誓與之周旋到底，決不可遵波斯總教無理命令，而奉蒙古元人為主。聖火令若重入我手，我中華明教即可與波斯總教分庭抗禮也。

今余神功第四層初成，即悉成崑之事，血氣翻湧不克自制，真力將散，行當大歸。天也命也，復何如耶？今余命在旦夕，有負衣教主重託，實為本教罪人。盼夫人持余此親筆遺書，召聚左右光明使者、四大護教法王、五行旗使、五散人，頒余遺命曰：「不論何人重獲聖火令者，為本教第三十四代教主。不服者殺無赦。令謝遜暫攝副教主之位，處分本教重務」。乾坤大挪移心法暫由謝遜接掌，日後轉奉新教主。光大我教，驅除胡虜，行善去惡，持正除奸，令我明尊聖火普惠天下世人，新教主其勉之。余將以身上殘存功力，掩石門而和成崑共處。夫人可依秘道全圖脫困。當世無第二人有乾坤大挪移之功，即無第二人能推動此『無妄』位石門，待後世豪傑練成，余及成崑骸骨朽矣。頂天謹白。

陽頂天持著最後一口眞氣寫到這裏，想到自己一生練此神功，最後仍將走火而亡；想到謝遜爲人正直持重，不似楊逍般狂傲，定能服眾，只是明教的大業將更加艱難；想到夫人日夕鬱鬱皆因自己而起……，不禁黯然，在信的最後寫下一行小字：「余名頂天，然於世無功，於教無動，傷夫人之心，齎恨而沒，狂言頂天立地，誠可笑也。」寫畢又在書信之後，附上一幅秘道全圖，注明各處岔道和門戶。

陽頂天將書信封好，與寫有「乾坤大挪移」心法的羊皮放在一起。此時他已心力交瘁，連呼吸也遲滯起來。陽夫人與成崑聽到聲音過來察看，見陽頂天手裏執著一張羊皮，滿臉已殷紅如血。陽頂天也看到了他們，種種鬱憤在此時一下子湧了上來，說道：「你們兩個，很好，很好，對得我住啊！」說了這幾句話，忽然間滿臉鐵青，但臉上這鐵青之色一顯即隱，立即又變成血紅之色，忽青忽紅，在瞬息之間接連變換了三次。成崑忌憚他武功了得，見陽頂天臉色變幻，心下也不免驚慌。陽夫人知他一出手便能置他們於死地，說道：「頂天，這一切都是我不好，你放我成師哥下山，任何責罰，我都甘心領受。」陽頂天聽了她這句話，搖了搖頭，緩緩說道：「我娶到你的人，卻娶不到你的心。」話音剛落，登時氣絕。

陽頂天不知道，在他走火身亡後，夫人因有愧於他，未及拆開那封寫著「夫人親啓」四字的遺書，便以匕首自刎殉夫；

他不知道成崑在他夫婦二人的屍身旁，發下的要盡畢生之力顛覆明教的誓言；

他不知道他的遺命沒有得到執行，在他身後明教群龍無首，一個威震江湖的大教竟鬧得自相殘殺、四分五裂，置身事外者有之，自立門戶者有之，爲非作歹者亦有之，從此一蹶不振；

他不知道三十餘年後，黛綺絲的女兒會帶著謝遜的義子、殷天正的外孫進入秘道，學成挪移乾坤的神功，解明教於水火之中；

他更不知道，那位習得神功的少年最終將統領明教群豪，不僅一泯與武林同道的恩怨，而且號令天下共驅韃虜，完成了明教歷代教主的夙願……

這些，他都不可能知道了。

【附錄正編之四】

黛綺絲小傳

金花婆婆本名黛綺絲，她原本是波斯明教總教的三位聖處女之一，數百年來，中土明教的教主例由男子出任，波斯總教的教主卻向來是女子，且是不出嫁的處女。總教經典中鄭重規定，由聖處女任教主，以維護明教的神聖貞潔。每位教主接任之後，便即選定三個教中高職人士的女兒，稱爲「聖女」。此三聖女領職立誓，遊行四方，爲明教立功積德。教主逝世之後，教中長老聚會，彙論三聖女功德高下，選定立功最大的聖女繼任教主。但若此三位聖女中有誰失卻貞操，便當處以焚身之罰，縱然逃至天涯海角，教中也必遣人追拿，以維聖教貞善。

黛綺絲就是三聖女中的一位，她的父親是中華人士，她的母親是波斯女子。兩種血液在她身體內融合，這樣的一個女子必定是不平凡的。用現在的詞語說她是一個混血兒。混血兒往往是最漂亮也最聰明的，黛綺絲就是。她有著睿智的頭腦，也有非凡的美麗。她來到中原，一心想著找到「乾坤大挪移」的武功心法，立功當上教主。因此她無視明教眾多男兒炙熱的目光，無視范遙的愛慕。她似乎是超凡脫俗不爲世間之情所動的，愛情的魔力在她身上不起絲毫的作用。可是她遇上了前生的冤家韓千葉。愛神丘比特與月老一定在天上會心的笑了，由他們炮製的愛情終於在黛綺絲身上靈驗了。

碧水潭一役，潭水雖然寒冷，卻仍然阻止不了愛情的萌芽。韓千葉雖然在武功與水性方面輸給了黛綺絲，但在感情方面他絕對是一個大贏家——他贏得了黛綺絲的芳心。黛綺絲是驕傲的，那麼多愛慕她的男子，她卻懶得答理，甚至於優秀如光明右使范遙者，依然不能打動她看似堅硬的心。我們很難解釋金花婆婆愛上韓千葉的原因。以當時世俗的眼光來看，韓千葉一無是處，既不是潘安再世，也沒有什麼顯赫家世，武功也很平常，那麼他是憑什麼深深吸引了黛綺絲，使她甘於冒著被總壇處死的危險而與之結合呢？其實，在感情的領域，不管是美是醜，不管是貧是富，不論家世，不論武功，不論地位，人人都是平等的，人人都有獲得愛情的權利。發自內心的感情是超越一切的。人的容貌和地位這些東西是這樣虛無縹緲，轉瞬即逝，這樣的不可靠。唯一可靠的是人的涵養和氣質。也許這正是千葉先生的魅力所在吧。

他們結合了，但黛綺絲一直活在恐懼當中，她是聖處女，她不能有愛情不能有婚姻的。她害怕有一天波斯總教會得知情況，派人來破壞她的生活。她的要求眞的很簡單，她只希望與千葉平靜幸福地生活。可這畢竟還是一個奢望，波斯總教是不會放過她的。於是她要將功贖過，她要補償自己所做的。她偷偷進入明教的秘道尋找「乾坤大挪移」的心法，可被明教眾人發現了，於是她不得不破教而出，與千葉先生隱居於靈蛇島。但她依然不安，她依然害怕。爲了不讓別人發現她，她把自己的容貌變成了醜陋的老婆婆。沒有人會把她與當年貌若天仙的黛綺絲聯繫在一起，她騙了所有的人。就這樣，她與心上人過上了琴瑟相和、舉案齊眉的日子。金花婆婆、銀葉先生是一對神仙般的愛侶。但好景不長，銀葉先生被仇人下毒所害，不治身亡。從此黛綺絲看透了紅塵，看透了人間。

她唯一的希望是與韓千葉共同的女兒——小昭。她安排小昭打入光明頂，而且因緣巧合，小昭找到了她們一直以來在尋找的東西——「乾坤大挪移」的武功心法。然後，小昭去了波斯做她的聖處女教主，黛綺絲亦隨女兒同回波斯，她的故事也就此打住。

黛綺絲總體上來說是一個悲劇性的人物，在她的一生中，幸福的時間少得可憐。她的一生都在擔驚受怕中度過，甚至不得不用醜陋的面容來改變自己的花容月貌。對於一個女人來說，容貌往往是非常重要的，天生麗質的女人想的是怎樣讓自己更美麗，容貌平常的女人則是想盡一切辦法來使自己變得漂亮，古今同理。而她卻不惜犧牲自己的容貌，而且一變就是幾十年。一個女人一生當中有幾個幾十年呢？這一點是平常人做不到的。但我們更應該崇敬她，她的勇氣、她對於愛情的忠貞，都令人生敬。她生在錯誤的年代錯誤的地方，本來她應該有一段絢爛的人生。但從此她也許只能在波斯總教冷清的聖殿中度過她的餘生。但我相信在她心中永遠有著最美麗的回憶。只是可憐了這個絕代佳人了。

【附錄正編之五】

謝遜小傳

謝遜，表字退思，明教四大法王之一，排行第三，人稱「金毛獅王」。

謝遜十歲時，因意外機緣，拜在「混元霹靂手」成崑門下習武，得成崑將絕藝傾囊相授，師徒倆情若父子。謝遜二十三歲時，離開師門遊歷天下。當時宋室江山多半已是元人的地盤，郭靖、黃蓉夫婦已在襄陽雙雙殉城而死，各名門正派主張正義，與元人在各地都有所抵抗。在西域有一個傳自波斯的明教，歷史悠久，以國家民族之義爲要，宗旨非常光明正大。但因建立的時間長，規模日趨壯大，人員眾多，三教九流，所行之道不合中原正統，常被各名門正派稱作邪教。謝遜路經西域，結識了一些明教朋友，覺得意趣相投，便投身明教，任明教四大護教法王之一，與紫衫龍王黛綺絲、白眉鷹王殷天正和青翼蝠王韋一笑齊名。當時明教教主陽頂天率領全教勵精圖治，事業興旺發達。

很巧，陽教主夫人是成崑的師妹。

五年後，謝遜結婚。婚後得一子，取名謝無忌。一家五口，其樂融融。

謝無忌一歲時，「混元霹靂手」成崑來明教探望徒弟謝遜，謝遜待之如父，全家竭誠款待，留他住下。一日謝遜因教中之事外出，家人亦殷勤伺候成崑。不料成崑酒後，忽對謝遜妻子施行強暴。謝妻大聲呼救，謝父聞聲闖進房中，成崑見事情敗露，一拳將謝父打死，跟著又打死了謝母，並將謝遜甫滿周歲的兒子謝無忌摔成血肉模糊的一團。那時謝遜剛巧回來，瞧見此情此景，嚇得呆了，心中一片迷惘，不知應該如何對付這位他生平最敬愛的恩師。突然間，成崑一拳打向謝遜的胸口，謝遜就此暈死過去，待得醒轉時，成崑早已不知去向，但見滿屋都是死人，全家主僕一十三口，已然盡數斃於成崑的拳下。

謝遜大病一場之後，苦練武功，三年後去找成崑報仇。但兩人功夫實在相差太遠，所謂報仇，只不過是徒然自取其辱。於是謝遜遍訪名師，廢寢忘食的用功，這番苦功，總算也有著落，五年之間，功夫大進，又去找成崑。哪知第二次報仇還是落得個重傷而歸的結果。於是謝遜費盡了心力，從崆峒派手中奪得《七傷拳譜》的古抄本。拳譜一到手，他立時便心急慌忙地練了起來，唯恐拳功未成而成崑已死，報不了仇。「七傷拳」是門極精妙深湛的武功，若不是先有上乘內功，練習者必會傷己。每人體內，均有陰陽二氣，金木水火土五行。心屬火、肺屬金、腎屬水、脾屬土、肝屬木，一練七傷，七者皆傷。這七傷拳的拳功每練一次，自身內臟便受一次損害，所謂七傷，實則是先傷己，再傷敵。謝遜在練七傷拳時傷了心脈，導致有時狂性大發，無法抑制，心智盡失，落下了病根。謝遜潛心專練「七傷拳」的內勁，兩年後拳技大成，自忖已可和天下第一流的高手比肩。不料第三次上門去報仇時，卻已找不到成崑的所在，多方打聽，也始終訪查不到。

謝遜憤激之下，便到處作案，不分正邪，殺人放火，無所不爲。他每做一件案子，便在牆上留下「『混元霹靂手』成崑」的字樣，爲的是能引成崑出來。但成崑竟一直不曾露面。

一日，謝遜在洛陽清虛觀外的牡丹園中，見到宋遠橋出手懲戒一名惡霸，武功很是了得。當時少林、武當是武林中最有聲望的兩大派，殺掉其中任一高手，都會引起整個武林的轟動，所以謝遜決意當晚便去將他殺了，以便引起轟動，引出成崑。入夜，謝遜躍出牆外，身子尚未落地，突然覺得肩頭上被人輕輕一拍，同時背後一人歎道：「苦海無邊，回頭是岸。」謝遜回過身來，只見四丈以外站著一位白衣僧人。一番對答後，他才知那僧人是「少林神僧，見聞智性」中的空見神僧。而成崑已拜空見爲師。空見這次是專門來化解兩人的仇恨的，願替成崑受一十三掌，一十三掌後成崑自會出現。結果謝遜利用空見的宅心仁善將其打死，但成崑仍未出現。空見臨死前告誡謝遜若要殺成崑，只有屠龍刀能幫忙。

於是，謝遜四處打聽屠龍刀的下落。當他得知王盤山島的「揚刀立威」會將一展屠龍刀的威力，就趕到王盤山島奪取此刀。他在東海邊租了船，將船夫都刺聾了耳朵，令船在大會舉行正激烈時停靠在島後，自己則將停泊在島前的各派船隻炸毀，與會眾人都十分吃驚。謝遜於是將與會各人的罪行一一呈說，再比試各般武功，將對方擊斃。偏偏其中有個武當山張翠山心地善良，少年英雄，站出來爲眾人擋此一難。張翠山以書法勝於謝遜，謝遜答應饒眾人不死，拿了屠龍刀，將張翠山和殷素素帶上自己的船，其餘人則皆被謝遜的「獅子吼」迷失了心志。

船一直往北，海上多風暴，船夫墜海身亡，張、殷二人途中雖有逃跑之心，但無奈謝遜武功高強，終無機會。謝遜見張、殷二人逐漸心意相吸，便經常開兩人玩笑。三人越往北，氣候越冷，處處都漂著冰塊，結果船撞上冰山沉沒了。他們乾脆爬上冰山，以生魚、生海豹肉爲食，以海豹皮爲衣。謝遜因練「七傷拳」而得的狂病時有發作。一次深夜，三人都已入睡，謝遜突然握住殷素素的肩頭，殷立即呼救。張翠山聞聲跑過來，謝遜指著張，陰森森地道：「你這奸賊，你殺了我妻子，好，我今日扼死你妻子，也叫你孤孤單單地活在這世上。」不管二人如何解釋，謝遜都無法清醒。殷素素不得已，趁張翠山與謝遜打鬥時，發銀針刺瞎了謝遜的雙目。然後兩人乘機割下大塊冰塊，乘冰隨波北上。

謝遜運起渾厚的內力，不幾日便治癒了眼睛的傷口，但終是不能看見東西了，可幸的是，對他來說，在這北海冰山上捕食養活自己倒並非難事。

不日謝遜也隨冰北上，月餘，登上了一座島嶼，氣候倒沒有先前那般冷了，但聞植物清香動物鳴叫，心中一鬆，再加上連月來食不果腹，竟暈了過去。恍惚中聽到張翠山在問他是否想吃點熊肉，心中很是感動，後悔自己發病時竟對他們下毒手。於是，三人又重歸於好。張、殷二人結爲夫妻，住在一山洞中，謝遜住在相距較遠的海邊木屋中，他們取島名爲冰火島。白天，謝、張二人去打獵，殷在家做家事。謝遜空閒時，就抱著屠龍刀苦思冥想破解它的秘密。

十月後，殷素素即將臨產，而謝遜的狂病也有發作的傾向。張翠山於是在山洞中挖好陷阱，以備不測。幾日後，殷正在生產，謝遜的狂病發作，闖入洞中，掉入陷阱，與張翠山爭鬥。在張翠山不濟之時，恰聞嬰兒的啼哭聲，謝遜竟怔住了，從此良心發現。謝遜認嬰兒爲義子，用自己死去兒子的名字替新生兒取名爲「無忌」，並與張、殷結爲兄妹。謝遜視無忌爲己出，在其五歲時開始教他武藝。

無忌十歲時，謝遜四人伐木造船，欲回歸中土。到了北風呼嘯的季節，謝遜將張家三人送上了船。但是他怕自己隨行會給無忌一家三口招致殺身之禍，便毅然單獨留下。

一晃十多年過去了，謝遜非常想念張家三人，也仍想不出屠龍刀的秘密。一日，聽得人聲鼎沸，頓時提刀準備應戰。忽有一老婦說道，她是靈蛇島的故人金花婆婆，來島告知無忌需要幫助，並可以帶謝遜找到他。不過，她有一要求，就是借屠龍刀一用。謝遜自和無忌分別，多年來第一次聽到他的消息，十分高興。他想金花婆婆他們此番來島定是無忌相託，而義子對自己來說比生命還重要，於是，就隨他們前往。

不日便來到了靈蛇島，剛一落腳，便有丐幫等眾人找上門來，要謝遜交出屠龍刀。謝遜雖雙目失明，但對付這些人倒仍輕鬆。一晚，金花婆婆想暗算謝遜，奪取屠龍刀，卻不想正遇上許多波斯明教總教的人來找失貞的護教聖女清理門戶。多虧一個身懷絕技的「巨鯨幫少年」出手相助，救得眾人逃出，乘船離去。而金花婆婆卻一人逃向島的深處。在船上，謝遜才知這位少年就是義子無忌，且已經練就神功，擔任了明教教主，不禁喜出望外。但從無忌嘴裏，謝遜又得知張翠山夫婦爲自己所累，已雙雙自刎於武當山，又不禁悲從中來，難以自已。

最後，眾人商議返回靈蛇島救金花婆婆。在島上，眾人才知金花婆婆就是黛綺絲，小昭則是其女。後來，經過一番波折，母女倆雙雙被迫返回波斯。

然後，眾人爲避追殺，落腳一荒島。一晚，謝遜感到全身使不上勁，自知中了「十香軟筋散」之毒，而且中毒還不淺。聽得身旁無忌睡得正香，他正尋思是何人下藥，忽聽得遠處周芷若取了趙敏身上的倚天劍，將趙敏抱到江邊，扔到船上，逼命船夫們開船。然後她回來輕巧地偷了屠龍刀，用倚天劍將蛛兒的臉劃花，再將自己的耳朵弄傷，最後將兩件寶物藏於隱秘之處，並回到原地安然躺下。當然，「十香軟筋散」就是周芷若從趙敏那偷來的，讓謝遜和趙敏中了毒，她才能夠爲所欲爲。謝遜雖能以耳代目，但唯恐自己聽錯，怎麼也不信平時溫良恭謹的周姑娘會如此陰險歹毒。無奈自己已經中了毒，於是只得將計就計。

第二天，無忌問起時，謝遜斷然說必是趙姑娘所爲，以免周芷若再起狠心。蛛兒就此死於島上。

不多時有一蒙古船來接他們，三人查看上面沒有趙敏，才上船往北，到遼東後，三人下岸，謝遜囑咐盡殺兵士，取銀登陸。

一日三人投店，見附近有許多丐幫弟子出沒。謝遜囑咐無忌前去打探消息，自己則留在店中調理內息。忽然，有許多丐幫弟子圍過來。在謝遜與他們對答時，周芷若從背後點了謝遜的穴道，使他被押往少林寺，囚在後山地穴中，由渡厄等三位高僧看守。他日日聽旁邊三位看守高僧誦經，不覺心生懊悔之意。

月餘後，謝遜聽得地穴外有無忌的聲音。無忌要將謝遜救出，但謝遜執意不肯。他說一人做事一人當，不想再讓這仇恨無盡地延續下去了，寧肯自己被武林各派索命。謝遜聽到無忌與趙敏在一起，心知這才是天作之合，又怕無忌性格耿直，無法識破周芷若的陰險行徑，於是就將荒島上所聽到的事實眞相繪圖於石壁上，希望張無忌日後看到，能夠明白自己的苦心。

不幾日，大群人湧至後山，無忌奮力抗擊少林高僧，要救謝遜出去。而謝遜仍堅持不去，但在人群中，他忽然聽到了成崑的咳嗽聲——他終於找到了仇人！那自然是要上前報仇的。

這昔日兩師徒的一番搏鬥，端的是驚心動魄。最後，謝遜將成崑的武功全部廢盡，又將自己的武功也盡相廢去。然後，他平靜地坐於地上，對著黑壓壓的人群說，你們盡可上來報仇了。

但各仇家見他這樣，都被震撼了。他們沒動手，只是往他身上吐唾沫解恨。周芷若雖然想藉機殺了謝遜滅口，但也被人識破，沒有成功。

從此，謝遜皈依佛門。

趙敏的人生哲學

附錄續編

【附錄續編之一】《倚天屠龍記》人物譜

姓名	職務、身分	擅長用武功招式	武器（暗器、毒藥）
武當派			
張三丰	第一任掌門人，武當武功創始人	太極拳等，部分九陽神功	
武當七俠		眞武七截陣	
宋遠橋	張三丰之大弟子，第二任掌門人	武當綿掌等	
俞蓮舟	張三丰之二弟子，第三任掌門人	虎爪絕戶手（自創，經張三丰改進），亂環訣	
俞岱巖	張三丰之三弟子	玄虛刀法，梯雲縱，震山掌	

人物	身份	武功
張松溪	張三丰之四弟子	
張翠山	張三丰之五弟子，人稱「銀鉤鐵劃」	倚天屠龍功，綿掌
殷梨亭	張三丰之六弟子	神門十三劍，天地同壽
莫聲谷	張三丰之七弟子	七十二招繞指柔劍
張無忌	張翠山之子，明教教主，張三丰徒孫	武當長拳，綿掌，太極拳，太極劍 九陽神功，乾坤大挪移神功， 壁虎游牆功，古波斯武功，雲手
宋青書	宋遠橋之子，人稱「玉面孟嘗」，後入丐幫，後加入峨嵋派	手揮五弦，百鳥朝鳳，萬岳朝宗（晚輩與長輩動手時的起手式）
附：		

明教

陽頂天

第三十三代教主

太極拳招式

起手式，攬雀尾單鞭，提手上式，白鶴亮翅，摟膝拗步，進步搬攔錘，如封似閉，十字手，抱虎歸山，手揮琵琶，白蛇吐言，上步高探馬，上步攬雀尾，單鞭而合太極

太極劍招式

三環套月，大魁星，燕子抄水，左攔掃，右攔掃，風擺荷葉，圓轉如意，指南針，持劍歸原（共五十四式）

乾坤大挪移心法（第四層）

人物	身分	武功	兵器
張無忌	第三十四代教主	乾坤大挪移心法（第七層）	
光明左右使（合稱逍遙二仙）			
楊逍	光明左使 掌雷電風雲四門	乾坤大挪移心法（第二層），倒曳九牛尾，「彈指神通」反運「擲石點穴」	
范遙	光明右使	精通各派武功	笛子
四大法王			
黛綺絲	紫衫龍王，波斯明教聖女，東海靈蛇島島主韓千葉之妻，人稱金花婆婆		金花暗器
殷天正	白眉鷹王，天鷹教教主	鷹爪擒拿手，丁甲開山	

謝遜	金毛獅王	七傷拳，獅子吼，混元神功	
韋一笑	青翼蝠王	寒冰綿掌	
五旗使	（掌旗使）	（所列方向）	
銳金旗（白色）	莊錚，吳勁草	西方	
巨木旗（青色）	聞蒼松	東方	
洪水旗（黑色）	唐洋	北方	
烈火旗（紅色）	辛然	南方	
厚土旗（黃色）	顏垣	向外	
五散人			
布袋和尚	說不得		乾坤一氣袋
鐵冠道人	張中		
	周顛		
冷面先生	冷謙		

彭和尚	彭瑩玉

其他

陽夫人	陽頂天之夫人、成崑之師妹
楊不悔	楊逍、紀曉芙之女 殷梨亭之妻
小昭	楊不悔之丫鬟，韓千葉和黛綺絲之女，後任波斯明教總教教主

天鷹教（明教的分支）

殷天正	教主、創教人
殷野王	殷天正之子、天微堂堂主

殷素素	殷天正之女，殷野王之妹，張翠山之妻，張無忌之母，紫微堂堂主	
李天垣	殷天正之師弟，天鷹教天市堂堂主	
常金鵬	天鷹教朱雀壇壇主	鐵西瓜
白龜壽	天鷹教玄武壇壇主	
其他	神蛇壇，青龍壇，白虎壇	
殷離（蛛兒）	殷野王之女，張無忌之表妹，金花婆婆之徒弟千蛛萬毒手	
胡青牛	神醫，人稱「見死不救」	醫術天下第一

王難姑	毒仙，胡青牛之妻及其師妹	善用毒，著有《毒經》
其他	朱元璋，徐達，鄧愈，湯和，花雲，吳良，吳禎，常遇春，張士誠，方國珍，廖永忠，徐壽輝，韓山童，韓林兒等義軍將領	

波斯明教總教

十二寶樹王

一、大聖寶樹王
二、智慧寶樹王
三、常勝寶樹王
四、掌火寶樹王
五、勤修寶樹王

六、平等寶樹王
七、信心寶樹王
八、鎮惡寶樹王
九、正直寶樹王
十、功德寶樹王
十一、齊心寶樹王
十二、俱明寶樹王

三使

流雲使
妙風使
輝月使

其他

韓千葉

少林派

無色禪師

東海靈蛇島島主，紫衫龍王之夫，非明教中人

少林拳，闖少林，羅漢拳

<table>
<tr><td>空字輩
空見禪師
空聞禪師
空智禪師
空性禪師</td><td>少林三大神僧
渡厄
渡劫
渡難</td><td>圓字輩
圓心
圓業
圓音</td></tr>
<tr><td>方丈</td><td>須彌山掌</td><td>虎爪功</td></tr>
<tr><td>神化少林，部分九陽神功</td><td>龍爪擒拿手（三十六式）：捕風式，捉影式，撫琴式，鼓瑟式，抱殘式，守缺式等</td><td>黑索
黑索
黑索</td></tr>
</table>

圓眞（俗名成崑）		混元霹靂手，擒龍伏虎功，幻陰指，長虹經天	精鋼禪杖
俗家弟子			
都大錦	杭州龍門鏢局總鏢頭，人稱「多臂熊」，人稱		連珠鋼鏢
壽南山（成崑徒弟）	「萬壽無疆」		鬼頭刀
	其他少林武功：達摩劍法，羅漢劍法，大力金剛抓，金剛般若掌，韋駝拳等		
西域少林派（少林派的分支）			
苦慧禪師			
峨嵋派			

郭襄	創派始祖，郭靖與黃蓉之二女兒	部分九陽神功，峨嵋劍法	倚天劍
風陵師太	郭襄之徒，第二代掌門人	峨嵋劍法	倚天劍
滅絕師太	風陵之徒，第三代掌門人	滅劍，絕劍，峨嵋劍法	倚天劍
孤鴻子	風陵之徒、滅絕之師兄	峨嵋劍法	
周芷若	滅絕師太之徒，峨嵋派第四代掌門人	峨嵋劍法，九陰白骨爪	倚天劍
丁敏君	滅絕師太之大弟子	虛式分金，月落西山	長劍
紀曉芙	滅絕師太之門徒，楊逍之妻，楊不悔之母	飄雪穿雲掌，輕羅小扇，截手九式	長劍
貝錦儀	滅絕師太之徒，紀曉芙之師妹		長劍

靜字輩十二尼 靜玄 靜虛 靜空 靜慧 靜迦 靜照 …… 附：		
	峨嵋劍法招式 推窗望月，黑沼靈狐，鐵鎖橫江，佛光普照，金頂佛光，千峰競秀，金頂九式	
長劍 長劍 長劍 長劍 長劍 長劍		

崑崙派

何足道	崑崙三聖，崑崙派始祖	崑崙劍法，迅雷劍，天山飄雪

人物	說明	武功
何太沖	書中崑崙派掌門人，人稱鐵琴先生	崑崙兩儀劍法，雪擁藍橋
班淑嫻	何太沖之妻	崑崙兩儀劍法，木葉蕭蕭
高則誠	崑崙派門徒	百丈飛瀑
蔣濤	崑崙派門徒	雨打飛花
附：	崑崙劍法招式	
	神駝駿足，玉碎崑岡	
崆峒派		
崆峒五老		
關能		
唐文亮		
宗維俠		
常敬之	人稱一拳斷嶽	七傷拳
齊鋒		
胡豹	人稱開碑手	

簡捷	聖手伽藍		
附：	崆峒派劍法招數 人鬼同途		
丐幫			
史火龍	幫主	金銀掌	
史紅石	史火龍之女，繼任幫主		
傳功長老			右手鋼鉤
執法長老			左手鐵枴
掌棒龍頭			鐵棒
季長老		陰山掌大九式	
鄭長老		回風拂柳拳	
陳友諒	丐幫八袋長老，少林圓真門下弟子	獅子搏兔，降魔踢斗式	
華山派			

鮮于通	掌門人，人稱神機子	鷹蛇生死搏（後中金蠶蠱毒）
華山二老		
矮老者		華嶽三神掌，混沌一破，日月晦明
高老者		太乙生萌，兩儀合德
薛公遠（注：薛氏共有兄弟三人，都死於金花婆婆之手）		
汝陽王府		
察罕特穆爾	汝陽王、太尉、天下兵馬大元帥	
庫庫特穆爾	汝陽王之子、漢名王保保	

十八金剛	十八個番僧的統稱，王保保的手下，分爲「五刀」、「五劍」、「四杖」、「四鈸」	金剛陣	
敏敏特穆爾	汝陽王之女，漢名趙敏，封號紹敏郡主	各派武功皆習得一二	十香軟筋散（爲西域小國所貢），七蟲七花膏
玄冥二老			
鹿杖客		玄冥神掌	鹿角短杖
鶴筆翁		玄冥神掌	鶴嘴雙筆
阿大	東方白，人稱「八臂神劍」		
阿二	金剛門		黑玉斷續膏
阿三	金剛門	金剛伏魔神通，金剛指力	
神箭八雄			
趙一傷			
錢二敗			
孫三毀			

李四摧		
周五輪		
吳六破		
鄭七滅		
王八衰		
點蒼派		
浮電子	雲南人	
巨松子	雲南人	
歸藏子	雲南人	
巨鯨幫		
麥鯨	幫主	
麥少幫主	幫主之子	分水蛾眉刺
神拳門		
過三拳	幫主	
屠獅英雄大會中的其他人		
青海三劍		

馬法通	玉眞觀	三才陣	
邵鶴			
邵燕			
河間雙煞			
卜泰			打穴橛
郝密			判官筆
杜百當	易三娘之夫		雙鉤
易三娘	杜百當之妻		鏈子槍
夏冑	山東老拳師		
司徒千鍾	醉不死		
歐陽牧之	河南衡陽府		
彭四娘	湘四排教		
其他			
德成	長白三禽之一	海東青	
吳一呡	涼州大豪		斷魂蜈蚣鏢
朱長齡	驚天一筆	蘭花拂穴手，烏龍絞	
		杜	

人物	說明	
武烈	武青嬰之父，大理武氏，武修文一脈	
雪嶺雙姝		
朱九眞	朱長齡之女	
武青嬰	武烈之女	
衛璧	武烈之徒弟，朱九眞之表哥	
姚清泉	人稱千里追風	
元廣波	海沙派掌門人	毒沙
胡青羊	胡青牛之妹，被華山派鮮于通害死	

【附錄續編之二】

《倚天屠龍記》詩文譜

中國傳統小說有一個很大的特點，那就是「文備眾體」——即將詩、詞、曲、賦、散文、民歌、俗語、謎語、笑話、偈子、青詞……等等各種文學體裁，包融於小說之中，使作品手法富有變化，內容精彩多姿，大有可觀。金庸先生扎根於傳統文學的沃土，作品大都採納了「文備眾體」的藝術筆法，「射雕」三部曲也不例外。不過，小說中所用的一部分詩文出於設置情節、表現人物等需要，並未曾交代其具體出處，或是只引用了幾句。爲了方便讀者的閱讀，我已經在拙著《黃蓉的人生哲學》之附錄中，將《射雕英雄傳》和《神雕俠侶》裏面的相關詩文輯錄成《「射雕」詩文譜》。在此，亦照例將《倚天屠龍記》裏面的相關詩文輯錄下來，或將之補充完整，或附上年代、作者等，以饗同好。

季氏《論語》

季氏將伐顓臾。冉有、季路見於孔子曰：「季氏將有事於顓臾。」孔子曰：「求！無乃爾是過與！夫顓臾，昔者先王以為東蒙主，且在邦域之中矣。是社稷之臣也，何以伐為？」

冉有曰：「夫子欲之，吾二臣者皆不欲也。」孔子曰：「求！周任有言曰：『陳力就列，不能者止。』危而不持，顛而不扶，則將焉用彼相矣？且爾言過矣，虎兕出於柙，龜玉毀於櫝中，是誰之過與？」

冉有曰：「今夫顓臾，固而近於費，今不取，後世必為子孫憂。」孔子曰：「求！君子疾夫舍曰『欲之』而必為之辭。丘也聞國有家者，不患寡而患不均，不患貧而患不安。蓋均無貧，和而寡，安無傾。夫如是，故遠人不服，則修文德以來之；既來之則安之。今由與求也，相夫子，遠人不服而不能來也，邦分崩離析而不能守也；而謀動干戈於邦內。吾恐季孫之憂，不在顓臾，而在蕭牆之內也。

相關情節見第十九章《禍起蕭牆破金湯》

考槃《詩經．衛風》

考槃在澗，碩人之寬。獨寐寤言，永矢弗諼。
考槃在阿，碩人之薖。獨寐寤歌，永矢弗過。
考槃在陸，碩人之軸。獨寐寤宿，永矢弗告！

譯文：

扣盤而歌在溪旁，一人高大又開朗。獨眠醒來訴衷腸，發誓永遠不相忘。
扣盤而歌在山邊，一人高大又英俊。獨眠醒來唱心曲，發誓永遠不相忘。
扣盤而歌在平陽，一人高大意彷徨。獨眠醒來昏欲睡，發誓永遠不對他說。

相關情節見第一章《天涯思君不可忘》

蒹葭《詩經．秦風》

蒹葭蒼蒼，白露為霜。所謂伊人，在水一方。溯洄從之，道阻且長。溯游從之，宛在水中央。

蒹葭萋萋，白露未晞。所謂伊人，在水之湄。溯洄從之，道阻且躋。溯游從之，宛在水中坻。

蒹葭采采，白露未已。所謂伊人，在水之涘。溯洄從之，道阻且右。溯游從之，宛在水中沚。

譯文：

河邊蘆葦一叢叢，晶瑩露珠凝成霜。有位姑娘真可愛，站在河水那一邊。逆流而上去追尋，道路艱險又漫長。順流而下再追尋，彷彿就在河水中。

河邊蘆葦綠油油，晶瑩露珠還未乾。有位姑娘真可愛，站在河水那一邊。逆流而上去追尋，道路艱險難攀登。順流而下去追尋，彷彿就在河中的小沙洲。

河邊蘆葦鬱蔥蔥，晶瑩露珠明晃晃。有位姑娘眞可愛，站在河水那一邊。逆流而上去追尋，道路艱險多彎道。順流而下去追尋，彷彿就在河中的小沙灘。

相關情節見第一章《天涯思君不可忘》

逍遙遊《莊子》

北冥有魚，其名為鯤。鯤之大，不知其幾千里也。化而為鳥，其名為鵬。鵬之背，不知其幾千里也。怒而飛，其翼若垂天之雲。是鳥也，海運則將徙於南冥。南冥者，天池也。

《齊諧》者，志怪者也。《諧》之言曰：「鵬之徙於南冥也，水擊三千里，摶扶搖而上者九萬里，去以六月息者也。」「野馬也，塵埃也，生物之以息相吹也。天之蒼蒼，其正色邪？其遠而無所至極邪？其視下也，亦若是則已矣。

且夫水之積也不厚，則其負大舟也無力。覆杯水於坳堂之上，則芥為之舟。置杯焉則膠，水淺而舟大也。風之積也不厚，則其負大翼也無力。故九萬里則風斯在下矣，而後乃今培風；背負青天而莫之夭閼者，而後乃今將圖南。

蜩與學鳩笑之曰：「我決起而飛，搶榆枋，時則不至而控於地而已矣，奚以之九萬里而南為？」適莽蒼者，三餐而反，腹猶果然；適百里者，宿春糧；適千里者，三月聚糧。之二蟲又何知！

小知不及大知，小年不及大年。奚以知其然也？朝菌不知晦朔，蟪蛄不知春秋，此小年也。楚之南有冥靈者，以五百歲為春，五百歲為秋；上古有大椿者，以八千歲為春，八千歲為秋。而彭祖乃今以久特聞，眾人匹之，不亦悲乎！

湯之問棘也是已：窮髮之北，有冥海者，天池也。有魚焉，其廣數千里，未有知其修者，其名為鯤。有鳥焉，其名為鵬，背若泰山，翼若垂天之雲，搏扶搖羊角而上者九萬里，絕雲氣，負青天，然後圖南，且適南冥也。

斥鴳笑之曰：「彼且奚適也？我騰躍而上，不過數仞而下，翱翔蓬蒿之間，此亦飛之至也，而彼且奚適也？」此小大之辯也。

故夫知效一官，行比一鄉，德合一君，而徵一國者，其自視也，亦若此矣。而宋榮子猶然笑之。且舉世而譽之而不加勸，舉世而非之而不加沮，定乎內外之分，辯乎榮辱之境，斯已矣。彼其於世，未數數然也。雖然，猶有未樹也。

夫列子御風而行，泠然善也，旬有五日而後反。彼於致福者，未數數然也。此雖免乎行，猶有所待者也。

若夫乘天地之正，而御六氣之辯，以遊無窮者，彼且惡乎待哉！故曰：至人無己，神人無功，聖人無名。

堯讓天下於許由，曰：「日月出矣，而爝火不息，其於光也，不亦難乎！時雨降矣，而猶浸灌，其於澤也，不亦勞乎！夫子立而天下治，而我猶尸之，吾自視缺然。請致天下。」許由曰：「子治天下，天下既已治也，而我猶代子，吾將為名乎？名者，實之賓也，吾將為賓乎？鷦鷯巢於深林，不過一枝；偃鼠飲河，不過滿腹。歸休乎君，予無所用天下為！庖人雖不治庖，尸祝不越樽俎而代之矣。」

肩吾問於連叔曰：「吾聞言於接輿，大而無當，往而不返。吾驚怖其言猶河漢而無極也，大有逕庭，不近人情焉。」連叔曰：「其言謂何哉？」曰：「藐姑射之山，有神人居焉。肌膚若冰雪，淖約若處子；不食五穀，吸風飲露；乘雲氣，御飛龍，而遊乎四海之外；其神凝，使物不疵癘而年穀熟。吾以是狂而不信也。」連叔曰：「然，瞽者無以與乎文章之觀，聾者無以與乎鐘鼓之聲。豈唯形骸有聾盲哉？夫知亦有之。是其言也，猶時女也。之人也，之德也，將旁礴萬物以為一，世蘄乎亂，孰弊弊焉以天下為事！之人也，物莫之傷，大浸稽天而不溺，大旱金石流、土山焦而不熱。是其塵垢粃糠，將猶陶鑄堯舜者也，孰肯以物為事！」

宋人資章甫而適越，越人斷髮文身，無所用之。

堯治天下之民，平海內之政。往見四子藐姑射之山，汾水之陽，窅然喪其天下焉。

惠子謂莊子曰：「魏王貽我大瓠之種，我樹之成而實五石。以盛水漿，其堅不能自舉也。剖之以為瓢，則瓠落無所容。非不呺然大也，吾為其無用而掊之。」莊子曰：「夫子固拙於用大矣。宋人有善為不龜手之藥者，世世以洴澼絖為事。客聞之，請買其方百金。聚族而謀之曰：『我世世為洴澼絖，不過數金。今一朝而鬻技百金，請與之。』客得之，以說吳王。越有難，吳王使之將。冬，與越人水戰，大敗越人，裂地而封之。能不龜手一也，或以封，或不免於洴澼絖，則所用之異也。今子有五石之瓠，何不慮以為大樽而浮乎江湖，而憂其瓠落無所容？則夫子猶有蓬之心也夫！」

惠子謂莊子曰：「吾有大樹，人謂之樗。其大本臃腫而不中繩墨，其小枝捲曲而不中規矩。立之塗，匠者不顧。今子之言，大而無用，眾所同去也。」莊子曰：「子獨不見狸狌乎？卑身而伏，以候敖者；東西跳梁，不避高下；中於機辟，死於網罟。今夫犛牛，其大若垂天之雲。此能為大矣，而不能執鼠。今子有大樹，患其無用，何不樹之於無何有之鄉，廣莫之野，彷徨乎無為其側，逍遙乎寢臥其下。不夭斤斧，物無害者，無所可用，安所困苦哉！」

相關情節見第六章《浮槎北溟海茫茫》

《莊子》（片斷）

生死修短，豈能強求？予惡乎知悅生之非惑邪？予惡乎知惡死之非弱喪而不知歸者邪？予惡乎知夫死者不悔其始之蘄生乎？

相關情節見第十三章《不悔仲子逾我牆》

秋水篇《莊子》

秋水時至，百川灌河。涇流之大，兩涘渚崖之間，不辯牛馬。於是焉河伯欣然自喜，以天下之美為盡在己。順流而東行，至於北海，東面而視，不見水端。於是焉河伯始旋其面目，望洋向若而歎曰：「野語有之曰：『聞道百，以為莫己若者。』我之謂也。且夫我嘗聞少仲尼之聞而輕伯夷之義者，始吾弗信。今我睹子之難窮也，吾非至於子之門則殆矣，吾長見笑於大方之家。」北海若曰：「井蛙不可以語於海者，拘於虛也；夏蟲不可以語於冰者，篤於時也；曲士不可以語於道者，束於教也。今爾出於崖涘，觀於大海，乃知爾醜，爾將可與語大理矣。天下之水，莫大於海：萬川歸之，不知何時止而不盈；尾閭泄之，不知何時已而不虛；春秋不變，水旱不知。此其過江河之流，不可為量數。而吾未嘗以此自多者，自以比形於天地，而受氣於陰陽，吾在天地之間，猶小石小木之在大山也。方存乎見少，又奚以自多！計四海之在天地之間也，不似礨空之在大澤乎？計中國之在海內不似稊米之在太倉乎？號物之數謂之萬，人處一焉；人卒九州，穀食之所生，舟車之所通，人處一焉。此其比萬物也，不似毫末之在於馬體乎？五帝之所連，三王之所爭，仁人之所憂，任士之所勞，盡此矣！伯夷辭之以為名，仲尼語之以為博。此其自多也，不似爾向之自多於水乎？」

河伯曰：「然則吾大天地而小毫末，可乎？」北海若曰：「否。夫物，量無窮，時無止，分無常，終始無故。是故大知觀於遠近，故小而不寡，大而不多：知量無窮。證曏今故，故遙而不悶，掇而不跂：知時無止；察乎盈虛，故得而不喜，失而不憂：知分之無常也。明乎坦塗，故生而不說，死而不禍：知終始之不可故也。計人之所知，不若其所不知；其生之時，不若未生之時；以其至小，求窮其至大之域，是故迷亂而不能自得也。由此觀之，又何以知毫末之足以定至細之倪，又何以知天地之足以窮至大之域！」

河伯曰：「世之議者皆曰：『至精無形，至大不可圍。』是信情乎？」北海若曰：「夫自細視大者不盡，自大視細者不明。夫精，小之微也；垺，大之殷也：故異便。此勢之有也。夫精粗者，期於有形者也；無形者，數之所不能分也；不可圍者，數之所不能窮也。可以言論者，物之粗也；可以意致者，物之精也；言之所不能論，意之所不能察致者，不期精粗焉。是故大人之行：不出乎害人，不多仁恩；動不為利，不賤門隸；貨財弗爭，不多辭讓；事焉不借人，不多食乎力，不賤貪污；行殊乎俗，不多辟異；為在從眾，不賤佞諂；世之爵祿不足以為勸，戮恥不足以為辱；知是非之不可為分，細大之不可為倪。聞曰：『道人不聞，至德不得，大人無己。』約分之至也。」

河伯曰：「若物之外，若物之內，惡至而倪貴賤？惡至而倪小大？」北海若曰：「以道觀之，物無貴賤；以物觀之，自貴而相賤；以俗觀之，貴賤不在己。以差觀之，因其所大而大之，則萬物莫不大；因其所小而小之，則萬物莫不小。知天地之為稊米也，知毫末之為丘山也，則差數睹矣。以功觀之，因其所有而有之，則萬物莫不有；因其所無而無之，則萬物莫不無。知東西之相反而不可以相無，則功分定矣。以趣觀之，因其所然而然之，則萬物莫不然；因其所非而非之，則萬物莫不非。知堯、桀之自然而相非，則趣操睹矣。昔者堯、舜讓而帝，之、噲讓而絕；湯、武爭而王，白公爭而滅。由此觀之，爭讓之禮，堯、桀之行，貴賤有時，未可以為常也。梁麗可以沖城而不可以窒穴，言殊器也；騏驥驊騮一日而馳千里，捕鼠不如狸狌，言殊技也；鴟鵂夜撮蚤，察毫末，晝出瞋目而不見丘山，言殊性也。故曰：蓋師是而無非，師治而無亂乎？是未明天地之理，萬物之情也。是猶師天而無地，師陰而無陽，其不可行明矣！然且語而不舍，非愚則誣也！帝王殊禪，三代殊繼。差其時，逆其俗者，謂之篡夫；當其時，順其俗者，謂之義之徒。默默乎河伯，女惡知貴賤之門，小大之家！」

河伯曰：「然則我何為乎？何不為乎？吾辭受趣舍，吾終奈何？」

北海若曰：「以道觀之，何貴何賤，是謂反衍；無拘而志，與道大蹇。何少何多，是謂謝施；無一而行，與道參差。嚴乎若國之有君，其無私德；繇繇乎若祭之有社，其無私福；泛泛乎其若四方之無窮，其無所畛域。兼懷萬物，其孰承翼？是謂無方。萬物一齊，孰短孰長？道無終始，物有死生，不恃其成。一虛一滿，不位乎其形。年不可舉，時不可止。消息盈虛，終則有始。是所以語大義之方，論萬物之理也。物之生也，若驟若馳。無動而不變，無時而不移。何為乎，何不為乎？夫固將自化。」

河伯曰：「然則何貴於道邪？」北海若曰：「知道者必達於理，達於理者必明於權，明於權者不以物害己。至德者，火弗能熱，水弗能溺，寒暑弗能害，禽獸弗能賊。非謂其薄之也，言察乎安危，寧於禍福，謹於去就，莫之能害也。故曰，天在內，人在外，德在乎天。知天人之行，本乎天，位乎德，蹢躅而屈伸，反要而語極。」曰：「何謂天？何謂人？」北海若曰：「牛馬四足，是謂天；落馬首，穿牛鼻，是謂人。故曰，無以人滅天，無以故滅命，無以得殉名。謹守而勿失，是謂反其真。」

夔憐蚿，蚿憐蛇，蛇憐風，風憐目，目憐心。夔謂蚿曰：「吾以一足跉踔而不行，予無如矣。今子之使萬足，獨奈何？」蚿曰：「不然。子不見夫唾者乎？噴則大者如珠，小者如霧，雜而下者不可勝數也。今予動吾天機，而不知其所以然。」蚿謂蛇曰：「吾以眾足行，而不及子之無足，何也？」蛇曰：「夫天機之所動，何可易邪？吾安用足哉！」蛇謂風曰：「予動吾脊脅而行，則有似也。今子蓬蓬然起於北海，蓬蓬然入於南海，而似無有，何也？」風曰：「然，予蓬蓬然起於北海而入於南海也，然而指我則勝我，鰌我亦勝我。雖然，夫折大木，蜚大屋者，唯我能也。故以眾小不勝為大勝也。為大勝者，唯聖人能之。」

孔子遊於匡，宋人圍之數匝，而弦歌不輟。子路入見，曰：「何夫子之娛也？」孔子曰：「來，吾語女。我諱窮久矣，而不免，命也；求通久矣，而不得，時也。當堯、舜而天下無窮人，非知得也；當桀、紂而天下無通人，非知失也：時勢適然。夫水行不避蛟龍者，漁父之勇也；陸行不避兕虎者，獵夫之勇也；白刃交於前，視死若生者，烈士之勇也；知窮之有命，知通之有時，臨大難而不懼者，聖人之勇也。由處矣！吾命有所制矣！」無幾何，將甲者進，辭曰：「以為陽虎也，故圍之；今非也，請辭而退。」

公孫龍問於魏牟曰：「龍少學先王之道，長而明仁義之行；合同異，離堅白；然不然，可不可；困百家之知，窮眾口之辯：吾自以為至達已。今吾聞莊子之言，茫然異之。不知論之不及與？知之弗若與？今吾無所開吾喙，敢問其方。」公子牟隱機大息，仰天而笑曰：「子獨不聞夫埳井之蛙乎？謂東海之鱉曰：『吾樂與！出跳梁乎井榦之上，入休乎缺甃之崖。赴水則接腋持頤，蹶泥則沒足滅跗。還虷蟹與科斗，莫吾能若也。且夫擅一壑之水，而跨跱埳井之樂，此亦至矣。夫子奚不時來入觀乎？』東海之鱉左足未入，而右膝已縶矣。於是逡巡而卻，告之海曰：『夫千里之遠，不足以舉其大；千仞之高，不足以極其深。禹之時，十年九潦，而水弗為加益；湯之時，八年七旱，而崖不為加損。夫不為頃久推移，不以多少進退者，此亦東海之大樂也。』於是埳井之蛙聞之，適適然驚，規規然自失也。且夫知不知是非之竟，而猶欲觀於莊子之言，是猶使蚊負山，商蚷馳河也，必不勝任矣。且夫知不知論極妙之言，而自適一時之利者，是非埳井之蛙與？且彼方跐黃泉而登大皇，無南無北，奭然四解，淪於不測；無東無西，始於玄冥，反於大通。子乃規規然而求之以察，索之以辯，是直用管窺天，用錐指地也，不亦小乎？子往矣！且子獨不聞夫壽陵餘子之學於邯鄲與？未得國能，又失其故行矣，直匍匐而歸耳。今子不去，將忘子之故，失子之業。」公孫龍口呿而不合，舌舉而不下，乃逸而走。莊子釣於濮水。楚王使大夫二人往先焉，曰：「願以境內累矣！」莊子持竿不顧，曰：「吾聞楚有神龜，死已三千歲矣。王巾笥而藏之廟堂之上。此龜者，寧其死為留骨而貴乎？寧其生而曳尾於塗中乎？」二大夫曰：「甯生而曳尾塗中。」莊子曰：「往矣！吾將曳尾於塗中。」

惠子相梁，莊子往見之。或謂惠子曰：「莊子來，欲代子相。」於是惠子恐，搜於國中三日三夜。莊子往見之，曰：「南方有鳥，其名為鵷鶵，子知之乎？夫鵷鶵發於南海而飛於北海，非梧桐不止，非練實不食，非醴泉不飲。於是鴟得腐鼠，鵷鶵過之，仰而視之曰：『嚇！』今子欲以子之梁國而嚇我邪？」

莊子與惠子遊於濠梁之上。莊子曰：「鯈魚出游從容，是魚之樂也。」惠子曰：「子非魚，安知魚之樂？」莊子曰：「子非我，安知我不知魚之樂？」惠子曰「我非子，固不知子矣；子固非魚也，子之不知魚之樂，全矣！」莊子曰：「請循其本。子曰『汝安知魚樂』云者，既已知吾知之而問我。我知之濠上也。」

相關情節見第五章《皓臂似玉梅花妝》

太華贊（片斷）（晉．郭璞）

華嶽靈峻，削成四方，爰有神女，是挹玉漿。其誰遊之？龍駕雲裳。

相關情節見第二十一章《排難解紛當六強》

無俗念（南宋·丘處機）

春遊浩蕩，是年年寒食，梨花時節。白錦無紋香爛漫，玉樹瓊苞堆雪。靜夜沉沉，浮光靄靄，冷浸溶溶月。人間天上，爛銀霞照通徹。渾似姑射真人，天姿靈秀，意氣殊高潔。萬蕊參差誰信道，不與群芳同列。浩氣清英，仙才卓犖，下土難分別。瑤台歸去，洞天方看清絕。

相關情節見第一章《天涯思君不可忘》

過零丁洋（南宋·文天祥）

辛苦遭逢起一經，干戈寥落四周星。
山河破碎風飄絮，身世浮沉雨打萍。
惶恐灘頭說惶恐，零丁洋裏歎零丁。

人生自古誰無死，留取丹心照汗青。

相關情節見第二十四章《太極初傳柔克剛》

放言（五首之三）（唐・白居易）

贈君一法決狐疑，不用鑽龜與祝蓍。
試玉要燒三日滿【注一】，辨才須待七年期【注二】。
周公恐懼流言日，王莽謙恭未簒時。
向使當初身便死，一生眞僞復誰知？

原詩自注【注一】：眞玉燒三日不熱。
【注二】：豫章木生七年而後知。

元和五年（西元八一〇年），元稹被貶江陵，寫了五首《放言》。五年後，白居易被貶九江，和寫五首。意爲只要禁得起時間的考驗，是非眞僞自有結論。詩前有序：「元九在江陵時有《放言》長句詩五首，韻高而體律，意古而詞新。……予出佐潯陽，未屆所任，舟中多暇，江上獨吟，因綴五篇，以續其意耳。」

相關情節見第三十四章《新婦素手裂紅裳》

說劍（元・趙敏）（錄）

白虹座上飛，青蛇匣中吼，殺殺霜在鋒，團團月臨鈕。
劍決天外雲，劍沖日中斗，劍破妖人腹，劍拂佞臣首。
潛將辟魑魅，勿但驚妾婦。留斬泓下蛟，莫試街中狗。

——夜試倚天寶劍，洵神物也，雜錄「說劍」詩以贊之

相關情節見第二十三章《靈芙醉客綠柳莊》

注：以上詩詞文按時代先後排列；先秦的詩歌附譯文。

【附錄續編之三】

《倚天屠龍記》歌詞譜

《倚天屠龍記》裏面有不少歌詞，對人物心情的表達和人物形象的塑造起到了較大的作用，現茲錄如下。

考槃

考槃在陸，碩人之軸，獨寐獨宿，永矢勿告。

歌者 郭襄

相關情節見第一章《天涯思君不可忘》

來遊歌

今夕興盡，來宵悠悠，六和塔下，垂柳扁舟。彼君子兮，寧當來遊？

作詞　殷素素

作曲　殷素素

歌者　殷素素

相關情節見第四章《字作喪亂意彷徨》

似水流年

世情推物理，人生貴適意，想人間造物搬興廢。吉藏凶，凶藏吉。富貴哪能長富貴？日盈昃，月滿虧蝕。地下東南，天高西北，天地尚無完體。

展放愁眉，休爭閒氣。今日容顏，老於昨日。古往今來，盡須如此，管他賢的愚的，貧的和富的。到頭這一身，難逃那一日。受用了一朝，一朝便宜。百歲光陰，七十者稀。急急流年，滔滔逝水。

作詞 黛綺絲
作曲 黛綺絲
歌者 小昭
相關情節見第二十章《與子共穴相扶將》

波斯小調

來如流水兮逝如風，不知何處來兮何所終！

作詞 尼若牟
作曲 峨默
歌者 殷離

相關情節見第三十章《東西永隔如參商》

明教教歌

焚我殘軀，熊熊聖火，生亦何歡，死亦何苦。為善除惡，唯光明故。喜樂悲愁，皆歸塵土。憐我世人，憂患實多！

相關情節見第二十五章《舉火燎天何煌煌》

【附錄續編之四】

《倚天屠龍記》武功秘笈譜

七傷拳（崆峒派．謝遜）

一拳之中共有七股不同勁力，或剛猛，或陰柔，或剛中有柔，或柔中有剛，或橫出，或直送，或內縮。敵人抵擋了第一股勁，抵不住第二股，抵了第二股，第三股勁力他又如何對付？「七傷拳」之名便由此來。每人體內，均有陰陽二氣，金木水火土五行。心屬火、肺屬金、腎屬水、脾屬土、肝屬木，一練七傷，七者皆傷。這七傷拳的拳功每練一次，自身內臟便受一次損害，所謂七傷，實則是先傷己，再傷敵。

相關情節見第八章《窮髮十載泛歸航》

神門十三劍（武當派）

共有一十三記招數，每記招式各不相同，但所刺之處，全是敵人手腕的「神門穴」。

相關情節見第九章《七俠聚會樂未央》

眞武七截陣（武當派．張三丰）

武當山供奉的是眞武大帝。張三丰一日見到眞武神像座前的龜蛇二將，想起長江和漢水之會的蛇山、龜山，心想長蛇靈動，烏龜凝重，眞武大帝左右一龜一蛇，正是兼收至靈至重的兩件物性，當下連夜趕到漢陽，凝望蛇龜二山，從蛇山蜿蜒之勢、龜山莊穩之形中，創了一套精妙無方的武功出來。只是那龜蛇二山大氣磅礴，從山勢演化出來的武功，森然萬有，包羅極廣，絕非一人之力所能同時施爲。張三丰悄立大江之濱，不飲不食凡三晝夜之久，潛心苦思，終是想不通這個難題。到了第四天早晨，旭日東升，照得江面上金蛇萬道，閃爍不定。

他猛地省悟，哈哈大笑，回到武當山上，將七名弟子叫來，每人傳了一套武功。這七套武功分別行使，固是各有精妙之處，但若二人合力，則師兄弟相輔相成，攻守兼備，威力便即大增。若是三人同使，則比兩人同使的威力又強一倍。四人相當於八位高手，五人相當於十六位高手，六人相當於三十二位，到得七人齊施，猶如六十四位當世一流高手同時出手。當世之間，算得上第一流高手的也不過寥寥二三十人，哪有這等機緣，將這許多高手聚合一起？便是集在一起，這些高手有正有邪，或善或惡，又怎能齊心合力？

張三丰這套武功由眞武大帝座下龜蛇二將而觸機創制，是以名之爲「眞武七截陣」。原理初步功夫是練「大周天搬運」，使一股暖烘烘的眞氣，從丹田向鎭鎖任、督、沖三脈的「陰蹺庫」流注，轉而走向尾閭關，然後分兩支上行，經腰脊第十四椎兩旁的「轆轤關」，上行經背、肩、頸而至「玉枕關」，此即所謂「逆運眞氣通三關」。然後眞氣向上越過頭頂的「百會穴」，分五路上行，與全身氣脈大會於「膻中穴」，再分主從兩支，還合於丹田，入竅歸元。如此循環一周，身子便如灌甘露，丹田裏的眞氣似香煙繚繞，優遊自在，那就是所謂「氤氳紫氣」。這氤氳紫氣練到火候相當，便能化除丹田中的寒毒。

相關情節見第十章《百歲壽宴摧肝腸》

長江三疊浪（衛璧）

此武功中共含三道勁力，敵人如以全力擋住了第一道勁力，料不到第二道接踵而至，跟著第三道勁力又洶湧而來，若非武學高手，遇上了不死也得重傷。

相關情節見第十五章《奇謀秘計夢一場》

武當長拳（張無忌）

這是武當派的入門功夫，拳招說不上有何奧妙之處。但武當派武功在武學中別開蹊徑，講究以柔克剛，以弱勝強，不在以己勁傷敵，而是將敵人發來的勁力反激回去，敵人擊來一斤的力道，反激回去也是一斤，若是打來百斤，便有百斤之力激回，便如以拳擊牆，出拳越重，自身所受也越厲害。當年覺遠大師背誦九陽眞經，曾說到「以己從人，後發制人」，張三丰後來將這些道理化入武當派拳法之中。

相關情節見第十五章《奇謀秘計夢一場》

佛光普照（峨嵋派．滅絕師太）

這一掌是峨嵋的絕學。任何掌法劍法總是連綿成套，多則數百招，最少也有三五式，但不論三式或五式，定然每一式中再藏變化，一式抵得數招乃至十餘招。可是這「佛光普照」的掌法便只一招，而且這一招也無其他變化，一招拍出，擊向敵人胸口也好，背心也好，肩頭也好，面門也好，招式平平淡淡，一成不變，其威力之生，全在於以峨嵋派九陽功作爲根基。一掌既出，敵人擋無可擋，避無可避。

相關情節見第十八章《倚天長劍飛寒鋩》

乾坤大挪移

是明教歷代相傳一門最厲害的武功。先求激發自身潛力，然後牽出挪移敵勁，但其中變化神奇，卻是匪夷所思。

相關情節見第十九章《禍起蕭牆破金湯》

綿掌（武當派・宋遠橋、宋青書）

借力打力原是武當派武功的根本，「綿掌」本身勁力若有若無，要令對方無從借力。

相關情節見第二十章《與子共穴相扶將》、第二十二章《群雄歸心約三章》

繞指柔劍（武當派．莫聲谷）

這路劍法全仗以渾厚內力逼彎劍刃，使劍招閃爍無常，敵人難以擋架。使劍時劍竟似成了一條軟帶，輕柔曲折，飄忽不定。

相關情節見第二十章《與子共穴相扶將》

兩儀劍法刀法（崑崙派、華山派）

兩儀化四象，四象化八卦，正變八八六十四招，奇變八八六十四招，正奇相合，六十四再以六十四倍之，共有四千零九十六種變化。天下武功變化之繁，可說無出其右了。這正反兩儀，招數雖多，終究不脫於太極化爲陰陽兩儀的道理。主要是在腳下步法的方位。陽分太陽、少陰，陰分少陽、太陰，是爲四象。太陽爲乾兌，少陰爲離震，少陽爲巽坎，太陰爲艮坤。乾南、坤北、離東、坎西、震東北、兌東南、巽西南、艮西北。自震至乾爲順，自巽至坤爲逆。天地定位，山澤通氣，雷風相薄，水火不相射，八卦相錯。數往者順，知來者逆。崑崙派正兩儀劍法，是自震位至乾位的順；華山派反兩儀刀法，則是自巽位至坤位的逆。

相關情節見第二十一章《排難解紛當六強》

四象掌（峨嵋派）

此掌圓中有方，陰陽相成，圓於外者爲陽，方於中者爲陰，圓而動者爲天，方而靜者爲地，天地陰陽，方圓動靜。

相關情節見第二十二章《群雄歸心約三章》

無聲無色（崑崙派・何太沖、班淑嫻夫婦）

必須兩人同使，兩人功力相若，內勁相同，當劍招之出，勁力恰恰相反，於是兩柄長劍上所生的盪激之力、破空之聲，一齊相互抵消。這路劍招本是用於夜戰，黑暗中令對方難以聽聲辨器，事先絕無半分朕兆，白刃已然加身，但若白日用之背後偷襲，也令人無法防備。

相關情節見第二十二章《群雄歸心約三章》

太極拳（武當派．張三丰）

◎起手式：雙手下垂，手背向外，手指微舒，兩足分開平行，接著兩臂慢慢提起至胸前，左臂半環，掌與面對成陰掌，右掌翻過成陽掌。

◎其他招式名稱：攬雀尾、單鞭、提手上勢、白鶴亮翅、摟膝勾步、手揮琵琶、進步搬攔錘、如封似閉、十字手、抱虎歸。

◎原理：這是以慢打快、以靜制動的上乘武學，這套拳術的訣竅是「虛靈頂勁、涵胸拔背、鬆腰垂臀、沉肩墜肘」十六個字，純以意行，最忌用力。形神合一，是這路拳法的要旨。這拳勁首要在似鬆非鬆，將展未展，勁斷意不斷。

相關情節見第二十四章《太極初傳柔克剛》

【附錄續編之五】

《倚天屠龍記》主要女性人物的星座、血型等和命運之關係戲考

很多現代人對於自己的血型、星座、出生年月、屬相與性格、命運之間的關係比較感興趣，坊間有不少報刊書籍和讀者討論這方面的問題，網路上也同樣有許多這方面的內容。雖然，血型、生日等未必和一個人的性格和命運有必然的聯繫，不過，它至少具有遊戲和消遣上的一定價值，所以，下面姑且把《倚天屠龍記》裏四位主要的女性人物的星座、血型等做一番戲考，以饗有閒心的看官。

趙敏

巨蟹座是一個非常需要愛與安定的星座，乍一看，似乎和趙敏愛鬧又不安

類型／人物	星座	血型	出生年份【注一】	生日	屬相
趙敏	巨蟹座	O	至正十年（庚寅、西元1350年）	07.01-07.11	虎
周芷若	摩羯座	A	至正八年（戊子、西元1348年）	12.22-12.25	鼠
殷離	射手座	AB	至正九年（已丑、西元1349年）	12.01-12.11	蛇
小昭	天秤座	B	至正十一年（辛卯、西元1351年）	09.23-09.26	羊

分的個性毫無關係，但其實巨蟹座有著愛猜疑的個性，在人生旅途上處處顯得缺乏安全感，但同時帶著母愛的光輝，爲了所愛倒是能夠心甘情願的付出。趙敏就是這樣的女子，她爲了張無忌可以拋棄一切。

巨蟹座的人天生具有旺盛的精力和敏銳的感覺，道德意識很強烈，對欲望的追求也總能適度的停止。趙敏就有著巨蟹座人特有的精闢的洞察能力，自尊心也很強，同時也生性慷慨、感情豐富，樂意幫助有需要的人，並喜歡被需要與被保護的感覺。

大部分巨蟹座的人都比較內向、羞怯，雖然他們常用一種很表面的誇張方式來表達，但基本上他們是缺乏自信的，也不太能適應新環境。雖然對新的事物都很感興趣，但其實卻是很傳統、戀舊的，似乎看來有些雙重個性；但如果換一個角度來看，他們只是對情緒的感受力特別強罷了！巨蟹座是十二星座中最具有母性的星座，趙敏就是以一種奇異的母性光輝關心著張無忌的。

趙敏有著巨蟹座人的優點，情感眞摯深切、想像力豐富、念舊、重情義、有包容力、直覺敏銳、懂得體貼、關懷、親切溫暖、善解人意、有同情心。但她同時也有著巨蟹座人的缺點，跟著情緒走、提不起放不下、太過多愁善感、心腸太軟。趙敏對張無忌就是這樣的無怨無悔，就連張無忌誤會她、厭惡她，她也是仍然死心塌地地愛著他、跟著他。同時，由於她性格時常在兩個極端間搖擺不定，只有在受到家庭影響時，才有可能安定下來，因爲巨蟹座天生熱愛家庭，並珍惜婚姻的關係。

巨蟹座的人喜歡優越和成功的對象，故伴侶必須是她所尊敬或景仰的人，他們生性浪漫熱情。不過巨蟹座的女人容易爲繁忙的家務纏身，即使情勢允許，也無法享受生活的情趣，因其天生的拘謹、審愼，使其成爲最佳主婦但卻對情婦的角色無法勝任。所以趙敏愛上張無忌，便是因爲張是個成功的男性，雖然時有磨難，但絕對是最好的。

不過，一般說來，巨蟹座的人比較適合於如食品雜貨販賣店、食品製造業、律師、護士、保母、小兒科醫師等職業，似乎和趙敏的性格有點出入，因爲趙敏是個不折不扣的女強人。不過，我們還是可以發現，當她全心全意地愛著張無忌的時候，她也更多地表現出她溫柔而又不失堅韌的性格，看來，將來她和張無忌的孩子應該會得到很好的照料。

其實趙敏也是個充滿幻想、天眞而溫柔的女性。她的感官只有在觸及到想像的視窗時，才會甦醒，是個心境永遠年輕、思想深處常常有朦朧意識的姑娘。她非常善於鍾情，當人們信任她時，她會充滿溫情、幽默和詩意。

她總是懷戀過去的某一件事：她的童年或……，她喜歡明朗而深邃的柔諧音樂；欣賞簡單而流暢的藝術；追求深沉而婉約的理想。她經常自我反思和剖析，因爲她覺得對自己不甚瞭解。

她需要寧靜、和諧與安全；她渴望一個可以觸發想像的愉快的生活環境；她喜歡待在她的小天地裏。憂鬱的氣氛、混凝土建築及裝飾會使她產生無法忍受的壓抑感。她喜歡把她的住所變成陶冶心性的聖殿。

一般來講，是母性支配著她身心上的平衡。母愛之情在這一星座的女性身上，得到了充分的體現。一旦有了家庭，她會全力以赴地培養和教育孩子，爲了孩子她甘願獻出全部的愛。

如果她不是突然莫名其妙地升起一股哀愁的話，她的性情是溫柔和令人愉快的。她只想如何使自己的親人高興和滿意。

依性格分析，低調的花香頗吻合巨蟹座人的性向。櫻草的香氣最能配合一貫輕鬆的態度；百合花香則激起豐富的幻想，加強藝術的鑑賞力；橙花則幫助她進入和諧的沉思境界而不受外界干擾。而趙敏就最適合Sun Flowers by Elizabeth Arden這種簡潔而又明快的香水。

巨蟹座的女性母性本能很強。讓其拋頭露面在外工作，不如待在家裏做做家事。養育子女、照顧丈夫的責任更適合她。終其一生，只有一個男人能使她燃起愛情之火。所以故事的最後——

趙敏嫣然一笑，說道：

「我的眉毛太淡，你給我畫一畫。這可不違反武林俠義之道罷？」

張無忌提起筆來，笑道：「從今而後，我天天給你畫眉。」

估計趙敏的生日應該是在七月一日至十一日之間，她的個人星是火星，是戰爭的象徵和聖力的中心。它的影響是有力、勇敢、積極和活躍的傾向。火星可克服月亮不好的一面，它能賦予追求成功所必需的衝力，缺乏此力量，野心都會很難實現。火星和月亮的配合是最幸運的，因火星侵略的力量，迫使這些人達到他們的目標。而她的血型就應該是O型，大膽、潑辣又極富有主見。

周芷若

周芷若做事很認眞、規規矩矩，不浪漫。其實周芷若對張無忌還是很有感情的，可爲了她的事業，她可以放棄一切，包括愛情。有一點刻板，一點內向和嚴謹，穩重老成，也只有摩羯座有這麼獨特的氣質。

摩羯座的人就像是隻走在高山絕壁上的山羊一樣，穩健踏實，會小心翼翼度過困厄的處境。通常都很健壯，有過人的耐力、意志堅決、有時間觀念、有責任感、重視權威和名聲，對領導統御很有一套，自成一格，另外組織能力也不錯。

周芷若就是這樣較內向，略帶憂鬱、內省、孤獨、保守、懷舊、消極、沒有安全感，也欠缺幽默感，常會裝出高高在上或是嚴厲的姿態，以掩飾自己內在的脆弱。雖然有時爲了成功的目標，也會用一些殘忍無情的策略，但摩羯座還算是有正義感的。周芷若也擅長外交、好動、活力充沛、目標確定，完全符合摩羯座人重視現實利益及物質保障的特點，具有宗教或神秘學上的理解能力及人文科學的邏輯概念，是屬於大器晚成的類型。

同樣的，周芷若也具有摩羯座典型的果斷、理性和努力工作的魅力，和與眾不同的特質，不屈不撓的個性會使她努力成爲有魅力的人。周芷若努力上進，有旺盛的企圖心，也使她的魅力無窮。

周芷若也有著摩羯座人的缺點，太過現實、固執、不夠樂觀、個人利己主義、缺乏浪漫情趣、過於壓抑自己的欲望、太專注於個人的目標、缺乏對人群的關懷和熱情、拙於溝通。

外表是半身爲羊半身爲魚的摩羯座，誕生在一年四季最爲酷寒的季節，故展現出其獨立的精神和陰柔的個性。摩羯座人勤勉而踏實，一步一步穩紮穩打，任何事都講求公平合理，他們生性保守，對年輕一輩所崇尚的自由開放較難以認同。一般說來，摩羯座的人具有傳統而守舊的觀念。他們有著強烈的企圖心，會將全部精力耗費在追求成功的事業與社會地位上，時時鞭策著自己或親人，但常因凡事都過於認眞，而忽略了生活情趣。他們對事物往往有自己的看法，且常堅持己見，不願妥協，有時甚至自以爲是到頑固的地步，讓人有不通情理的印象，故易使人產生反感，假如能多設身處地爲別人著想，會更受歡迎。

摩羯座的人總是知道自己在做什麼，周芷若就是這樣的人。她喜歡控制全局，而不想做被人操縱的棋子，受不了有人擋住前面的視野。她生性謹愼，可靠，有耐心，持之以恆的個性使她在逆境中能發揮堅忍卓絕的精神，而獲得最後的勝利。他們腦筋深沉、野心勃勃，組織能力甚佳，是天生的領導人才，喜歡控制別人。

可惜那時沒有Shalimar by Guerlain，Montana，Byzance by Rochas這類的香水，如果張無忌能送給周芷若，用強烈而濃郁的木香可加強她的勇氣和樂觀；帶有甜香草與麝香的白芷能幫助平衡情緒和舒緩疲憊；而洋杉木的香氣最宜鎮靜及減輕精神緊張；柏木濃烈的木香能抑制周芷若的情緒低潮，使頭腦清醒。這樣，也許情況就會有所改變。

摩羯座的女子不管她生長在什麼樣的環境，目前從事什麼樣的職業，她的外表多半平靜而且傳統。她的內心總是有些抑鬱，對自己缺乏信心，對環境沒有安全感，但保守的她絕沒有輕易吐露心事的習慣，如果你愛上她，你得用心體貼她的感覺。

不要隨便跟她開玩笑，她不是個可以被嘲弄的對象，你的玩笑很容易傷到她內心最脆弱的地方。不要批評她的家人，她很可能因此跟你翻臉。不要做個遊手好閒的懶惰蟲，否則她絕不會選擇你。摩羯座女子的愛情總是要在一切有了保障的情況下才會產生，就算你沒有良好的經濟基礎，你也得擁有顯而易見的光明前景。在她沒有找到一個能夠保障她未來幸福的丈夫之前，她會做一個堅守崗位的職業女郎。

不過，請不要因為我這麼說，而對她產生一種現實冷漠的印象。當她遇見了那個給她信心和安全感的男人之後，她會變得溫柔又熱情。所以故事的最後忽聽得窗外有人格格輕笑，說道：「無忌哥哥，你可也曾答允了我做一件事啊。」正是周芷若的聲音。張無忌凝神寫信，竟不知她何時來到窗外。窗子緩緩推開，周芷若一張俏臉似笑非笑的現在燭光之下。張無忌驚道：「你……你又要叫我做什麼了？」周芷若微笑道：「這時候我還想不到。哪一日你要和趙家妹子拜堂成親，只怕我便想到了。」張無忌回頭向趙敏瞧了一眼，又回頭向周芷若瞧了一眼，霎時之間百感交集，也不知是喜是憂，手一顫，一枝筆掉在桌上。

摩羯座女子就是這樣堅毅，也是一直去追求自己所想要的。看來，張無忌左一個摩羯座的周芷若，右一個巨蟹座的趙敏，注定是要在這樣兩個同樣堅定而專一的女子中間打轉了。

估計周芷若的生日應該在十二月十二日到二十五日之間，機智，能幹，實際，天生的領導人才，有組織能力和控制別人的性向，凡事都想照自己的方式去做，但同時她又有著好爭吵搏鬥的精神，腦筋深沉，交替在原則和野心之間，非常堅決，野心勃勃，適應力強，再製力和模仿力甚佳，計畫或野心受干涉時，會變得相當暴躁和激動。而且周芷若應該是A型血，很有領導的才能，事業第一，為達目的不擇手段。

殷離

殷離應該是射手座的，這是一個可以讓「戀愛化學基因」快速燃燒、重新組合的星座，單純、真誠和熱情可以使她一見到心儀的對象時，就變得非常積極，用盡各種方法讓對方喜歡上她，是自由浪漫也濫情的星座。

殷離就是這樣一個永遠無法被束縛、不肯妥協、同時又具備人性與野性、精力充沛且活動力強，有著遠大的理想，任何時間和地點都不會放棄希望的人。她始終在追求一個能完全屬於自己的生活環境，就像射手座的人一樣，不想固定，又愛冒險，不喜愛生活秩序遭破壞，有著豁達的人生觀，所以有時常會樂觀得太過於「一廂情願」了。

同樣的，殷離也有著射手座人普遍的魅力，她的好奇心、樂觀的天性，

「開放心靈」成爲她魅力無窮的根源。她不會隱瞞其野心和愛玩樂的心，魅力自然流露而吸引人。

據說射手座年輕時作風莽撞，開車喜歡超速的快感而很少顧及安全問題，有過度追求刺激的傾向，且生性樂觀，甚至有盲目樂觀的傾向，因此射手座人從犯錯中受到教訓的次數較其他星座頻繁。年輕時常會有不合傳統的舉止，但年老時，很容易忘記年輕時的莽撞而成爲古板的人。雖然他終生不改崇尚個人自由的習性，但總能發揮與生俱有的智慧和潛能，很可能會涉及和哲學有關的領域。可惜殷離沒來得及等到她年老的一天……

雖然有很多人討厭殷離，但她還是單純可愛的，有一點任性，一點自私，但也是因爲愛而堅持愛的人，沒錯，AB型血的射手座女子，堅持自己的感情，可以爲愛而改變。

殷離的生日估計在十二月一日到十一日之間，個人行星是火星，它是戰爭的象徵和聖力的中心，主宰積極，冒險，無畏及侵略的傾向，使它的子民變得野心勃勃，堅強而勇敢。他們有一種熊熊烈火般的野心，想在所做的任何事上都成功。

小昭

天秤座是個愛美又怕空虛的星座。憑藉天生的外交本領，能在各色人物之間周旋；但有時也會因爲過於顧慮面面俱到，而搞得自己吃力不討好，腦筋常常轉來轉去，當心神經衰弱。小昭就有著小心翼翼卻也很空虛的聖女生活。

小昭愛好美與和諧，也相當仁慈並富有同情心，天性善良、溫和、體貼、沈著。

天秤座也是俊男美女最多的一個星座，具有創作的天分，人緣及口才都很好。他們看待事物較客觀，常爲人設身處地著想，通常也較外向，感情豐富，視愛情爲唯一的一切。屬於人群中的人，但有時也會顯得多愁善感，但這也是他們的魅力之一。同時他們也是最能保守秘密的人，就像他們可以把心中澎湃的熱情隱藏得很好一樣。

小昭就是這樣執著於人際的平衡，企圖建立和諧的生活態度。她的魅力在於懂得拿捏「野心和優雅」的分寸，也天生具有理想主義和現實主義，性格極端矛盾，是和平的使者也是戰士，亦是個兼具感性、公平公正及貴族氣息的人。

天秤座人溫和的個性就像綿綿白雲，悠悠行過碧藍如洗的晴空，給人爽朗親和的感覺，屬於社交型的天秤座，無論做任何事情，都能受到周圍人的喜愛。溫柔體貼也是小昭最吸引張無忌的個性，心地善良，有古道熱腸和仁心，富同情心而看重感情，處事力求公正與中庸，不願偏激。誠實溫和，是個理想主義者，生性浪漫，有自我犧牲的傾向，個性堅強、聰明、前進、具有靈活而好質問的腦子，常有非凡的構想。但也就是因爲這樣，小昭沒有留在張無忌身邊的勇氣，最終選擇了回去做她的聖女。

小昭的生日估計就在九月二十三到二十六日之間，這段時間出生的女子具有強大而進步的精神，有古道熱腸和仁心，在醫學和慈善事業方面有卓越的才能，經營財產和保險事業亦能成功，可能有愛情方面的失意。心地善良，有藝術氣質，缺乏信心，仁慈憐憫的心性，使你成爲公民自由之鬥士，願意幫助不幸的人，公正，憐憫，平易近人，善於社交，懶散，喜歡奢侈，喜歡自己的家人和親戚，具有可愛的脾氣，友誼和愛情都很堅定，一定能完成自己的職責，在醫學、哲學、心理學和人道主義方面可獲致美名。

小昭就是這樣敏感、纖細的天秤座，又帶一點B型血的迷糊和簡單。我想在四個女孩子中，其實張無忌最愛的應該是小昭，體貼又溫柔，愛得堅強又純粹，容易被影響，但又不會完全迷失自我。小昭不會是張無忌生命的主角，但卻是他永遠不會忘記的人。

【注一】《元史》卷一四一「列傳第二十八」的《察罕帖木兒傳》云：

「察罕帖木兒，字廷瑞，系出北庭。曾祖闊闊台，元初隨大軍收河南。至祖乃蠻台、父阿魯溫，皆家河南，爲潁州沈丘人。察罕帖木兒幼篤學，嘗應進士舉，有時名。身長七尺，修眉覆目，左頰有三毫，或怒，則毫皆直指。居常慨然，有當世之志。……（至正）十二年，察罕帖木兒乃奮義起兵，沈丘之子弟從者數百人。……

「（至正）二十二年，時山東俱平，獨益都孤城猶未下。六月，田豐、王士誠陰結賊，復圖叛。田豐之降也，察罕帖木兒推誠待之，不疑，數獨入其帳中。及豐既謀變，乃請察罕帖木兒行觀營壘。眾以爲不可往，察罕帖木兒曰：『吾推心待人，安得人人而防之？』左右請以力士從之，又不許。乃從輕騎十有一人行，至王信營，又至豐營，遂爲王士誠所刺。訃聞，帝震悼，朝廷公卿及京師四方之人不問男女老幼，無不慟哭者。……

「詔贈推誠定遠宣忠亮節功臣，開府儀同三司，上柱國，河南行省左丞相，追封忠襄王，謚獻武。及葬，賜賻有加，改贈宣忠興運弘仁效節功臣，追封潁川王，改謚忠襄，食邑沈丘縣，所在立祠，歲時致祭。封其父阿魯溫汝陽王，後又進封梁王。」

根據這段史料，我們可以知道，《倚天屠龍記》裏趙敏的父親「察罕特莫爾」，正史上稱他爲「察罕帖木兒」，雖然是皇室宗親，但並不十分顯貴，生前未曾封王，是因爲最後爲國捐軀而被朝廷追封的。而且其封號也不是「汝陽王」，而是先封

「忠襄王」，後封「潁川王」。「汝陽王」的封號則是屬於察罕帖木兒的父親，也就是趙敏的祖父阿魯溫的。以此類推，假如察罕帖木兒眞的有女兒，也不可能是郡主。當然，小說畢竟是小說，自然可以在歷史的眞實和藝術的眞實之間遊刃有餘，不必強求與史實吻合。

又根據《倚天屠龍記》的敘述，張無忌退位是在韓林兒被朱元璋害死的那一年，而在歷史上韓林兒是死於至正二十六年，也即西元一三六六年。這一年，趙敏大約十七八歲。而趙敏的父親又是死於至正二十二年，即西元一三六二年。這樣推算，趙敏的出生年份應該是至正十年，即西元一三五〇年。

另外，周芷若、殷離和小昭的出生年份，則根據趙敏的出生年份和書中的有關敘述推論得出。

還有，《倚天屠龍記》因爲敘述故事的需要，沒有交代趙敏父兄的具體情況和最後的結局，現根據正史簡介如下：

察罕帖木兒（？——一三六二），北庭人（北庭即新疆吉木薩，宋元之際是新疆畏兀兒人居住的地方，北庭人即畏兀兒人）。曾祖闊闊台，元朝初年跟隨大軍征服河南。祖乃蠻台，父阿魯溫，都在河南落户，成爲潁州沈丘人。察罕帖木兒幼年用心讀書，曾參加進士考試，有名於時，有出仕的志願，可知其漢文化程度甚深。他身長七尺，長長的眉毛蓋住眼睛，左臉頰上有三根毛。發怒時三根毛都會直豎起來。平日爲人激昂慷慨，有大志。

至正十二年（一三五二），察罕帖木兒聚集沈丘子弟數百人，與羅山人李思齊合兵襲破起義軍所據之羅山，廷議授察罕帖木兒羅山縣達魯花赤，李思齊爲縣尹。妥歡帖木兒爲了收買漢人，說：「人言國家輕漢人，如此，果輕漢人也。」下吏部再議。於是察罕帖木兒授汝寧府達魯花赤，李思齊知汝寧府，兩人遂各自發展成一支強大的地方武裝。至正十六年（一三五六），紅巾軍崔德、李武下陵，勢欲趨秦、晉。察罕帖木兒授命馳授，升任河北行樞密院事。至正十七年（一三五七），又應豫王阿剌忒拉失里之招，進軍陝西，敗李喜喜等部於鳳翔。這時，察罕帖木兒已經成爲一個強大的軍閥，他與李思齊及另一個地主武裝首領張良弼皆驕恣自肆。他們逕自任命路府州縣長官，徵納軍需，擅殺命官，彼此兼併，朝廷皆不能控制。察罕帖木兒除分據關中外，其勢力還遍及晉、豫，尤爲強大，元廷任其爲陝西行省右丞，兼陝西行台侍御使，同知河南行樞密院事。至正十九年（一三五九），察罕帖木兒攻汴梁，進一步成爲盤據中原的最強大的軍事力量。

就這樣，察罕帖木兒憑藉其雄才偉略，通過組織地方武裝部隊，屢立奇功，最終成爲元朝末年的朝廷主力軍，爲元朝統治者鎮壓各地農民起義起到了巨大的作用。可以説，在腐敗無能的元末統治階級者中，察罕帖木兒是一個稀世的軍事奇才，眞所謂「亂世出英雄」。

至正二十一年（一三六一），占據山東的田豐投降，察罕帖木兒誠心待他從不懷疑，幾次單獨進入他的營帳。可是，田豐與王士誠已準備叛變，便請察罕帖木兒視察營壘，眾人都以爲不可去，察罕帖木兒説：我對人推心置腹，怎麼能對人人都加以提防呢？於是他只帶了十一名輕裝的騎兵，到王信營中，又到田豐的軍營，終於被王士誠刺死。他去世的消息上奏朝廷，皇帝震驚哀悼，下詔贈推誠定遠、宣忠亮節功臣，開府儀同三司，上柱國，河南行省左丞相，追封忠襄王，謚獻武。舉行葬禮時，賞賜的錢物更是豐厚，改贈宣忠興運弘仁效節功臣，追封潁川王，改謚忠襄，以沈丘縣爲食邑。在沈丘爲之建立祠堂，每年四時上祭。又封其父阿魯溫爲汝陽王，後來進封爲梁王。

察罕帖木兒遇刺身亡後，部衆推舉其養子擴廓帖木兒代領——擴廓帖木兒本名爲王保保，是察罕帖木兒的外甥，被收養爲義子。

擴廓帖木兒繼掌兵權，平定山東，聲勢顯赫一時。元順帝與太子爭奪王位，擴廓帖木兒成了他們爭奪和利用的對象。而元軍其他將領嫉妒他的地位，也不斷挑起戰爭。在相當長的一段時間內，北方陷於軍閥混戰之中，無暇顧及南方。乘此機會，朱元璋逐步削平群雄，統一南方，然後興師北伐，取大都，擴廓帖木兒由山西敗退甘肅。

擴廓帖木兒在元朝滅亡後，仍然從事軍事活動，被朱元璋視爲心腹大患。明洪武八年（一三七五），擴廓帖木兒病死。

武俠人生叢書 12

趙敏的人生哲學

著　　者／郭　梅
出 版 者／生智文化事業有限公司
發 行 人／林新倫
執行編輯／陳怡華
登 記 證／局版北市業字第677號
地　　址／台北市新生南路三段88號5樓之6
電　　話／(02)2366-0309
傳　　真／(02)2366-0310
郵撥帳號／19735365　葉忠賢
網　　址／http://www.ycrc.com.tw
E-mail／yangchih@ycrc.com.tw
印　　刷／鼎易印刷事業股份有限公司
法律顧問／北辰著作權事務所　蕭雄淋律師
ＩＳＢＮ／957-818-573-1
初版一刷／2003年12月
定　　價／新台幣280元

國家圖書館出版品預行編目資料

趙敏的人生哲學／郭梅著.——初版.——台北市：
生智，2003〔民92〕
面；公分.——（武俠人生叢書；12）

ISBN　957-818-573-1（平裝）

1.金庸—作品研究　2.武俠小說—評論

857.9　　92019020